Née en Russie, **Ilona Andrews** a appris l'anglais à l'adolescence grâce à une bourse qui lui a permis d'étudier aux États-Unis. Elle s'est mariée pendant ses études. Ses romans sont écrits en collaboration avec Gordon, son mari.

Du même auteur, chez Milady :

Kate Daniels :
1. *Morsure magique*
2. *Brûlure magique*

www.milady.fr

Ilona Andrews

Brûlure magique

Kate Daniels – 2

Traduit de l'anglais (États-Unis) par Sara Doke

Milady

Milady est un label des éditions Bragelonne

Titre original : *Magic Burns*

Illustration de couverture :
Sam-Oeun Yin

ISBN : 978-2-8112-0144-9

Bragelonne – Milady
35, rue de la Bienfaisance - 75008 Paris

E-mail : info@milady.fr
Site Internet : http://www.milady.fr

Au regretté David Gemmell.
Vos romans m'ont inspirée.
C'était mon rêve de vous rencontrer
et je regrette profondément votre disparition.

Remerciements

Je suis reconnaissante à un grand nombre de personnes :

Merci, Anne Sowards, mon éditrice, pour votre sagesse, vos conseils et par-dessus tout votre foi en mes qualités d'écrivain. Vous avez reçu un chiffon et en avez fait un livre.

Merci, Rachel Vater, mon agent, pour votre dévotion sans faille à vos clients. Vous êtes la meilleure chose qui peut arriver à la carrière d'un écrivain.

Merci, Cam Dufty, assistante éditoriale chez Ace et probablement la femme la plus patiente que le monde ait jamais connue, pour votre aide avec les épreuves et un million d'autres choses. Je vous dois un Martini chocolat.

Merci, Kristin del Rosario, designer de texte, pour le travail magnifique et pour avoir fait de ce livre une réalité.

Merci, Judy Murello, directrice artistique, pour le design de couverture spectaculaire et merci, Chad Michael Ward, l'artiste, pour une illustration fantastique.

Merci, Valerie Cortes, responsable des relations publiques chez Ace pour la promotion sans faille des livres de la série Kate Daniels.

Merci à toutes les personnes généreuses qui ont souffert à la lecture de mes versions bêta, vous avez rendu ce livre bien meilleur que ce qu'il était au départ : Charlene Amsden, Bianca Bradley, Susan E. Curnow, Shannon Franks,

Elizabeth Hull, Jackie M., Jill Myles, Reece Notley, Lizane Palmer, May, S.K.S. Perry, G. Jules Reynolds, Lys Rian, Melissa Sawmiller, Sonya Shannon, P.J. Thompson, Heidi Tallentine et Amber van Dyk.
Et merci à vous tous qui lisez la série de Kate. Vos e-mails m'aident à continuer.

Chapitre premier

Le téléphone me réveilla au milieu de la nuit. Nous étions en pleine vague magique, il n'aurait pas dû fonctionner mais il sonnait, encore et encore, furieux que je l'ignore, jusqu'à ce que je me penche pour décrocher.

— Mmoui ?

— Debout, Kate !

La voix cultivée et onctueuse suggérait un homme mince, élégant, séduisant, tout ce que Jim n'était pas. En tout cas pas sous sa forme humaine.

Je me forçai à ouvrir les yeux suffisamment longtemps pour jeter un coup d'œil à l'horloge mécanique de l'autre côté de la pièce.

— Il est 2 heures du matin. Certains d'entre nous dorment la nuit.

— J'ai un contrat, dit Jim.

Je m'assis dans le lit, tout à coup bien éveillée. Un contrat était une bonne chose – j'avais besoin d'argent.

— Moitié-moitié ?

La voix de Jim se durcit.

— Trente-cinq pour cent.

— Cinquante.

Mon ancien partenaire de la Guilde réfléchit longuement.

— D'accord, quarante.

Je raccrochai. La chambre était calme. Mes rideaux étaient ouverts, la lumière de la lune s'insinuait dans la pièce à travers les barreaux qui protégeaient la fenêtre. La lune agissait comme un catalyseur, le métal scintillait d'une patine bleutée aux endroits où l'argent de l'alliage se mêlait aux sorts de garde. Au-delà, Atlanta dormait comme quelque animal balourd et légendaire, sombre et paisiblement trompeur. Quand la vague magique refluerait, inévitablement, l'animal se réveillerait dans une explosion de lumières électriques et d'éventuels coups de feu.

Mes gardes ne stopperaient pas une balle, mais elles protégeaient ma chambre des dangers magiques et cela me suffisait.

Le téléphone carillonna. Je laissai tinter deux sonneries avant de décrocher.

— D'accord, dit la voix de Jim avec un soupçon de feulement, cinquante.

— Où es-tu ?

— Dans le parking sous ta fenêtre.

Il appelait d'une cabine téléphonique qui n'aurait pas dû fonctionner non plus. J'attrapai mes vêtements, posés à côté du lit justement pour ce genre d'occasions.

— Quel est le contrat ?

— Un taré pyromane.

Quarante minutes plus tard, je me frayais un chemin dans un parking souterrain en insultant Jim *sotto voce*. Les lampes étaient hors service pour cause de magie, je ne voyais pas ma main devant mon nez.

Une boule de feu s'ouvrit comme une fleur dans les profondeurs sombres du garage. Immense, tourbillonnante de rouge et de jaune, elle rugissait vers moi. Je sautai derrière un pilier de béton, mon couteau de lancer était trempé de sueur. La chaleur m'enveloppa. Un instant, je ne pus pas respirer puis les flammes me dépassèrent pour exploser en étincelles contre le mur.

Un ricanement malicieux éclata des tréfonds du parking. Je jetai un coup d'œil prudent dans sa direction. Rien que les ténèbres. Où était la vague tech quand on en avait besoin ?

En face de moi, dans la rangée de piliers suivante, Jim leva la main et joignit ses doigts et son pouce plusieurs fois, imitant un bec qui s'ouvre et se ferme. Il voulait que je négocie avec un fou qui avait déjà transformé quatre personnes en viande fumante. OK. Ça, je pouvais le faire.

— D'accord, Jeremy ! (Je hurlai dans la nuit.) Donne-moi la salamandre et je ne te coupe pas la tête.

Jim mit sa main devant son visage et tremblota. Il me semblait qu'il riait mais je n'en étais pas sûre. Contrairement à lui, je n'avais pas la chance d'être nyctalope.

Le ricanement de Jeremy devint hystérique.

— Chienne stupide !

Jim se détacha du pilier et se fondit dans les ténèbres, filant la voix de Jeremy. Sa vue était meilleure que la mienne dans l'obscurité mais même lui ne voyait pas grand-chose dans le noir complet. Il devait chasser au son, ce qui signifiait qu'il me fallait continuer à faire parler Jeremy. Pendant que Jim traquerait sa voix mélodieuse, Jeremy me traquerait moi.

Aucune raison de m'inquiéter, il s'agissait juste d'un meurtrier pyromane armé d'une salamandre dans un globe de verre enchanté, et qui avait l'intention de foutre le feu à ce qui restait d'Atlanta. Le plus important était de protéger le globe. Si ce truc se brisait, je deviendrais plus célèbre que la vache de Mrs O'Leary [1].

— Putain ! Jeremy, tu manques de vocabulaire. Il y a tant de manières de me décrire et tout ce que tu trouves c'est « chienne » ? Donne-moi la salamandre avant de te blesser.

— Va te faire foutre, pute !

---

1. La vache de Mrs O'Leary était, selon la légende, responsable du grand incendie de Chicago en 1871.

Une minuscule étincelle apparut sur ma gauche. Elle était suspendue dans les airs, illuminant la bouche écailleuse de la salamandre et les mains de Jeremy serrant la sphère avec une avidité qui blanchissait les jointures de ses doigts. Le verre enchanté s'ouvrit et cracha l'étincelle. L'air entra en contact avec le minuscule concentré d'énergie et le transforma en boule de feu dans une explosion de lumière.

Je me jetai derrière le pilier juste au moment où le feu s'écrasait sur le béton. Les flammes couraient de chaque côté de moi. La puanteur âcre du soufre me picota les narines.

—Cette boule de feu m'a ratée d'un kilomètre. Tu tires à blanc aussi avec ton autre salamandre, Jeremy ?

—Crève, salope !

Jim devait être assez proche maintenant. Je me mis à découvert.

—Allez ! viens, espèce de dégénéré pleurnicheur ! Tu foires toujours tout ?

Je vis les flammes, plongeai sur le côté, percutai le sol et roulai pour me mettre à l'abri. Au-dessus de moi, le feu rugissait comme un animal enragé. Le manche de mon couteau brûla mes doigts. L'air dans mes poumons se transforma en feu et mes yeux se mirent à pleurer. Je pressai mon visage sur le sol en béton poussiéreux, priant pour que la chaleur n'augmente pas, puis, soudainement, ce fut terminé.

Putain de merde ! Je sautai sur mes pieds et chargeai Jeremy. La salamandre flamboyait dans sa boule. J'entraperçus le sourire tordu du pyromane. Il faiblit lorsque les mains sombres de Jim se refermèrent autour de sa gorge. Jeremy s'effondra, aussi mou qu'une poupée de chiffon, le globe roula hors de ses mains affaiblies.

Je plongeai sur lui, l'attrapai à une dizaine de centimètres du béton et me retrouvai face à la salamandre. Des yeux rouge rubis me regardèrent, pleins de curiosité, des lèvres noires s'ouvrirent et un long filament de langue, aussi fin qu'une toile d'araignée, rampa hors de la bouche pour embrasser le verre sur le reflet de mon nez. *Salut! moi aussi, je t'aime.*

Doucement, je me mis à genoux et me redressai. La présence de la salamandre tirait sur mon esprit, aussi avide de plaire qu'un chaton enthousiaste quémandant une caresse. Des visions de flammes et de chaleur ondulaient devant moi. *Allez! viens, on brûle un truc...* Je fermai violemment mes volets mentaux, l'emprisonnant hors de mon esprit. *Non, vraiment, j'ai pas envie.*

Jim relâcha sa pression sur la gorge de Jeremy, le pyromane s'effondra comme une couverture mouillée. Le blanc de ses yeux était fixé sur le plafond, figé par la mort dans un instant de surprise totale. On n'aurait pas besoin de vérifier son pouls. Merde. On avait perdu le bonus de capture.

—Tu m'avais dit que c'était mieux de le prendre vivant, murmurai-je.

Jeremy vivant valait beaucoup plus que son cadavre. Nous serions tout de même payés mais nous venions de perdre un tiers de l'argent.

—C'était le cas.

Jim retourna le corps sur le côté, me montrant son dos. Un mince carreau de métal terminé par trois plumes noires dépassait d'entre les omoplates du cadavre. Avant que mon esprit ait le temps de digérer l'information, je me jetai par terre, protégeant la salamandre. Jim fut au sol avant moi.

Nous fixions nos yeux sur l'obscurité. L'obscurité et le silence.

Quelqu'un avait abattu notre contrat avec un carreau d'arbalète. Il aurait pu nous avoir aussi. Nous nous étions tenus près du corps au moins quatre secondes. Plus que le temps nécessaire pour lâcher deux autres traits. Je touchai Jim puis mon nez. Il secoua la tête. Avec tout ce soufre dans l'air il aurait probablement été incapable de sentir un sconse.

Je restai immobile, essayant de respirer doucement. Nous ne pouvions qu'écouter.

Une minute s'écoula lentement, longue, vicieuse, silencieuse. Très lentement, Jim s'accroupit et désigna sa gauche. J'avais la vague impression qu'il y avait une porte sur la droite mais, dans le noir, avec un arbalétrier inconnu à l'affût, j'avais plus confiance dans les sens de Jim que dans les miens.

Jim attrapa le cadavre de Jeremy, le jeta en travers de ses épaules et nous nous élançâmes, penchés bas, courant vite, lui devant moi, à moitié aveugles dans l'obscurité. Les piliers de béton se succédaient, un, deux, trois, quatre. La tech frappa et, avant que je puisse reposer mon pied levé, la magie s'éloigna du monde, laissant les restes de la technologie derrière elle. Les néons au plafond tressautèrent et revinrent à la vie dans un bourdonnement, inondant le parking d'une lueur profane. Le rectangle sombre de la sortie n'était qu'à quelques mètres de nous. Jim y plongea tandis que je me jetai sur la gauche, derrière le pilier le plus proche. La salamandre dans son globe cessa de flamboyer et s'endormit, ressemblant désormais à un inoffensif lézard noir. Mon arme longue portée était hors service.

Je déposai le globe sur le sol et fis glisser Slayer hors de son fourreau. Les salamandres sont surfaites, de toute manière.

—Il est parti, dit Jim depuis le seuil, pointant le doigt derrière moi.

Je me retournai. Loin au fond du parking, le mur de béton s'était effondré, révélant un passage étroit qui menait probablement à la rue. Il avait raison. Si l'arbalétrier avait voulu nous avoir, il aurait disposé de tout le temps du monde pour le faire.

—Alors il a juste abattu notre cible avant de se tirer ?

—Ça y ressemble.

—Je ne comprends pas.

Jim secoua la tête.

—Il se passe toujours des choses bizarres dans tes parages.

—C'était ton contrat, pas le mien.

Une douche d'étincelles tomba du haut de la porte et un signe vert « SORTIE » apparut.

Jim le regarda un instant, ses traits tordus dans une expression très nettement féline, dégoût et fatalisme mêlés, et secoua de nouveau la tête.

— Preums pour le carreau ! appelai-je.

— OK.

Le bipeur de Jim bourdonna. Il le vérifia et une expression familière apparut sur son visage.

— Oh non ! c'est hors de question ! Je ne peux pas le porter toute seule !

— Les affaires de la Meute.

Jim se dirigea vers la sortie.

— Jim !

Je résistai à l'envie de lancer quelque chose sur le seuil vide. *Voilà ce qui arrive quand on bosse avec un mec qui fait partie du Conseil de la Meute.* Ce n'était pas que Jim était un mauvais ami. C'était juste que pour les Changeformes, la Meute passait avant tout. Sur une échelle de un à dix, elle obtenait onze et le reste ne valait que un.

Je regardai le cadavre de Jeremy qui s'étalait comme un sac de pommes de terre sur le sol. Probablement soixante-quinze kilos, poids mort. Je ne voyais pas comment je pouvais le porter en même temps que la salamandre. Et il était hors de question de laisser la salamandre sans surveillance. La magie pouvait frapper à n'importe quel moment et réveiller le petit lézard. En plus, le sniper était peut-être toujours dans le coin. Il fallait que je me tire, et vite.

Jeremy et la salamandre valaient chacun quatre mille. Je ne travaillais plus beaucoup pour la Guilde et des contrats de cette ampleur n'étaient pas courants. Même partagée avec Jim, la prime couvrirait mes hypothèques pendant deux mois. L'idée de laisser quatre mille sur le sol me rendait physiquement malade.

Je regardai Jeremy. Puis la salamandre. Toujours des choix…

L'employé des primes à la Guilde des Mercenaires, un homme petit, soigné, aux cheveux foncés, regardait la tête de Jeremy sur le comptoir.

— Où est le reste ?

— J'ai eu un petit problème de logistique.

Le visage de l'employé s'éclaira d'un large sourire.

— Jim t'a laissé tomber, hein ? Il n'y aura qu'un ticket de capture alors ?

— Deux tickets.

Jim pouvait se comporter comme un trouduc mais je ne le baiserais pas sur sa part. Il aurait le ticket de capture qui lui donnait droit à la moitié de la prime.

— Kate, tu es une vraie poire.

Je me penchai sur le comptoir et lui dédiai mon meilleur sourire dérangé.

— Tu veux toucher pour voir si je suis trop mûre ?

— Non merci. (L'employé balança le tas de formulaires sur le comptoir.) Remplis ça.

La pile de documents faisait près de trois centimètres d'épaisseur et promettait de m'occuper pendant une bonne heure. La Guilde avait des règles plutôt lâches – en tant qu'organisation de mercenaires, elle s'intéressait de près à l'argent et se foutait généralement du reste – mais une mort devait être rapportée aux flics et nécessitait donc de la paperasse. La vie insignifiante de Jeremy était réduite au prix de sa tête et à des tas de petites cases à remplir.

Je regardai d'un air mauvais le formulaire sur le dessus de la pile.

— Je suis pas concernée par le R20.

— Ah ouais ! c'est vrai, tu bosses pour l'Ordre maintenant.

(L'employé décompta huit pages du haut de la pile et les retira.) Et voilà, traitement VIP.

— Super !

J'attrapai ma pile.

— Hé ! Kate, laisse-moi te poser une question.

J'avais envie de remplir mes formulaires, de rentrer et de faire une sieste.

— Vas-y.

Il glissa la main sous le comptoir. La Guilde des Mercenaires occupait les locaux d'un ancien hôtel Sheraton à la frontière de Buckhead et le comptoir avait été le bar dans une vie antérieure. L'employé sortit une bouteille marron foncé et la déposa devant moi avec un petit verre.

— Non. Je ne boirai pas ton mystérieux philtre d'amour.

Il s'esclaffa.

— Hennessy. Du bon. Je paie pour l'info.

— Merci, mais je ne bois pas. (« Plus », en fait. Je gardais toujours une bouteille de Sangria Boone's Farm dans mon placard pour les urgences, mais l'alcool fort était hors de question.) Quelle est ta question ?

— C'est comment de bosser pour l'Ordre ?

— Tu penses à t'enrôler ?

— Non, je suis content où je suis. Mais, j'ai un neveu. Il veut être Chevalier.

— Quel âge a-t-il ?

— Seize ans.

Parfait. L'Ordre les aimait jeunes. Plus facile pour le lavage de cerveau. Je tirai une chaise.

— Je prendrais bien un verre d'eau. (Il m'apporta de l'eau que je sirotai.) C'est simple, l'Ordre fait à peu près le même boulot que nous : il nettoie le bordel magique. Par exemple, tu as une harpie dans un arbre après une vague magique. Tu vas commencer par appeler les flics.

— Si tu es con.

L'employé eut un sourire suffisant. Je haussai les épaules.

— Les flics te disent qu'ils sont occupés par un ver géant qui essaie d'avaler le tribunal fédéral et qu'ils viendront dès qu'ils auront le temps. Comme d'habitude. Alors tu appelles la Guilde. Pourquoi attendre quand pour trois cents balles un couple de mercs mettra ta harpie dans un sac sans faire d'histoires et donnera même une plume à ton gosse pour son chapeau, OK ?

— Ouais.

— Suppose que tu n'as pas les trois cents balles. Ou suppose que le boulot est un code 12, trop dangereux pour la Guilde. Tu as toujours une harpie et tu veux t'en débarrasser. Alors tu appelles l'Ordre, parce que tu as entendu dire qu'il n'en demande pas autant. Il te convie à son Chapitre où un gentil Chevalier te parle, vérifie tes revenus et te donne la bonne nouvelle : il te demande cinquante balles parce que c'est tout ce que tu peux dépenser, selon l'Ordre. Kismet.

L'employé me regardait.

— Et alors ?

— Alors il te donne un papier à signer, ton appel à l'Ordre. Et, en grosses lettres, le papier dit que tu autorises l'Ordre à abattre toute menace en rapport avec ton cas.

L'Ordre des Chevaliers de l'Aide Miséricordieuse avait bien choisi son nom. Apporter une aide miséricordieuse, généralement du bout d'une lame ou d'une balle. Le problème était que, parfois, on obtenait plus d'aide qu'escompté.

— Disons que tu signes le contrat. Les Chevaliers viennent chez toi et observent la harpie. Au même moment, tu prends conscience que, chaque fois que tu vois cette saloperie, ta vieille tante sénile disparaît. Alors tu surveilles la vieille dame et, comme prévu, dès que la magie frappe, elle se transforme en harpie. Tu dis aux Chevaliers que tu veux annuler ta requête : tu aimes ta tante et, de toute manière, elle ne fait aucun mal assise dans son arbre. Les Chevaliers te disent que cinq pour cent des harpies sont porteuses d'une maladie mortelle et qu'ils ont déterminé qu'elle était une menace. Tu te fâches, tu gueules, tu appelles les flics mais les flics te disent que tout ça est légal, qu'ils ne peuvent rien faire et puis, l'Ordre fait partie des représentants de la loi, n'est-ce pas ? Tu promets d'enfermer ta tante. Tu essaies la corruption. Tu expliques que tes gosses adorent leur vieille tante. Tu pleures. Tu supplies. Mais rien à faire. (Je vidai mon verre.) Voilà ce que c'est de bosser pour l'Ordre.

L'employé se versa un verre d'alcool et l'avala cul sec.

— C'est vraiment arrivé ?

— Ouais.

— Ils ont tué la vieille ?

— Ouais.

— Bon Dieu !

— Si ton neveu pense qu'il peut faire ça, dis-lui de solliciter son admission à l'Académie. Il a le bon âge. C'est dur physiquement et les études sont difficiles et lourdes mais, s'il a la volonté, il peut le faire.

— Comment tu sais ça ?

Je ramassai ma pile de formulaires sur le comptoir.

— Quand j'étais gamine, mon tuteur m'a inscrite. Il était Chevalier Divin.

— Putain ! T'as tenu combien de temps ?

— Deux ans. Je me débrouillais bien en tout sauf le conditionnement mental. J'ai des problèmes avec l'autorité.

Je saluai l'employé de la main et emportai mes formulaires à une table.

La vérité était que je ne me débrouillais pas bien, j'excellais. Aux tests, j'avais explosé l'échelle de pouvoir. On m'avait certifiée écuyer de niveau Electrum. Je détestais ça. L'Ordre exigeait un dévouement absolu, or j'avais déjà une cause. Je voulais tuer l'homme le plus puissant du monde, ambition qui laissait peu de place au reste. J'avais quitté l'Académie et m'étais mise à travailler pour la Guilde des Mercenaires. Ça avait brisé le cœur de Greg.

Greg avait été un supertuteur, déterminé à me protéger jusqu'au fanatisme. Pour Greg, l'Ordre était un havre. Si ma cible découvrait mon existence, elle me tuerait et ni Greg ni moi n'avions assez de pouvoir pour l'en empêcher. Pas encore en tout cas. Si j'avais rejoint l'Ordre, tous les Chevaliers m'auraient protégée contre cette menace. Mais je n'en valais pas la peine, j'avais donc quitté l'Ordre sans jamais regarder en arrière.

Puis Greg avait été assassiné. Pour trouver son meurtrier, j'avais contacté l'Ordre et m'étais débrouillée pour participer à l'enquête. J'avais trouvé l'assassin et je l'avais tué. C'était une histoire épouvantable connue aujourd'hui sous le nom d'« affaire du traqueur de Red Point ». Au cours de l'enquête, mon dossier de l'Académie avait refait surface et l'Ordre avait décidé de me récupérer. Sans la moindre subtilité. Il m'avait inventé un boulot : agent de liaison entre l'Ordre et la Guilde, m'avait promis le bureau de Greg, ses dossiers, l'autorité pour gérer les affaires mineures et une paie régulière. J'avais accepté. En partie à cause d'un sentiment de culpabilité : j'avais évité Greg après avoir quitté l'Académie. En partie par bon sens : j'avais une hypothèque sur la maison de mon père à côté de Savannah et une autre sur l'appartement de Greg à Atlanta. Laisser tomber l'un ou l'autre m'aurait arraché le cœur. Les missions de la Guilde payaient bien mais je n'avais qu'un petit territoire à Savannah où les gros contrats étaient assez rares, peut-être un tous les six mois. Il était impossible de résister à l'attrait d'un salaire.

Mon affiliation à l'Ordre ne durerait pas. Mais pour l'instant, cela fonctionnait. J'avais toujours pu honorer mes hypothèques et une fois ces formulaires remplis, je pourrais payer les factures pendant encore deux mois.

Après avoir noté mon numéro d'identification de la Guilde une bonne dizaine de fois sur chaque feuille, je remplis un questionnaire de « oui » ou « non ». Oui, j'avais agi en légitime défense. Non, je ne pensais pas qu'une force excessive avait été employée pour immobiliser le suspect. Oui, j'étais convaincue que le suspect présentait un danger immédiat pour moi comme pour d'autres. Lorsque j'atteignis enfin la partie « Remplissez les blancs », j'avais besoin d'allumettes pour garder les yeux ouverts. Dans la section « Expliquez les intentions du suspect telles que vous les avez perçues », j'inscrivis : « Il voulait réduire la ville en cendres parce qu'il était complètement taré. »

Lorsque je pus enfin passer les lourdes portes renforcées de la Guilde des Mercenaires, le ciel était gris pâle, de cette couleur particulière qui indique généralement que le soleil va se lever. Au moins, j'avais le carreau récupéré dans le dos de Jeremy. Et j'avais une avance de trois cents dollars en poche. Le reste du fric attendrait que les flics approuvent l'exécution. Quand j'arrivai au croisement, je l'avais déjà partagé entre différentes factures. Je pouvais encore sentir la liasse dans ma poche, quatre billets de cinquante et cinq billets de vingt, mais je l'avais déjà dépensée.

Les grands mystères de l'Univers.

Deux heures plus tard, je titubais dans les locaux du Chapitre de l'Ordre à Atlanta, les yeux hagards, une grande tasse de café à la main, le carreau d'arbalète dans un sac en papier coincé sous un bras. Les bureaux m'accueillirent avec leur pléthore de couleurs vives : un long couloir avec une moquette grise, des murs gris et des lampes grises. Beurk !

Au moment où j'entrai, la magie frappa. Les lampes électriques s'éteignirent. Les tubes gonflés des lanternes fae flamboyèrent de bleu, ranimés par la magie.

C'était la troisième vague en vingt-quatre heures. La magie devenait folle ces jours-ci, apparaissant et disparaissant comme si elle ne parvenait pas à se décider.

Depuis le coin secrétariat gardant le bureau du Chevalier Protecteur, le cliquetis d'une très surannée machine à écrire se répercutait dans les bureaux vides.

— Bonjour Maxine.

— *Bonjour Kate*, dit la voix de Maxine dans ma tête. *Dure nuit ?*

— On peut dire ça comme ça.

Je déverrouillai la porte de mon bureau. Le Chapitre d'Atlanta de l'Ordre faisait tout pour paraître inoffensif, mais mon bureau était étriqué même d'après ses standards. Il y avait à peine la place pour une table de travail, deux chaises, une armoire à dossiers et quelques étagères. Les murs étaient eux aussi d'une radiante couleur grise.

Je m'arrêtai sur le seuil, stoppée dans mon élan. J'avais hérité ce bureau de Greg. Quatre mois s'étaient écoulés depuis sa mort. J'aurais dû m'en être remise, pourtant, parfois, comme ce matin-là, j'avais du mal à entrer. Ma mémoire insistait : si j'entrais, Greg serait là, un livre à la main, ses yeux sombres pleins de reproches, mais dénués de méchanceté. Une fois de plus prêt à me sortir du bordel dans lequel je me serais foutue. Mais c'était un mensonge. Greg était mort. D'abord ma mère, puis mon père et puis Greg. Tous ceux que j'avais aimés étaient morts de manière violente, dans d'atroces douleurs. Si je prenais le temps d'y réfléchir, je hurlerais comme un loup de la Meute à la pleine lune.

Je fermai les yeux, tentant de me débarrasser du souvenir de Greg. Erreur. Son image se fit juste plus intense.

Je fis un cent quatre-vingts et me dirigeai vers l'armurerie. *Eh oui, je suis lâche. Et alors ?*

Andrea était assise sur un banc à nettoyer un pistolet. Elle était petite, compacte avec le genre de visage qui poussait les gens à lui raconter leur vie tout en faisant la queue à la caisse. Elle connaissait la Charte de l'Ordre comme sa poche et pouvait en détailler les règles les plus obscures. Sa radio ne perdait jamais le contact, son scanner magique fonctionnait toujours parfaitement et, si on lui apportait un gadget cassé, elle le rendait le lendemain complètement opérationnel et propre.

Andrea leva sa tête blonde et me fit un petit salut de la main. Je haussai légèrement les épaules, sentant le poids rassurant de Slayer, mon sabre, dans mon dos, et lui fis signe en retour. Je pouvais comprendre la dépendance au métal. Après la petite aventure qui m'avait conduite à ce boulot, j'avais du mal à me séparer de Slayer. Quelques minutes sans ma lame et je me sentais nerveuse.

Andrea remarqua que je la regardai toujours.

—Tu as besoin de quelque chose ?

—J'ai besoin d'identifier un carreau d'arbalète.

Elle me fit signe d'approcher de la main gauche.

—Donne.

Je le lui donnai. Andrea ouvrit le sac en papier, sortit le carreau et poussa un sifflement d'admiration.

—Joli !

Rouge sang et empenné avec trois plumes noires, le carreau devait mesurer soixante centimètres. Des lignes de huit centimètres marquaient la hampe juste sous l'empennage, neuf marques en tout.

—C'est une hampe en carbone. On ne peut pas la plier. Très solide et très cher. On dirait un 2216, conçu pour abattre du gibier de taille moyenne, daim, ours…

—Humain…

Je m'adossai au mur et sirotai mon café.

—Ouais. (Andrea hocha la tête.) Bonne puissance, bonne trajectoire sans perte significative de vitesse. C'est un tueur d'hommes. Regarde la tête : petite, triple lame, ne pèse pas plus de six grammes. Ça me rappelle beaucoup une série de Wasp Boss[1]. Certains préfèrent des broadheads[2] mécaniques, mais avec une arbalète, l'accélération est tellement soudaine que ça ouvre les lames en vol et on perd de la précision. Si je devais choisir une broadhead, je prendrais un truc dans ce genre-là. (Elle fit tourner le carreau à la lumière en montrant les lames de la tête.) Aiguisées à la main. Où as-tu trouvé ça ?

Je le lui expliquai.

Elle fronça les sourcils.

— Le fait que tu ne l'aies pas entendu suggère que l'arbalète est une recurve, recourbée à l'ancienne, une arbalète composite fait « twang » quand elle libère le trait. Je peux l'essayer ?

Elle désigna une cible en papier de la forme d'un homme épinglée sur le mur opposé recouvert de plusieurs épaisseurs de liège.

— Bien sûr.

Elle mit des gants pour minimiser les résidus magiques, attrapa une petite arbalète sur le banc, l'arma, la leva et tira, trop vite pour viser. Le carreau siffla et mordit le centre du front de l'homme. Dans le mille. Et moi qui étais incapable de toucher une vache à dix mètres avec un flingue...

Les lanternes fae tremblotèrent puis s'éteignirent. Sur le mur, une lampe électrique poussiéreuse flamboya de lumière jaune. La vague magique s'était vidée de sa substance, le monde était revenu à la technologie. Andrea et moi nous regardâmes. Personne ne pouvait prévoir la durée d'une vague : la magie allait et venait comme elle le voulait. Mais les vagues duraient rarement moins de une heure. Celle-ci n'avait tenu qu'un quart d'heure.

— C'est moi ou c'est plus rapide que d'habitude ?

---

1. Marque de flèches, d'arcs et d'arbalètes. (*NdT*)
2. « Têtes larges », non traduit en français, désigne une sorte de flèches. (*NdT*)

— Ce n'est pas toi. (Andrea semblait troublée. Elle libéra le carreau.) Tu veux que je le scanne pour la magie ?

— Si ça ne t'ennuie pas.

La magie avait la fâcheuse tendance de se dissiper avec le temps. Plus vite on scannait un indice, plus on avait de chances d'obtenir une empreinte de pouvoir.

— M'ennuyer ? (Elle se pencha vers moi.) J'ai été privée d'action pendant deux mois. Ça me tue. J'ai des toiles d'araignées au plafond. (Elle pressa le doigt sous son œil droit, tirant sur la paupière.) Regarde toi-même.

J'éclatai de rire. Andrea travaillait pour un Chapitre dans l'Ouest et avait rencontré des difficultés avec une meute de Wolfs qui organisait des raids sur les fermes d'élevage. Les Wolfs, les Changeformes fous et cannibales qui avaient perdu leur bataille intérieure pour l'humanité, tuaient, violaient et se frayaient un chemin d'une atrocité à une autre jusqu'à ce que quelqu'un débarrasse le monde de leur misère.

Malheureusement, les Wolfs étaient aussi terriblement contagieux. Le Chevalier partenaire d'Andrea, infecté, avait viré Wolf et fini avec vingt balles tirées par Andrea dans la tête. Il y avait une limite à la résistance des Métamorphes et Andrea était une tireuse d'élite. On l'avait mutée à Atlanta et, même si elle n'avait aucune trace de Virus Lycos dans le sang et ne présentait aucun danger de se voir pousser fourrure et griffes, Ted la gardait au placard.

Andrea porta le carreau jusqu'au scanner, souleva le couvercle de verre, glissa le carreau sur le plateau de céramique, rabaissa le cube et manœuvra les leviers. Le cube descendit et le scanner-m tournoya.

— Andrea ?

— Hmm ?

— On est en pleine vague tech.

Je me sentais stupide.

Elle fit la grimace.

— Oh ! merde ! On n'aura probablement rien. Mais bon ! on ne sait jamais. Parfois on peut récupérer quelques empreintes magiques résiduelles, même pendant une vague tech.

Nous regardions le cube. Nous savions toutes deux que c'était futile. Il aurait fallu scanner un objet totalement saturé de magie pour obtenir un bon scan-m dans ces conditions. Quelque chose comme un morceau de corps. Le scanner-m analysait les traces de magie résiduelles laissées sur un objet par son propriétaire et les imprimait en couleur : bleu pour les humains, vert pour les Changeformes, violet pour les vampires. La teinte et l'intensité des couleurs précisaient les différents types de magie. Lire correctement un scan-m relevait pratiquement d'une forme d'art. Les traces de magie sur un carreau, qu'on n'avait probablement tenu que très brièvement, ne pouvaient être que minimes. Je ne connaissais qu'un homme dans cette ville qui possédait un scanner-m suffisamment puissant pour imprimer une trace résiduelle si infime. Son nom était Saiman. Mais si j'allais le voir, ça me coûterait la peau des fesses.

L'imprimante cliqueta. Andrea tira l'impression et se tourna vers moi. Son visage avait pâli. Une large traînée bleu argenté parcourait le papier. Humain Divin. Ce qui, en soi, n'était pas remarquable. Quiconque tenait son pouvoir d'une divinité ou d'une religion laissait une empreinte Humain Divin : le pape, les moines Shaolin, même Greg, Chevalier Divin, laissaient des empreintes bleu argenté. Le hic était que nous n'aurions pas dû obtenir un scan-m en pleine tech.

— Qu'est-ce que ça veut dire ? La magie résiduelle est-elle particulièrement puissante sur ce truc ?

Andrea secoua la tête.

— Les vagues magiques ont été singulièrement fantasques ces derniers temps.

Nous nous regardâmes. Nous savions toutes deux ce que ces vagues ultrarapides signifiaient : un tsunami. Et j'avais autant besoin d'un tsunami que d'un trou dans la tête.

— *Vous avez un demandeur*, dit la voix de Maxine dans ma tête.

J'attrapai mon scan-m et retournai dans mon bureau.

Chapitre 2

J'atterris dans mon bureau. Un tsunami menaçait. Si les changements normaux représentaient des vagues magiques, un tsunami était un raz-de-marée de magie. Ça commençait par des fluctuations magiques de faible intensité, allant et venant rapidement mais ne quittant jamais vraiment le monde. Pendant ces courtes marées, la magie ne faiblissait pas vraiment, revenait de plus en plus puissante jusqu'à ce qu'elle nous noie dans une immense vague.

La théorie voulait que la magie et la technologie aient coexisté dans un certain équilibre. Comme le balancier de la pendule de grand-père qui oscillait à peine. Puis vint l'âge de l'homme, et les hommes étaient faits de progrès. Ils surdéveloppèrent la magie, poussant le balancier si loin d'un côté qu'il revint brutalement vers l'autre et commença à se balancer de plus en plus vite, entraînant avec lui les vagues tech. Puis, à son tour, la technologie satura le monde, aidée elle aussi par ce satané humain, et le balancier se remit à osciller, vers la magie cette fois. La bascule de magie à tech avait eu lieu au début de l'âge du fer. Le changement actuel datait officiellement de trente ans. Cela avait commencé avec un tsunami et, avec chaque tsunami successif, un peu plus de notre monde succombait à la magie.

De drôles de trucs survenaient pendant les raz-de-marée. La houle magique ne durait que deux ou trois jours, mais c'étaient des périodes meurtrières. Pendant un instant, je souhaitai n'être encore qu'une simple merc. Je pourrais alors rentrer à la maison et attendre que toute cette folie passe.

Une femme apparut sur le seuil : mon demandeur. Mince et élégante à la manière élancée des gens qui sont naturellement grands et fins, elle n'était pas seulement séduisante, elle était superbe : de très beaux yeux asiatiques, une peau parfaite, des lèvres pleines et des cheveux noir bleuté qui recouvraient ses épaules. Sa robe était noire et moulante. Ses chaussures me faisaient mal aux mollets.

Et elle avait un air familier, mais j'étais foutrement incapable de me souvenir d'où je l'avais déjà vue.

— Kate Daniels ?

C'était moi.

— Oui ?

— Mon nom est Myong Williams.

Nous nous serrâmes la main avec gêne.

— Asseyez-vous donc.

Elle s'assit dans le fauteuil visiteur et croisa ses jambes fines dans un murmure d'étoffe.

— Que me vaut le plaisir ?

Elle hésita, repositionnant ses jambes pour inconsciemment mieux les mettre en valeur.

— Je suis venue vous demander un service.

— De quelle nature ?

— Personnelle.

Quelque chose s'enclencha dans mon cerveau.

— Je me souviens de vous ! Vous êtes la… (amoureuse, maîtresse, poule…) compagne de Curran.

Nom de Dieu ! que pouvait bien me vouloir la concubine du Seigneur des Bêtes ?

— Nous ne sommes plus ensemble, dit Myong.

Son problème ne concernait pas Curran. Bien. Super. Fantastique. Plus il y avait de distance entre le Seigneur des Bêtes et moi, mieux cela valait pour tout le monde. Nous avions travaillé ensemble pendant l'affaire du traqueur de Red Point et nous nous étions presque entre-tués.

Myong gigota dans son fauteuil, ajusta l'ourlet de sa robe d'un geste désinvolte et fronça ses sourcils parfaitement cirés.

— Vous et Maximilien…

La mention du prénom complet de Max provoqua une réaction de gêne chez moi. J'avais cru en avoir fini avec lui. Nous nous étions rencontrés pendant l'enquête sur la mort de Greg. Il était séduisant, intelligent, parfois gentil et très intéressé par ma personne. J'avais souhaité… Je n'étais pas sûre de ce que j'avais vraiment souhaité. Une intimité. Du sexe. Quelqu'un vers qui revenir le soir. Ça ne s'était pas bien terminé. En fait, il me haïssait probablement.

— Max et moi ne sommes plus ensemble.

— Je sais, nous sommes fiancés.

Je ne compris pas tout de suite.

— Qui ?

— Maximilien Crest et moi, nous allons nous marier.

Le monde venait de me tomber sur la tête.

— OK. Laissez-moi récapituler. Vous et mon… (« ex-petit ami » ne serait pas exact, vu que nous n'avions jamais formé un couple, et « ex-éventuel petit ami » semblait vraiment stupide)… Vous et Max êtes ensemble ?

— Oui.

Inconfortable, à tout le moins. Je ne ressentais aucune jalousie mais parler avec elle me mettait mal à l'aise sans que je sache pourquoi. Je me forçai à sourire et me penchai en arrière.

— Félicitations. Qu'attendez-vous de moi ?

Myong avait l'air embarrassée.

— D'après la coutume, je dois demander l'autorisation de Curran.

— Vous voulez dire qu'il doit approuver votre mariage avec Crest ? même si vous et Curran n'êtes plus ensemble ?

— Oui. Je fais partie de la Meute.

Ça expliquait certaines choses. Curran régnait sur les Changeformes d'une poigne de fer. Chaque Métamorphe du Sud-Est l'appelait « Seigneur ». À part les Wolfs qui avaient rarement l'occasion de donner quelque nom que ce soit à Curran avant qu'il les réduise en charpie. Je la détaillai de pied en cap et haussai les sourcils.

— Renarde ?

Elle soupira.

— Tout le monde me demande ça. En fait, je me transforme en vison.

J'essayai d'imaginer un vison-garou, sans succès. Ça devait plaire à Crest, en revanche.

— Vous ne m'avez toujours pas dit pourquoi vous êtes là.

— J'ai demandé à Curran, dit-elle.

— Et il a dit « non » ?

— Non. Il n'a rien dit. Ça fait deux mois. (Myong se pencha en avant, les mains jointes.) Mon alpha refuse d'aborder le sujet avec Curran. J'espérais que vous pourriez poser la question à mon Seigneur pour moi.

— Moi ?

— Vous avez une certaine influence sur lui. Vous lui avez sauvé la vie.

Vous voulez que je demande à votre ex-amant, le Changeforme maniaque qui me fout une trouille de tous les diables, de vous laisser épouser mon « ex-éventuel petit ami » ? Vous plaisantez !

— Je crois que vous surestimez son opinion à mon égard.

— S'il vous plaît.

Myong se mordilla la lèvre. Les doigts de sa main gauche agrippaient et tordaient ceux de sa main droite, exposant la petite cicatrice inégale sur son poignet. Gauchère. Elle s'était ouvert la veine, probablement avec une lame en argent : un acte théâtral et complètement futile. Il fallait bien plus qu'une coupure de dix centimètres pour saigner un Changeforme à blanc. Elle me regardait, apparemment inconsciente des mouvements de ses mains.

— Max dit que vous pouvez comprendre.

Et merde ! Mais il n'était pas venu lui-même...

Je la regardai. Elle avait l'air paumée au point de ne plus faire la différence entre le haut et le bas. Trois mois auparavant, j'avais vu la même expression sur son visage, juste après que le traqueur de Red Point avait appelé le donjon de la Meute. Curran et moi avions découvert son identité et il n'était pas très content. Le traqueur avait placé le téléphone devant la bouche d'une de ses prisonnières pour que Curran ne rate pas un seul de ses gémissements, puis il l'avait coupée en morceaux, vivante. J'avais été témoin de l'appel et quand j'étais retournée à ma chambre en étouffant mes larmes, j'avais aperçu Myong derrière une porte, recroquevillée, cette expression de vulnérabilité totale sur le visage.

Avec ce souvenir, un sentiment m'envahit : la sensation d'être trop stupide pour voir ce qui était sous mes yeux. Effrayée, poursuivie et seule, titubant dans la ville assiégée, accumulant les erreurs tandis qu'autour de moi les gens mouraient. Cela me prit à la gorge. Mon pouls s'emballa, je déglutis, me souvenant que c'était fini. À l'époque, quand je me noyais, Crest m'avait tendu une perche et je l'avais presque entraîné avec moi. Il méritait d'être heureux. Sans moi.

— Je poserai la question.

Elle expira.

— Merci.

— Je ne suis pas sûre de pouvoir convaincre Curran. Votre Seigneur et moi avons tendance à nous exaspérer l'un l'autre.

Et à chacune de nos rencontres, quelque chose cassait chez moi. Une côte, le toit de ma maison, un marteau.

Elle n'entendit pas la dernière partie.

— Je sais que nous pouvons compter sur vous. Merci beaucoup. Nous vous sommes tellement reconnaissants.

— *Visiteur*, dit la voix de Maxine dans mon esprit.

Une silhouette dégingandée familière apparut sur le seuil de mon bureau. Près d'un mètre quatre-vingts, il portait un jean clair et un tee-shirt léger. Ses cheveux bruns étaient coupés très court. Il avait un visage frais, ouvert, et des yeux bruns veloutés sous des cils si longs qu'ils auraient rendu n'importe quelle femme jalouse. Si ce n'était la promesse d'une mâchoire carrée bien masculine, on aurait pu le qualifier de « mignon ». D'un autre côté, s'il devait se battre contre une horde d'adolescentes, il n'avait qu'à battre des cils pour qu'elles s'évanouissent toutes.

Mais sa joliesse et ses yeux embrumés étaient trompeurs. Derek était un tueur. Il avait été témoin de plus de souffrance au cours de ses dix-huit années d'existence que certaines personnes en verraient en un demi-siècle et cela l'avait aiguisé comme une lame. Je ne l'avais pas vu depuis Red Point, quand ma grande gueule l'avait condamné à un lien de sang destiné à me protéger. Curran l'avait libéré de ses obligations, mais un serment scellé dans le sang ne disparaissait pas comme ça. Les effets secondaires duraient. Ça avait été la première et la dernière fois que je me mêlais de la hiérarchie de la Meute.

— Salut Kate, dit Derek avec légèreté. Myong ? Qu'est-ce que tu fous là ?

Myong eut un mouvement de recul et faillit tomber de son fauteuil. Ses épaules s'arrondirent comme si elle attendait un coup, elle baissa la tête et plia les genoux. Elle regardait le sol. Si elle avait été sous sa forme animale, je suis à peu près certaine qu'elle se serait pissé dessus.

Facile de deviner qui avait le plus haut statut dans la hiérarchie de la Meute.

— Vous n'avez pas à lui répondre. Les informations révélées à un représentant de l'Ordre sont confidentielles à moins d'un ordre du tribunal.

Elle ne bougea pas, garda les yeux baissés. C'était trop pour moi.

— Vous pouvez partir.

Elle s'enfuit du bureau. Une seconde plus tard, la porte qui donnait sur le palier se referma derrière elle. J'aurais parié qu'elle courait dans l'escalier pour atteindre l'extérieur. J'espérai juste qu'elle ne se casserait pas une jambe à cause de ses talons aiguilles. Ses os prendraient bien deux semaines à se réparer.

— Puis-je entrer ? demanda Derek.

Je lui désignai les fauteuils visiteurs.

— Pourquoi Myong a-t-elle peur de toi ?

Il s'assit et haussa les épaules.

— Je ne peux qu'avancer une hypothèse.

— Vas-y.

— Je travaille directement pour Curran maintenant. Elle a probablement peur que je la dénonce parce que je sais pourquoi elle était là.

— Tu vas la dénoncer ?

Il haussa de nouveau les épaules.

— C'est son problème. À moins qu'elle commence à conspirer contre la Meute, ça ne m'intéresse pas. Venir te trouver n'était pas son idée de toute manière. Elle est très passive.

— Ah bon ?

Il hocha la tête.

— Ce connard l'a poussée. J'ai toujours dit que c'était une ordure.

— Je prends note de ton opinion.

Merci bien, enfant prodige, pour ton jugement sur mon « presque potentiel petit ami ». Que ferais-je sans la direction morale d'un adolescent loup-garou ?

— Pourquoi n'est-il pas venu lui-même te dire : « Je sais que ça n'a pas marché entre nous mais j'ai besoin de ton aide ? » Son *ego* est tellement énorme qu'il a envoyé sa fiancée pour supplier son ex-petite amie d'arranger son mariage. Tu ne trouves pas que c'est une marque de faiblesse ? (Assez faible en effet.) Pas un mot de plus !

Derek se redressa dans son siège. Du jaune dansa dans ses yeux avant de disparaître. Ce n'était pas normal.

Je tirai Slayer de son fourreau et fis courir mon doigt le long de la lame. Le métal opaque, presque blanc du sabre me « mordit » de ses petites dents de magie. Clairement un tsunami. Les Changeformes avaient du mal à contrôler leurs émotions pendant un raz-de-marée. Génial. Vraiment génial. Curran pourrait-il éventuellement être émotionnellement détaché au sujet de ce mariage ? Hmm. Qui est-ce que j'essayais de convaincre ?

— Tu as l'air d'aller bien, dis-je à Derek.

— Merci.

— Tu ne viens jamais me voir… Tu as un problème ?

— Non. La pièce est sûre ?

— Tu es dans la maison du Chapitre de l'Ordre. Rien ne peut être plus sûr.

Il se retourna et poussa la porte pour la fermer.

— Je suis venu déposer une requête au nom de la Meute.

Je n'ai pas envie de travailler avec Curran. Je n'ai pas envie de travailler avec Curran. Je n'ai pas envie de travailler avec Curran.

— Je suis désolée. Je ne suis pas sûre d'avoir bien entendu. Tu as dit que la Meute avait besoin de mon aide ?

— Oui. (De petites étincelles dansaient dans ses yeux.) On nous a baisés et il ne nous a même pas embrassés avant.

— Comme c'est grossier ! Et qui est ce « il » ?

— Nous n'en sommes pas sûrs, dit Derek prudemment. Mais tu as son carreau sur ton bureau.

Je me penchai en avant.

— Raconte.

— Disons seulement que ce matin, l'une de nos équipes a été attaquée par un homme qui utilisait exactement ce type de carreaux. Il a volé la propriété de la Meute et nous voulons la récupérer.

— Aha ! Et pourquoi moi ?

À ma connaissance, dûment expérimentée, la Meute préférait régler ses propres affaires. Putain ! la plupart du temps, elle refusait même d'admettre qu'elle pouvait avoir des problèmes.

— Parce que tu as des contacts que nous n'avons pas. (Derek se permit un demi-sourire.) Et parce que si nous commençons à retourner toute la ville à sa recherche, certaines factions vont se demander pourquoi et le vol risque de devenir aussi officiel qu'embarrassant. Nous ne voulons pas laver notre linge sale en public. L'Ordre nous a toujours aidés sans publicité superflue.

Génial. J'avais perdu la bataille. Greg était la seule personne au sein de l'Ordre qui avait gagné la confiance de la Meute. Puisqu'il était mort et que j'avais gagné le statut d'Amie de la Meute, cette confiance m'échoyait. L'Ordre voulait garder un œil sur la Meute, ça je le savais. Quelque chose me disait que les Chevaliers examineraient cette requête avec une attention très soutenue.

— Qu'est-ce que l'arbalétrier a piqué ? (Derek hésita.) Derek, je ne vais pas partir en chasse si je ne sais pas après quel gibier je cours. Qu'a-t-il pris ?

— Il a attaqué une équipe de relevé et leur a volé les cartes.

Je faillis siffler, sauf que mon Russe de père serait sorti de sa tombe me gifler pour l'avoir fait à l'intérieur. Les cartes de la Meute étaient légendaires pour leur qualité et leur précision. Elles étaient toujours à jour, avec les nouveaux quartiers, les zones de pouvoir clairement marquées, toutes les allées explorées, tous les endroits intéressants bien indiqués. Je connaissais au moins une demi-douzaine de personnes qui donneraient un testicule contre la possibilité de photocopier ces foutues cartes.

— Il a de sacrées couilles !

— Il avait l'air d'un mâle.

— Description ?

— Très rapide.

— C'est tout ? C'est vraiment tout ce que tu as ?

— Très bon tireur.

Je soupirai.

— Sur qui a-t-il tiré ?

— Jim.

Et merde !

— Il va bien ?

— On lui a tiré dessus quatre fois en moins de deux secondes. Il n'est pas très content. C'est un peu douloureux à certains endroits mais, à part ça, il va bien.

Mon cerveau remit les pièces du puzzle en place.

— Quand notre cible a été abattue, Jim a reçu un appel de l'équipe de relevé. L'arbalétrier a filé Jim, lui a sauté dessus, a neutralisé l'équipe et a volé les cartes.

Le visage de Derek reflétait toute la joie d'un homme qui mord dans un citron vert.

Le voleur était un crack ! Filer mon ancien partenaire !

— Juste par curiosité, il y a combien de personnes dans une équipe de relevé ?

— Quatre.

Cinq avec Jim.

— Et vous l'avez laissé partir ?

— Il a juste disparu.

— J'imagine que l'odorat des Changeformes n'est plus ce qu'il était…

— Non, Kate, tu ne comprends pas. Il a disparu. Un instant il était là, et l'instant d'après plus une trace.

Je ne pus résister.

— Comme un ninja ? Dans un nuage de fumée ?

— Ouais.

— Alors vous me demandez de traquer un sniper surnaturellement rapide qui peut disparaître comme un magicien ! Et, en plus, je devrais faire en sorte que personne ne sache ce que je cherche ni pourquoi ?

— Exactement.

Je soupirai.

— Je vais chercher la paperasse.

Chapitre 3

Quand on ne sait pas quoi faire, on retourne là où tout a commencé. Je n'avais aucun nom, aucune description et aucun endroit où entamer ma chasse au mystérieux sniper, je pensais donc que le parking souterrain, où Jeremy nous avait presque toastés, serait ma meilleure chance. Puisque la magie fluctuait sans arrêt et que je n'avais pas envie de me retrouver perdue quelque part, j'empruntai un cheval aux écuries de l'Ordre qui se situaient à un bloc des bureaux.

Il semblait que je n'étais pas la seule à avoir remarqué la folie de la magie. Les écuries étaient presque vides et mes montures habituelles étaient sorties. J'entrai à pied et ressortis sur le dos d'une mule rouge. Répondant au nom de Ninny, elle mesurait un mètre cinquante au garrot et alors qu'elle bravait calmement le trafic du centre-ville, je commençai à comprendre la sagesse dans l'élevage des mules.

Le chemin le plus court pour rallier le parking souterrain suivait l'autoroute inter-États 85 à travers le cœur de la ville. À une époque plus heureuse, la vue depuis l'autoroute devait être extraordinaire. Désormais, tout était en ruine, ravagé par la magie et il ne restait que des vestiges. Les squelettes de métal tordus des anciens gratte-ciel jaillissaient des décombres comme des os fossiles blanchis. Ici et là, un survivant à moitié dévoré, dont il ne restait que les premiers étages, luttait pour rester debout. Le verre pilé de centaines de fenêtres explosées scintillait au milieu des gravas.

Incapable ou réticente à nettoyer la zone, la ville repoussait autour. De petits étals étaient apparus ici et là le long de l'autoroute à douze voies, vendant de tout depuis les faux œufs de monstres jusqu'aux ordinateurs miniatures dernier cri et aux armes à feu de précision. Les ordinateurs ne fonctionnaient généralement pas, même quand la tech était à plein volume, et les monstres sortaient rarement de leurs œufs.

Des chevaux, des mules, des chameaux et d'étranges véhicules tentaient de négocier leur chemin sur la route encombrée, se fondant en un immense crocodile multicolore. J'en faisais partie, inondée d'odeurs animales, suffoquant des gaz d'échappement des automobiles et assaillie par les appels des vendeurs qui tentaient chacun de crier plus fort que les autres.

— Potions, potions, remèdes contre l'arthrite…

— … Le meilleur, les deux premiers sont gratuits…

— … purificateurs d'eau. Épargnez des centaines de dollars par an…

— … Bœuf séché…

Du bœuf? On parie?

Vingt minutes plus tard, je quittai le bruit de l'autoroute par une rampe de bois et me traînai dans une série de ruelles appelées collectivement le Dédale.

Bordé par le Lakewood Park sur un côté et par le cimetière Southview de l'autre, le Dédale s'étendait jusque McDonought Boulevard. Quelques décennies plus tôt, le coin avait été inclus dans le projet de rénovation urbaine du Sud, son paysage redessiné pour faire place à plusieurs grands complexes d'appartements massifs et de nouveaux buildings de bureaux de deux ou trois étages.

Depuis le changement, quand la première vague magique avait frappé le monde, le Dédale était devenu plus pauvre, plus dangereux et plus isolé. Pour des raisons inconnues, la magie présentait un appétit sélectif. Elle transformait certains bâtiments en gravats mais en laissait d'autres parfaitement intacts. Traverser ce quartier de nos jours était comme se frayer un chemin dans une zone de guerre après un bombardement, certaines maisons étaient réduites en poussière tandis que leurs voisines restaient indemnes.

Le parking où Jeremy avait perdu la vie était en sandwich entre une banque et une église catholique abandonnée. Sans toit, trois étages de haut et trois étages en sous-sol, maculé de suie, le parking jaillissait du sol comme une allumette brûlée. J'attachai Ninny à un tuyau métallique qui sortait du mur. Aucun individu sain d'esprit n'essaierait de voler une mule avec la marque de l'Ordre sur l'arrière-train. L'Ordre avait la fâcheuse habitude de marquer magiquement ses propriétés et la rue détestait voir débouler une troupe de Chevaliers pleins d'une rage vertueuse.

À l'intérieur, le parking sentait la craie, l'odeur sèche et familière du béton retourné à la poussière grâce au moulin infatigable de la magie. Je pris l'escalier vers le dernier sous-sol. Les niveaux en colimaçon du garage s'étaient effondrés à certains endroits, laissant passer suffisamment de lumière pour diluer l'obscurité. La puanteur de soufre me prit les narines.

Je retrouvai la grande tache sombre sur le mur et suivis mes propres traces jusqu'au corps décapité de Jeremy. L'Escadrille Grise devait être surchargée de cadavres ce matin-là – ils auraient dû emporter le corps à la morgue depuis longtemps.

Je traversai le périmètre jusqu'à la fissure dans le mur découverte la nuit dernière. Je passai la tête dedans : sombre et étroite, avec une odeur d'argile mouillée. C'était certainement par là que l'arbalétrier s'était échappé.

Je tirai mon sabre et plongeai dans le tunnel.

Les souterrains n'ont jamais été mon truc. Avancer dans un réduit obscur pendant ce qui ressemblait à une heure, avec de la poussière qui m'aspergeait la tête, des parois qui frottaient contre mes épaules, avec l'éventualité d'un sniper m'attendant de l'autre côté était aussi agréable que de plonger mon visage dans le vomis d'un crapaud géant. Je n'avais combattu un crapaud géant qu'une seule fois et les cauchemars consécutifs me donnaient encore envie de gerber.

Le tunnel tournait, je me glissai difficilement dans le virage et vis de la lumière. Enfin. Je m'immobilisai, aux aguets. Pas de bruit métallique de sûreté libérée. Pas de voix.

J'approchai de la lumière et stoppai net. Un gouffre immense creusait le sol devant moi. Au moins deux kilomètres de large et près de cinq cents mètres de profondeur, il s'ouvrait à quelques pas de moi et s'étendait sur quatre bons kilomètres, vers la gauche, sans que j'en voie la fin. Des piles de débris métalliques en couvraient le fond, le long des versants de l'abîme. Ici et là, des restes de barres d'acier jaillissaient des décombres. Aiguisées comme des rasoirs et brillantes comme les dents d'un énorme ours enterré, elles faisaient trois fois ma taille. Au-dessus de ce bébé Grand Canyon, deux grands oiseaux ressemblant à des cigognes glissaient en larges cercles sur les courants, comme s'ils chevauchaient un orgue à vapeur invisible.

Où donc étais-je ?

Au fond, tout au fond du gouffre, une grande structure métallique s'écroulait parmi les débris. Sous cet angle, on aurait dit qu'un géant amateur de sucre avait trouvé ce hangar et l'avait pressé pour vérifier s'il y avait de la crème à l'intérieur. Si j'avais besoin d'un endroit où me cacher, ce serait dans ce hangar.

L'un des oiseaux plongea dans ma direction. Une étincelle brillante s'échappa de ses ailes orange et chuta, creusant le sol quelques mètres plus bas dans un bruit métallique lourd. Je me frayai un passage à travers les barres rouillées et grimpai pour voir où elle était tombée. C'était une plume. Une plume d'oiseau parfaitement formée, rouge à la racine et teintée de vert émeraude sur les bords. Je donnai un petit coup de doigt au tuyau. Il carillonna. Putain de Dieu ! du métal plein, en forme de couteau et aussi affûté qu'un scalpel. Une plume d'oiseau du Stymphale. Je tirai mon couteau de ma ceinture et dégageai la plume en parvenant à ne pas me couper. Un volatile tout droit sorti de la mythologie grecque. Au moins ce n'était pas une harpie. J'accrochai ma dague à un anneau libre de ma ceinture et glissai la plume dans le fourreau. Je regardai la pente. Les créatures mythologiques avaient tendance à apparaître en groupe : s'il y avait un leshii russe dans la forêt, on avait des chances de trouver un vodyanoi dans la mare la plus proche. S'il y avait un oiseau grec dans les airs, quelque créature hellénique allait sûrement me sauter dessus d'un moment à l'autre. Avec ma chance, ce ne serait pas un demi-dieu à la recherche de l'amour de sa vie ou au moins des quelques heures à venir. Non, ce serait quelque chose de méchant, genre Cerbère ou Gorgone. Je lançai un regard suspicieux au hangar. Pour ce que j'en savais, il pouvait très bien être rempli de gens avec des serpents à la place des cheveux.

À mi-chemin de la pente, l'Univers m'offrit une nouvelle vague magique. Le vent apporta une puanteur âcre, amère. Au loin, quelque chose frappait comme un marteau contre un tambour avec une régularité abêtissante. « Pooom, pooom, pooom ».

Cinq minutes plus tard, suant et couverte de taches de rouille, j'atteignis le hangar. Des voix douces filtraient à travers les murs métalliques. Je ne pouvais distinguer les mots mais il y avait clairement deux personnes à l'intérieur.

Je plaquai mon oreille au mur.

— Mais, et maman ?

Une voix aiguë et légère, une jeune fille sans doute, probablement une adolescente.

— Je dois me tirer.

Légèrement plus grave, masculine. J'avais déjà entendu cette voix quelque part.

— Tu as promis !

— La magie monte, d'accord ? Je dois me tirer.

Des voix jeunes. Un garçon et une fille. De la rue.

La seule porte disponible pendait, tordue, et ferait un bruit d'enfer si j'essayais de l'ouvrir.

Je l'ouvris d'un coup de pied et entrai.

Le hangar était vide, sauf un haut tas de caisses de bois, brisées. La lumière du soleil frappait par les trous dans le toit. Le hangar n'avait pas de plancher, sa carcasse reposait sur de la terre battue. Au centre, il y avait un cercle parfait de pierres blanches à peine visible. Les pierres scintillaient légèrement, essayant très fort d'être invisibles, de se faire oublier.

Une garde environnementale. Et une bonne.

— Y a quelqu'un ?

Un gamin sortit de derrière les caisses, balançant un rat mort par la queue. Il était petit, mal nourri et sale. Des vêtements en loques, rapiécés, déchirés, rapiécés de nouveau, pendaient sur ses épaules frêles. Ses cheveux bruns pointaient dans toutes les directions comme les piques d'un hérisson hystérique. Il leva la main droite, toucha une corde nouée dans ses cheveux d'où pendaient des os, des plumes et des perles. Ses épaules étaient osseuses, ses bras maigres et pourtant il me bravait. Il me fallut moins d'une seconde pour me souvenir de son nom.

— Red ! Quelle surprise de te trouver ici !

Il mit peu de temps à me reconnaître. Il baissa la main.

— Ça va. J'la connais, appela-t-il.

Une tête sale apparut sur la tour de caisses et une gamine toute frêle émergea. Dix ans, peut-être onze, elle avait ce petit côté féerique qui n'avait rien à voir avec sa stature et tout à voir avec la malnutrition. Un nuage de cheveux gras encadrait son visage émacié, creusant encore les cernes noirs autour de ses yeux. Elle affichait un fatalisme déjà adulte, mais aucun renoncement. La vie avait abusé d'elle ; désormais, elle mordait la main avant de regarder ce qu'elle tendait. Elle brandissait un grand couteau, ses yeux disaient qu'elle était prête à s'en servir.

— Qui êtes-vous ? me demanda-t-elle.

— C'est une merc, dit Red.

Il plongea une main dans sa chemise et en tira un tas de papiers, attachés par une ficelle, qu'il fouilla de ses doigts sales pour me tendre un rectangle écorné. Ma carte de visite, tachée de traces brunâtres. L'empreinte était la mienne, le sang appartenait à Derek, mon loup-garou prodige.

Nous essayions de nous traîner jusque chez moi après un combat pénible et douloureux. Les jambes de Derek avaient été lacérées et le V-Lyc, le virus auquel les Changeformes devaient leur existence, l'avait anesthésié pour s'occuper des réparations. Quand nous avions croisé Red, j'essayais en vain de charger mon acolyte inconscient et sanguinolent sur mon cheval. Red et sa petite bande de gamins chamans m'avaient aidée, j'avais donné ma carte à Red et promis assistance au besoin.

— Z'avez dit qu'vous m'aideriez. Vous me l'devez.

Ce n'était pas le moment, mais on choisissait rarement le moment pour régler ses dettes.

— C'est vrai.

— Protégez Julie. (Il se tourna vers la fille.) Reste avec elle, c'est cool.

Il fonça vers la porte et s'enfuit. Je le suivis et le vis grimper la côte comme si une meute de loups était à ses trousses.

Chapitre 4

— Salaud ! hurla la jeune fille. Je te déteste
— Tu sais pourquoi il est parti comme un voleur ?
— Non.

Elle s'assit jambes croisées, son visage reflétait une douleur incommensurable.

Bon. D'accord.

— Si j'ai bien compris, tu es Julie.

— Waow, t'es superintelligente ! Tu as trouvé ça toute seule ?

Je soupirai. Au moins elle parlait normalement.

— C'est pas parce que mon petit copain dit que t'es cool que je vais t'écouter. Comment tu vas me protéger ? T'as même pas de flingue.

— Je n'ai pas besoin de flingue.

Un scintillement métallique attira mon attention sur la pile de caisses. Je m'en approchai.

— Une idée de ce contre quoi je dois te protéger ?

— Non.

Je fouillai du regard l'espace entre les caisses. Un carreau cassé était enfoncé dans une planche. Un carreau rouge sang. L'empennage manquait mais je pouvais parier qu'il comptait trois plumes noires. Mon arbalétrier était passé par là et avait laissé sa carte de visite.

— Qu'est-ce que tu fais ? me demanda Julie.

— Je chasse.

— Tu chasses quoi ?

Je m'approchai du cercle de pierres, m'accroupis et tendis la main vers la pierre la plus proche. Mes doigts passèrent à travers. Quiconque avait placé cette garde ne voulait vraiment pas qu'on dérange sa cachette. Mais le problème avec les gardes c'est que, parfois, elles ne se contentaient pas de cacher. Elles contenaient. Et une garde de ce calibre pouvait cacher quelque chose de méchant.

— Où sommes-nous ?

— C'est quoi ton problème ? T'es attardée ?

Je la regardai pendant une seconde.

— Je suis arrivée par un tunnel qui vient du Dédale. Je n'ai aucune idée du quartier dans lequel nous sommes.

— C'est la Trouée de la Ruche. Avant c'était Southside Park. Ça attire le métal maintenant. Ça rassemble l'acier de toutes parts – Blair Village, Gilbert Heights, Plunket Town. Ça attire tout le métal de toutes les usines, de l'usine Ford, les voitures du Dépotoir de Joshua... La Ruche est juste au-dessus de nous. Tu ne sens pas comme ça pue ?

La Ruche. De tous les trous à rats, il fallait que ce soit la Ruche !

— Qu'est-ce que tu fous là ?

Elle se redressa, nez en l'air.

— Je n'ai pas à te le dire.

— Comme tu veux.

Je tirai Slayer de son fourreau.

— Waow !

Julie rampa vers moi du haut de la tour de caisses et se mit sur le ventre pour mieux voir.

Je mis la main sur la lame de Slayer. La magie « mordilla » ma peau, perçant la chair comme de petites aiguilles pointues. Je laissai « glisser » un peu de la mienne dans le métal, dirigeai la pointe du sabre vers la pierre et poussai. Cinq centimètres avant la pierre, une force agrippa la pointe de Slayer. De fines vrilles de vapeur s'enroulèrent autour de la lame et l'acier enchanté commença à transpirer. Je lui donnai un peu plus de mon pouvoir. Slayer gagna quelques centimètres et s'arrêta.

— Je cherche ma maman, dit Julie. Elle n'est pas rentrée à la maison vendredi. C'est une sorcière, elle fait partie d'un convent.

Sûrement pas un convent professionnel. Les filles des sorcières professionnelles avaient plus de chair sur les os et de meilleurs vêtements. Plus probablement un cercle d'amateurs. Des femmes des quartiers pauvres qui se leurraient avec des visions de pouvoir et de vie meilleure.

— Comment s'appelle son convent ?

— Les Sœurs du Corbeau.

Indubitablement un convent amateur. Aucune sorcière légitime n'appellerait son cercle d'un nom si générique. La mythologie était pleine de corbeaux. Avec la magie, il valait mieux barrer tous ses *t* et mettre tous les points sur les *i*. Plus c'était spécifique, mieux cela valait.

— Elles se réunissaient ici, ajouta Julie.

— Juste ici ?

Je « nourris » mon sabre d'un peu plus de magie. Il ne bougea pas d'un millimètre.

— Ouais.

— Tu as demandé aux autres sorcières où ta maman a pu passer ?

— Suis-je bête ! J'aimerais bien mais aucune n'est rentrée.

Je réfléchis une seconde.

— Aucune ?

— Non.

Ce n'était pas bon. Des convents entiers ne disparaissaient pas comme ça.

— Je vais briser cette garde. Si quelque chose de moche en sort, tire-toi en courant. Ne lui parle pas, ne le regarde pas. Cours ! Tu as compris ?

— Bien sûr.

Le ton de la voix de Julie impliquait qu'il fallait être fou pour écouter une idiote qui n'avait même pas de flingue.

Je plantai mes talons dans le sol et poussai, mettant tout mon poids dans le sabre. La lame trembla sous la pression. C'était comme essayer d'enfoncer une balle de base-ball dans un mur de caoutchouc très dense, mais pousser davantage me viderait trop pour me défendre contre une attaque magique.

La sueur trempait mon front. Et puis merde!

Je lançai mon pouvoir à travers la lame. Avec un léger murmure, Slayer traversa la barrière invisible. Le métal frappa la pierre dans un grand bruit, la pierre blanche bougea de quelques centimètres.

Un tremblement traversa le cercle. Les pierres clignotèrent, je me redressai. Une lumière étincelante naquit au-dessus du cercle brisé, une aurore boréale argentée démente, tandis que les forces retenues captives par la garde s'agitaient violemment, libérées. La lueur flamboya et cascada vers le sol dans un torrent blanc pur. La garde explosa. Le contre-choc magique palpita dans le bâtiment et me propulsa dans un tourbillon étourdissant. Mes dents claquèrent, mes genoux tremblèrent, je m'agrippai à la poignée de Slayer, tentant d'empêcher le sabre de glisser de ma poigne frissonnante. Julie cria.

Tant de pouvoir…

Des gouttelettes vicieuses glissaient sur le métal de Slayer, s'évaporant à mi-chute. Je le sentais moi aussi, une tache fétide recouvrait le bâtiment – la magie de la non-mort. Il y en avait assez pour faire vomir un profane. Je me tournai vers la garde. Un trou noir s'ouvrait dans le cercle de pierres brisé. Je me penchai sur le bord, grimaçant à la puanteur de chair pourrissante qui émanait de la terre humide.

Il était profond.

Tellement que je n'en voyais pas le fond.

Les parois du puits étaient lisses, hérissées de racines sectionnées. Le trou puait l'humus de corps en décomposition.

Je ramassai une des pierres blanches et fis courir mon pouce sur sa surface lisse. Ronde et pâle, comme un caillou au fond d'une rivière.

Aucune marque, aucun glyphe, aucun signe de sort. Simplement un anneau de pierres qui ne cachait plus le trou sans fond. Les Sœurs devaient avoir laissé entrer quelque chose dans le monde, quelque chose de sombre, de profondément mauvais, et il les avait réclamées.

Julie aspira de l'air. Une couronne apparut autour du trou. Avec un léger bourdonnement, une mouche se posa sur la tache la plus proche, rapidement suivie par une autre. Du sang. Impossible de dire combien – la terre en avait bu la plus grande part. Alors que je regardai le cercle sanguinolent, je remarquai trois empreintes sur le sol, trois petits trous carrés. Je les connectai dans ma tête et obtins un triangle équilatéral avec le puits en son centre. Trois bâtons arrangés pour invoquer quelque chose ? Si c'était le cas, où étaient-ils passés ?

Le tas de caisses derrière le trou trembla comme s'il allait fondre avec Julie dessus. Avec une légère secousse, un squelette se matérialisa juste en dessous de l'enfant, cloué aux caisses par quatre carreaux d'arbalète.

— C'est vraiment *space* ! dit Julie.

Sans déconner ! D'abord, le squelette possédait trop de côtes dont seules cinq paires étaient attachées au sternum. Ensuite, il ne restait plus un fragment de chair sur les os jaunis. Si je n'avais pas mieux connu ce genre de choses, j'aurais dit qu'il avait vieilli un an ou deux au soleil quelque part. Je me penchai pour examiner les bras. Les articulations étaient vides. Je ne suis pas experte mais j'aurais parié que cette chose aurait pu plier ses coudes à l'envers. D'un autre côté, j'aurais pu déboîter sa hanche d'un coup de pied.

— Ta maman a mentionné un truc de ce genre ?

— Non.

Les carreaux clouant le squelette étaient rouges, empennés de plumes noires. L'un traversait l'orbite gauche du squelette, deux perçaient les côtes sur la gauche, là où aurait dû se trouver le cœur si la chose avait été humaine et la dernière était entre les jambes. Du tir de précision et du meilleur. Pour être sûr que l'aberration humanoïde ne s'échapperait pas, il fallait la clouer par les couilles.

J'attrapai une caisse, la plantai devant le squelette et grimpai dessus pour mieux voir. Il y avait moins de vertèbres cervicales que la normale, donc une plus grande souplesse du cou, mais aussi une plus grande fragilité. Pas d'incisives ni de canines. À la place, je vis trois rangées de dents, longues, coniques, pointues, utiles pour percer quelque chose qui se débattait et le garder en bouche.

La caisse craqua sous moi. Je tombai avec la grâce d'un sac de patates, me raccrochant au squelette. Mes doigts traversèrent les os et agrippèrent un carreau. Je tombai sur le cul dans un tas d'échardes, le carreau à la main et les doigts recouverts de poudre claire.

Il y avait un trou dans le côté gauche du squelette, entre les troisième et quatrième vertèbres. Le trou se maintint une seconde, grandit, fondit, puis le squelette entier implosa en poussière. La silhouette de poussière resta en l'air un instant, me défiant, avant de s'évaporer.

— Merde !

Voilà partis mes indices. *Génial, Kate, vraiment génial !*

Une série d'applaudissements enthousiastes se répercuta derrière moi. Je sautai sur mes pieds. Un homme était appuyé contre le mur. Il portait une veste en cuir qui aurait bien voulu être une armure. Le côté dangereux d'une arbalète dépassait de son épaule gauche.

Salut l'arbalétrier !

— Superbe ! dit-il en continuant à applaudir. Et quel atterrissage !

— Julie, dis-je en gardant une voix calme, ne bouge pas.

— Aucune raison de s'inquiéter, dit l'arbalétrier, je ne ferai aucun mal à la petite. À moins d'y être obligé. Et peut-être si j'avais vraiment faim et qu'il n'y avait rien d'autre à manger. Mais elle est trop maigre. J'aurais des os coincés entre les dents toute la journée. Ça n'en vaut pas la peine.

Je n'arrivais pas à savoir s'il plaisantait.

— Tu cherches quelque chose ?

— Je venais juste voir ce qui avait dérangé mes carreaux. Et qu'est-ce que je trouve ? Une souris. (Il fit un clin d'œil à Julie.) Et une femme.

Il dit « femme » de la même manière que j'aurais dit « miam, chocolat » en me réveillant affamée avec un pot de Nutella dans un frigo vide. Je fis tournoyer mon sabre et reculai un peu pour placer le trou sur ma droite. S'il m'y faisait tomber, il me faudrait longtemps pour en sortir.

L'homme approcha. Il était grand, près de deux mètres. Des épaules larges. De longues jambes dans un pantalon noir. Ses cheveux bruns tombaient en mèches emmêlées sur ses épaules. On aurait dit qu'il les avait coupés lui-même avec un couteau avant de nouer un bandeau de cuir sur son front pour les garder en place. Séduisant connard. Une mâchoire bien dessinée, des pommettes délicatement ciselées, des lèvres pleines. Des yeux comme un feu sombre. Le genre d'yeux qui sortaient d'un rêve de femme et foutaient le bordel dans son mariage.

Il me dédia un sourire sauvage.

— Tu aimes ce que tu vois, ma colombe ?

— Non.

Je n'avais pas baisé depuis dix-huit mois. *Excusez-moi pendant que je me bats contre ma surcharge hormonale.*

Rasez cette mâchoire, brossez ces cheveux, calmez la folie de ces yeux et il devrait se battre pour protéger sa vertu. À cet instant, il avait l'air de se cacher dans les ombres où se tapissent les animaux sauvages, et de les faire fuir avec son odeur. Une femme douée d'un minimum de bon sens sortirait son couteau et traverserait la rue en le voyant.

— Ne t'inquiète pas, je ne vais pas te faire de mal, me promit-il en me tournant autour.

— Je ne suis pas inquiète.

Je commençai moi aussi à tourner autour de lui.

— Tu devrais.

— D'abord tu dis que je ne devrais pas, puis que je devrais… Décide-toi.

Des gouttes d'eau glissaient de sa veste. À en juger par la lumière qui traversait les trous dans le toit, le ciel était bleu. Pas une trace d'humidité dans l'air. Si les infos de Derek étaient correctes. S'il était capable de se téléporter. Comment l'empêcher de disparaître ?

L'homme écarta les bras. Je n'aimais pas sa manière de bouger, si léger sur ses pieds.

— C'est quoi le mignon lacet sur ton front ?

— Quoi ? Ça ?

Il jouait avec le bout du cordon.

— Ouais. Rambo a appelé, il veut récupérer son bandana.

— Ce Rambo, c'est un de tes amis ?

— Qui est Rambo ? demanda Julie.

Quand une référence culturelle passe au-dessus de la tête d'un mec, fait-elle du bruit si personne d'autre ne comprend ? Je n'avais jamais réussi à voir le film en entier – la magie avait toujours interféré, mais j'avais lu le bouquin. Peut-être qu'après la fin du tsunami, quand la tech reprendrait ses droits pendant quelques semaines, je retrouverais le minidisc et pourrais regarder ce foutu truc du début à la fin.

L'arbalétrier fit un pas, je pointai Slayer dans sa direction.

— Ne t'approche pas plus près.

Il fit un tout petit pas de plus.

— Désolé, mon pied a glissé.

Un autre pas.

— Désolé, je n'arrive pas à contrôler les mouvements de ces petites choses.

— Le prochain pas sera ton dernier.

Il se balança en avant, je faillis plonger.

— Ha ! ha ! (Il secoua la tête, faussement déçu.) Je n'ai pas vraiment avancé, tu vois.

Julie ricana.

Il leva la main dans un geste d'apaisement.

— Tu devrais te détendre un peu, ma colombe. Comme la souris, là-bas. Tu me fais confiance, n'est-ce pas, petite souris ?

— Non.

— Oh ! je suis blessé. Personne ne m'aime !

Je sus qu'il allait bouger une fraction de seconde avant qu'il se mette en mouvement. Ses yeux le trahissaient. Il plongea, rata et trouva la pointe de Slayer dans son dos.

— Bouge et je coupe ton foie en deux.

Il tournoya, mon sabre trouva du métal. Une cotte de mailles en dessous de la veste. Merde ! Des doigts d'acier agrippaient ma main. Il plongea les doigts rigides de sa main droite sous mon sternum. Je reculai un peu pour amortir l'impact – ça faisait foutrement mal quand même – et attrapai son poignet droit, le tirant vers moi. Un instant, tout son poids reposa sur sa jambe gauche, je la frappai du pied. Il s'écrasa sur le sol et m'attira vers lui, son poing refermé sur ma main d'épée. Je percutai le sol, lâchant Slayer. Ma main se glissa entre ses doigts, je roulai pour lui échapper.

Une demi-respiration plus tard, nous étions tous deux debout.

— Joli sabre. (Il fit jouer Slayer dans la lumière qui dansa sur la lame opaque et plongea dans la chemise de mailles noires clairement visible sous la veste.) Pourquoi pas de garde ?

— Je n'en ai pas besoin.

— Il est bon ?

Je donnai un coup de pied dans le morceau de cuir que j'avais découpé.

— Regarde toi-même.

Ses mains volèrent pour vérifier sa cotte de mailles, j'en profitai pour lui donner un coup de pied. Je visai la gorge. Il attrapa mon pied dans un grognement et me fit chuter. Son genou m'écrasait le cou. Il m'avait tendu un piège et je m'y étais jetée. La lumière faiblissait. Je pouvais à peine respirer.

— Tu frappes comme une mule !

Il fit la grimace, enfonça un peu plus son genou. Je n'avais pas assez d'air. Il tenait ma main droite mais pas ma gauche. Je pliai le poignet gauche, une aiguille d'argent glissa dans ma paume.

— Mais je fais ça depuis tellement plus longtemps…

J'enfonçai l'aiguille dans sa cuisse.

Le muscle de sa cuisse se contracta. Il grogna et tomba à côté de moi. Je sautai sur mes pieds et le frappai au visage. C'était un coup puissant qui fit mouche. Il s'étala sur le dos, saignant du nez. Je me laissai tomber à côté de lui, glissai ma jambe sous son bras et serrai avec l'autre jambe, pliant son bras vers l'arrière. Il gronda. Si je plaçais mes jambes en ciseaux, je lui démettais l'épaule tout en gardant les deux mains libres.

J'ouvris la fermeture Éclair de sa veste, à la recherche des cartes.

— Mauvaise fermeture, haleta-t-il. Essaie plus bas.

— Dans tes rêves.

Je plongeai dans la poche intérieure et libérai un emballage plastique. Les cartes.

— Ce n'est pas bien de voler. Merci d'avoir rendu la propriété de la Meute. Ta coopération a dûment été notée.

Il me regarda droit dans les yeux, sourit et disparut.

Je me redressai maladroitement. Le carreau rouge frappa la terre entre mes pieds pendant que je me relevais. Je continuai tout doucement.

Il se tenait quelques mètres plus loin, pointant son arbalète chargée sur moi. La tête aiguisée d'un carreau était pointée vers mes yeux. Je ne pouvais éviter un trait d'arbalète à trois mètres. Même dans mes meilleurs jours.

— Mets tes mains là où je peux les voir, ordonna-t-il.

Je lui montrai mes paumes, les cartes de la Meute toujours bien tenues dans la main droite.

— Tu as triché ! (La voix de Julie était pleine d'indignation.) Laisse-la tranquille !

Son nez n'avait plus l'air cassé. Il n'y avait plus de sang non plus. Merveilleux ! Non seulement il pouvait se téléporter mais en plus il se régénérait en même temps. S'il commençait de cracher du feu, on serait tous foutus !

Tout en gardant son arbalète en position, il arracha l'aiguille de sa cuisse avec une grimace.

— Ça fait mal !

— Bien fait pour toi ! cria Julie.

— J'imagine que tu l'encourages ?

Les sourcils de Julie se levèrent, pleins de mépris adolescent.

— Naaaaaaaaaaaaah !

— Ne me pousse pas à monter te chercher.

Il y avait de l'acier dans la voix de l'arbalétrier, Julie se cacha derrière les caisses.

— Laisse la gosse tranquille ! dis-je.

— T'es jalouse ? Tu me veux pour toi toute seule ? (Il pointa son arbalète un peu plus à droite.) Tourne-toi.

Je lui tournai le dos, attendant la morsure de l'acier entre mes omoplates.

— Très bien. Tourne-toi encore.

Je me retournai pour le voir froncer les sourcils.

— Je n'arrive pas à décider si je préfère le devant ou le derrière.

— Et mon sabre dans ta gueule ?

— C'est ma réplique, ça, ma colombe.

Son regard lubrique ne laissait aucun doute sur ses intentions.

— Tourne-toi encore. Gentille fille.

Je l'entendis approcher. *C'est ça, viens plus près. Je suis très vulnérable. Avec mes mains en l'air et tout le reste…*

— Pas d'initiative, me prévint sa voix dans mon oreille. Ou la prochaine fois que je viens je cloue ta petite à ces caisses.

Je serrai les dents et restai immobile.

— Tu as brisé ma garde. Je suis furax – ces saloperies sont difficiles à mettre en place et je vais devoir recommencer. Je devrais te mettre un carreau en travers de la gorge. (Ses doigts caressèrent ma nuque, envoyant des frissons le long de ma colonne vertébrale.) Mais je suis un gentil garçon. Je vais te donner un conseil à la place : ramasse ta gosse et rentre à la maison. Je te laisserai même rapporter les cartes aux types à fourrure puisque tu t'es battue pour les récupérer. Reste en dehors de mon chemin à partir de maintenant. Ce n'est pas ton combat et ça te dépasse complètement.

— Quel combat ? Contre qui ? Qui es-tu ?

— Je suis Bran, le héros.

— Le héros ? L'humilité est une vertu.

— Comme la patience. Et si tu es patiente et chanceuse, tu pourras être celle que je baise pendant ma dernière nuit en ville.

Ses mains se pressèrent sur mon cul. Je pivotai avec l'intention de lui envoyer mon poing dans le nez. Le hangar était vide à part une infime traînée de brume. Elle resta en place pendant une longue respiration puis se dissipa dans le vent.

Je luttai pour ne pas frapper quelque chose.

Julie me regardait depuis son tas de caisses.

— Ça a juste fait « pouf ».

— Ouais.

— Il t'aime bien, il t'a mis la main au derrière.

— La prochaine fois que je le vois, je lui coupe le bras. On verra bien si ça repousse.

Je jetai un regard à l'emplacement du squelette. Les carreaux avaient disparu. Comment faisait-il ça ?

Tous mes indices avaient disparu. Je n'avais même pas la possibilité de scanner la scène pour vérifier quel genre de pouvoir avait été utilisé. Tout compte fait, ça ne se passait pas vraiment bien. Je n'avais pas la moindre idée de la situation, je venais d'avoir une conversation avec le type qui aurait pu tout expliquer et je n'avais rien appris. Sauf que j'avais un beau cul. Une saine confiance en soi était une bonne chose. Si je n'en avais eu aucune, j'aurais frappé ma tête contre la première surface disponible.

— Tu t'en vas, maintenant ? me demanda Julie.

Surtout pas. Rien de ce qui impliquait la disparition de plusieurs femmes, un puits sans fond entouré de sang et un squelette inhumain, ne pouvait être bénin. Et Monsieur Main au Cul voulait apparemment m'éloigner autant que possible. Je me demandais pourquoi.

— Tu veux retrouver ta maman ?

— Ouais.

— Tu veux que je t'aide ?

— Sûr.

— Tu sais qui était le chef dans le convent de ta mère ?

— Esmeralda.

Esmeralda ? Oh ! putain !

— Où habite-t-elle ?

— La Ruche.

De mieux en mieux.

— Descends. On va lui rendre une petite visite.

Chapitre 5

Nous escaladâmes l'Everest de rebus de métal, moi devant, Julie légèrement derrière. Elle respirait difficilement. Pas assez nourrie. Julie n'était pas beaucoup plus solide qu'un moustique. En fait, si un gros moustique l'attaquait, elle risquait de se casser la gueule. Elle ne se plaignait pas, par contre.

À peu près à la moitié de la côte, elle se rendit.

— C'est encore loin ?

— Continue à grimper.

— Je veux juste savoir si c'est encore loin.

— Ne me fais pas faire demi-tour, petite demoiselle.

— Qu'est-ce que ça veut dire ?

Elle grommela quelque chose mais continua à avancer.

Le bord de la Trouée se rapprochait. Les « pooom, pooom, pooom » devenaient plus forts. Ce devait être un signal. Je grimpai sur un promontoire et tendis la main à Julie.

— Donne-moi ta main.

Elle étira un bras trop fin. J'agrippai son poignet et la soulevai au-dessus des restes d'un réfrigérateur. Elle ne pesait quasiment rien.

— On va faire une petite pause.

— Je peux continuer.

— J'en suis sûre. Mais la Ruche n'est pas un endroit très sympa. Quelqu'un doit maintenant savoir qu'on arrive et il y a un comité de bienvenue qui nous attend en haut.

— Ah ouais ? Ils nous préparent une fête ?

Elle s'assit dans la poussière.

Beurk! Je m'assis à côté d'elle.

— Tu ne viens pas de là, par hasard?

Elle secoua la tête.

— Non, j'habite à White Street.

White Street devait son nom à la chute de neige de 14, qui avait refusé de fondre pendant trois ans et demi. Quand une rue pouvait conserver huit centimètres de poudreuse malgré 40°, on pouvait être sûr qu'il y avait plein de magie en réserve. Tous ceux qui avaient les moyens de déménager avaient fui.

— Quel âge as-tu?

— Treize ans. Juste deux de moins que Red.

En la regardant, je ne lui aurais pas donné plus de onze ans.

— Quel âge a ta mère? À quoi ressemble-t-elle?

— Elle a trente-cinq ans et elle me ressemble en plus âgée. J'ai une photo à la maison.

— Alors, qu'est-ce que tu sais de son convent? Qui révéraient-elles? Quelle sorte de rituels pratiquaient-elles?

Julie haussa les épaules. Devant nous, la gorge s'étendait au loin, couverte de pointes et d'acier rouillé. De fines vrilles de brume s'attachaient à la côte abrupte. Un grondement menaçant et profond se répercutait sur les parois, trop loin pour être une menace. Les oiseaux du Stymphale lui répondaient de leurs piaillements.

— Tu savais que les oiseaux sont en métal? demanda Julie.

Je hochai la tête.

— Ils sont grecs. Tu sais qui était Hercule?

— Ouais. L'homme le plus fort.

— Quand il était jeune, il a dû accomplir douze travaux…

— Pourquoi?

— La femme de son papa l'a rendu temporairement fou. Il a tué sa famille et a dû expier en servant un roi. Le roi avait très envie de le tuer, alors il n'arrêtait pas d'imaginer des défis pour lui. En fait, les oiseaux du Stymphale étaient l'un de ces travaux. Il a dû les éloigner d'un lac. Leurs plumes sont comme des flèches et leur bec est censé être capable de transpercer la meilleure armure.

Elle me regardait.

— Comment a-t-il fait ?

— Les dieux lui ont fabriqué de grands trucs qui claquent, il s'est enveloppé dans la peau d'un lion invulnérable et il a fait du bruit jusqu'à ce que les oiseaux s'en aillent.

— Comment ça se fait que dans toutes ces histoires, les dieux vous sauvent toujours le cul ?

Je me levai.

— Ça aide quand le roi des dieux est aussi ton papa. Allez, viens. On doit grimper et j'ai dans l'idée que ton papa n'est pas un dieu. Si ?

— Il est mort.

— Je suis désolée. Mon papa est mort aussi. Maintenant, grimpe, petit scarabée, que ton kung-fu [1] ne faiblisse pas.

Elle enjamba un tonneau défoncé.

— Tu es vraiment bizarre.

Tu ne sais pas à quel point...

Six mètres avant la bouche de la Trouée, je sentis la Ruche. Au-dessus de nous, la magie se tordait, se déversait, bouillait dans une frénésie chaotique, d'une intensité telle qu'elle pouvait ébouillanter. Le champ magique m'ausculta, se renversa dans la Trouée, m'envoya des courants légers comme des lassos invisibles. Ils me léchèrent et s'arrêtèrent net. *Eh oui, on ne touche pas.*

La magie attendait, comme si elle était consciente. Là-haut, où ça bouillonnait, j'aurais créé une putain de résonance, ce

1. Référence à la série télévisée américaine *Kung Fu* (1972-1975) avec David Carradine. (*NdT*)

qui n'était jamais une bonne chose. La Ruche ne pouvait pas me toucher mais elle ne m'aimait pas et elle continuerait à essayer. Mieux valait m'en aller au plus vite.

Je grimpai sur un chauffe-eau, tordu et écrasé comme une canette d'aluminium, et me hissai sur le bord. Devant moi, les mobil-homes gonflés, contorsionnés et ondulés d'étranges bosses métalliques, se serraient les uns contre les autres. Certains avaient fusionné en ruches, quelques-uns hauts de trois caravanes et deux d'entre eux, joints, semblaient identiques, comme deux cellules prises au milieu d'une mitose. Quelques-uns étaient superposés, pendant selon des angles précaires tout en ayant l'air stables. De longues cordes à linge couraient entre les mobil-homes, des vêtements fraîchement lavés flottaient dans le vent.

Je tirai Julie hors de la Trouée. Elle grimaça quand la magie frappa son corps. Les courants tournoyèrent autour d'elle… et se calmèrent. C'était comme si elle avait soudainement disparu. Drôle de gosse.

— Tu es déjà venue ?

Elle secoua la tête.

— Jamais si profond.

— Mets tes pas dans les miens, ne t'approche pas des murs. Surtout si tu les vois se brouiller.

Nous nous frayâmes un chemin dans le labyrinthe de mobil-homes. Il y a très longtemps, la Ruche était une communauté de retraités qui vivaient dans des caravanes, appelée Happy Trails[1], ou un truc dans le genre. Elle se situait juste en dessous du golf de Brown Mills, sur Jonesboro Road. Au début, elle avait bien survécu aux vagues magiques et, quand les HLM d'à côté s'étaient effondrées, un torrent de sans-abri avait rempli le parc à caravanes. Ils avaient monté

1. « Sentiers heureux ». (*NdT*)

des tentes sur les pelouses bien taillées, s'étaient baignés dans les piscines communes et avaient cuisiné sur les barbecues extérieurs. Les flics chassaient les squatters mais ils ne cessaient de revenir.

Puis une nuit la magie avait frappé particulièrement fort et les mobil-homes s'étaient enroulés. Certains s'étaient étendus comme des bulles de verre, d'autres s'étaient tordus, certains s'étaient collés les uns aux autres pour former des ruches. D'autres encore s'étaient séparés en morceaux et des pièces supplémentaires avaient poussé. Quand la poussière était retombée, un cinquième des habitants avaient disparu dans les murs. Dans l'*extérieur*. Personne n'avait jamais compris ce qu'était l'*extérieur*, mais ce n'était certainement pas quelque part dans le monde normal. Les retraités avaient fui mais les réfugiés n'avaient nulle part où aller. Ils s'installèrent dans les mobil-homes et y restèrent. De temps en temps, quelqu'un disparaissait, lorsque les vagues magiques tordaient un peu plus la Ruche. Un endroit amusant où vivre si on aime ce genre de choses.

— Comment pouvons-nous découvrir où habite Esmeralda ? souffla Julie derrière moi. Tout ce que je sais c'est qu'elle vit dans la Ruche, mais je ne sais pas où.

— Tu entends ces battements ? La Ruche change tout le temps alors ils ont besoin d'un signal. C'est probablement à l'entrée. Nous allons y aller et demander gentiment où habite Esmeralda.

— Qu'est-ce qui te fait croire qu'on va nous le dire ?

— Je vais payer.

— Ah !

Et, si on ne me le disait pas, je montrerais mon badge de l'Ordre et mon sabre et je ferais en sorte qu'on s'exécute.

Je n'aimais pas tellement l'idée de me balader dans la Ruche avec une gamine mais, vu le quartier, elle était mieux avec moi que seule. Je me demandais comment elle était arrivée dans la Trouée.

— Comment es-tu descendue dans la Trouée ?

— On est descendus par le Dédale. Il y a un chemin. (Une petite lumière s'éteignit dans ses yeux.) Je ne le trouverais sans doute plus maintenant. Alors, si tu me renvoies, je me perdrai sans rien à manger ni à boire.

Pourquoi moi ?

La rue tournait un peu, nous amenant en vue d'un portail de chaînes de métal grand ouvert. Devant, un homme en jean délavé et gilet de cuir sur son torse nu était assis sur un fût renversé. Une cigarette éteinte pendait à ses lèvres. À sa gauche, il y avait un vieux camion militaire tournant le dos au portail. Malgré des taches de rouille et des bosses, les pneus et la bâche du camion semblaient en bon état. La bâche cachait probablement une arme de gros calibre, une mitrailleuse Gatling par exemple ou un petit engin de siège.

De l'autre côté se dressait une cuve rectangulaire énorme. Des algues émeraude tachaient les parois de verre, obscurcissant l'eau croupie. Un long morceau de canalisation métallique sortait de la cuve et disparaissait dans les restes tordus d'une caravane.

L'homme sur le fût leva une arbalète vers moi. Elle ressemblait beaucoup à une bonne vieille arbalète flamande. La pointe scintillait du bleu-gris de l'acier et non du métal clair et brillant de l'aluminium pourtant moins cher, ce qui voulait dire qu'elle tirait dans les cent kilos. Il pouvait m'atteindre à soixante-dix mètres et tenait à me le faire savoir.

Pooom. Pooom.

Une arbalète était une bonne arme. Mais lente à réarmer.

L'homme m'évalua.

— Tu veux quelque chose ?

La cigarette restait collée à sa lèvre inférieure et bougeait quand il parlait.

— Je suis un agent de l'Ordre, j'enquête sur la disparition de sorcières appartenant au convent des Sœurs du Corbeau. On m'a dit que leur chef habite dans la Ruche.

Il désigna Julie derrière moi.

— Et ça, c'est qui ?

— La fille d'une des sorcières du convent d'Esmeralda. Sa maman a disparu. Tu sais quelque chose ?

— Non. Pièce d'identité ?

J'attrapai le portefeuille en cuir que je gardais attaché à une cordelette autour du cou et en sortis mon badge. Il me fit signe d'approcher et de le lui tendre. Il le retourna. Le petit rectangle d'argent dans le coin inférieur droit scintilla, attrapant un rayon de soleil.

— C'est vraiment de l'argent ? demanda-t-il.

La cigarette éteinte décrivait des mouvements compliqués dans les airs.

— Oui.

L'argent était plus facile à enchanter que la plupart des métaux.

L'homme me dédia un regard rapide et frotta l'argent à travers l'enveloppe plastifiée.

— Ça vaut combien ?

Nous y voilà.

— Tu poses la mauvaise question.

— Ah ouais ?

— Tu devrais me demander si ta vie vaut deux centimètres carrés d'argent enchanté.

Il regarda de nouveau la carte.

— Tu as une grande gueule.

Je claquai des doigts devant son visage. Il recula, je lui rendis sa cigarette.

— Ces trucs-là sont mortels.

Il remit sa cigarette en bouche et me restitua mon badge.

— Mon nom c'est Custer.

— Kate Daniels.

La bâche sur le camion militaire s'ouvrit, révélant une mince Latina à côté d'une baliste romaine. Conçue comme une arbalète géante, la baliste romaine était petite mais précise et très puissante. Elle pouvait lancer un carreau dans une porte de véhicule à bout portant. La Latina me regarda durement. Elle avait le genre de regard qu'on obtenait lorsqu'on a éradiqué toute douceur de votre vie.

Je lui rendis son regard. On pouvait jouer à deux.

— Je paierai pour l'info.

— Cent.

Je passai deux billets de cinquante à Custer. Au revoir, facture de téléphone.

— Caravane vingt-trois, dit la femme. La jaune. Tourne à gauche puis à droite à la fourche.

— Si je dois prendre quoi que ce soit, je vous donnerai un reçu.

— C'est entre elle et vous. Nous ne voulons pas de problèmes avec l'Ordre.

Je leur montrai un billet de vingt.

— Que savez-vous d'Esmeralda ?

La Latina hocha la tête.

— Elle était avide de pouvoir. Elle aimait faire peur aux gens. J'ai entendu dire qu'elle a essayé d'entrer dans un des plus vieux convents, mais elle a trop joué des coudes pour prendre le pouvoir, alors elles l'ont foutue dehors. Depuis, elle menace de leur montrer de quel bois elle se chauffe. J'ai entendu dire qu'elle avait monté son propre convent. Je ne sais pas comment elle a fait, personne ne l'aime…

Elle prit le billet de vingt et referma la bâche derrière elle.

Custer me lança une pelote de fils téléphoniques.

— Utilise ça. Les choses changent par ici. Il y a des geeks de l'université de Géorgie qui viennent étudier le « phénomène ». Ils entrent et ils ne ressortent jamais. (Ses yeux s'allumèrent, désabusés.) Parfois, on les entend hurler dans les murs, ils essaient de trouver leur chemin pour sortir de l'*extérieur*.

— Vous n'avez jamais essayé de les retrouver ?

— Tu poses la mauvaise question. (Custer eut un sourire joyeux, la cigarette fit une pirouette.) La question que tu devrais poser c'est : « À quoi ils ressemblent quand on les retrouve ? »

Putain de Dieu ! Je lui renvoyai la pelote.

— Non merci. Je serais capable d'entendre le bruit de votre signal jusque dans la mort. Ça vient d'où ?

Custer se pencha vers la cuve et cogna sur le verre. Une ombre tremblota dans l'eau ténébreuse. Quelque chose frappa la paroi. Une tête aussi large qu'une assiette se frotta contre le verre. Tachetée de noir et visqueuse comme un crapaud, elle caressa les algues de son museau plat. De minuscules yeux noirs contemplaient le vide.

La tête s'ouvrit en deux, révélant une énorme bouche blanche. Les plis sur les côtés frémirent, un son sourd traversa la Ruche. « Pooom ! » La créature gratta son nez large contre le verre encore une fois et tournoya, incroyablement vite. Le temps qu'elle disparaisse dans l'eau trouble, j'aperçus un pied griffu et une longue queue musclée.

Une salamandre japonaise. Une grande. Au moins aussi grande que Julie.

— Poomper, dit Custer en me faisant signe de partir.

CHAPITRE 6

Le chemin tortueux nous emmena loin à l'intérieur de la Ruche, dans le labyrinthe de mobil-homes. Je sentais des gens derrière les fenêtres. Ils regardaient, mais personne ne se montra. Chacun s'empressait d'oublier ma présence. J'avais l'impression que si je m'arrêtais pour demander mon chemin, nul ne me répondrait. Si quelqu'un voulait me tirer dessus depuis l'un des miroirs déformants de ce palais des glaces, il n'y aurait rien que je puisse faire pour me défendre. Julie le sentait aussi. Elle restait silencieuse, marchant dans mes pas et lançant des regards inquiets vers les caravanes.

Devant nous, le chemin contournait une tour d'ordures. La tour elle-même, monstruosité tordue de détritus et de rebus de métal, s'élevait sur une dizaine de mètres. Près du sommet il y avait une plate-forme carrée. Alors que je m'arrêtais pour la regarder, deux animaux à fourrure, genre chats dotés d'une queue de chinchilla et d'un museau de musaraigne, escaladèrent la tour, pour disparaître dans un trou.

Je repris mon chemin, songeant au puits sans fond sur le lieu de réunion des Sœurs. Ce puits me dérangeait. N'importe quel trou sans fond me dérangeait, surtout si près d'un tsunami. J'avais peur que quelque chose en soit sorti, selon mes pronostics, ce n'était pas un gentil.

Les Sœurs du Corbeau avaient rompu la première règle de la sorcellerie : « Ne joue pas ! Soit tu fais les choses sérieusement, soit tu ne fais rien. Avant de lancer un sort, il faut en envisager les conséquences. »

Si elles avaient révéré la Déesse, une représentante de la Nature, un amalgame bienveillant de divinités femelles populaires, elles n'auraient pas eu de problème. La Déesse, comme le Dieu chrétien, était bien trop globale et bénigne. Mais elles avaient suivi le Corbeau, ce qui impliquait quelque chose de sombre et de très spécifique. Et plus spécifique était le dieu, moins ses adorateurs avaient droit à l'erreur. C'était la différence entre dire à un enfant : « Ne fais rien de mal pendant que je suis partie » et : « Si tu touches à ce vase, tu seras enfermé dans ta chambre pendant trois jours. »

Tant que je n'aurais pas identifié le Corbeau, je progresserais en aveugle. Malheureusement, tout le monde, des Vikings aux Apaches, avait un corvidé dans sa mythologie. Les corbeaux créaient et avalaient le monde, délivraient les messages d'une poignée de dieux, servaient de prophètes, faisaient des farces et, s'ils étaient chinois, vivaient dans le soleil et avaient trois pattes. Rien ne désignait un mythe particulier. Pas même Bran : aucun accent, aucune spécificité vestimentaire, rien de rien.

Ce dont j'avais besoin c'était un bon vieil indice. Une note mystérieuse qui expliquerait tout. Une divinité apparaissant de nulle part et me racontant tout ce qui s'était passé. Putain ! j'accepterais même une vieille dame ennuyeuse avec du génie pour résoudre les énigmes.

Je m'arrêtai une seconde pour voir si un indice n'allait pas tomber du ciel à mes pieds. L'Univers refusa de m'aider.

Le mobil-home 23 se situait six mètres à gauche de la tour, le rez-de-chaussée d'un tas d'autres caravanes. Gentiment décrit comme jaune, il avait en fait la couleur d'une urine trouble. Il sentait aussi l'urine, même si je ne pouvais décider si l'odeur venait du mobil-home ou des ordures qui l'entouraient.

Une série de runes noires et brunes couraient le long de la caravane. En y regardant de plus près, le brun était inégal et se détachait. Du sang. Je me demandais quel pauvre chat avait payé de sa vie la décoration de la maison d'Esmeralda.

Un porche rouillé, qui avait dû être une grille d'égout dans une vie antérieure, menait à la porte principale. Il trembla sous mon poids mais tint bon. J'atteignis la porte.

— Attends. Et ça ?

Julie désignait les runes.

— Quoi ?

— Ne sont-elles pas magiques ? Maman m'a dit qu'Esmeralda disait qu'elle avait lancé un sort sur son mobil-home qui pouvait te couper les doigts.

Je soupirai.

— C'est un extrait d'une balade qui vient de la dernière page du *Codex Runicus*, un vieux recueil de droit nordique. Très connu. Ça dit : « J'ai rêvé la nuit dernière d'une fourrure aussi fine que de la soie. » Crois-moi, s'il y avait une garde sur ce mobil-home, la Ruche l'aurait avalée toute crue.

J'examinai la serrure. Rien de compliqué mais je n'ai jamais été douée en crochetage.

Des bruits de pas. Qui approchaient. Trois paires de pieds. Et quelque chose d'autre. Quelque chose qui envoyait des ondulations dans le tissu volatile de la magie de la Ruche. Julie les sentit aussi et courut me rejoindre sous le porche.

Je me retournai lentement. Trois hommes se dirigeaient vers la caravane, le premier était râblé avec des épaules épaisses, les deux autres plus maigres. Le plus grand des maigres portait une grande chaîne enroulée autour de son bras. L'autre bout de la chaîne disparaissait entre deux mobil-homes. Ils avaient tous l'air menaçants. Le porteur de chaîne resta en arrière, enjamba un tourbillon de magie et tira sur les anneaux métalliques.

L'équipe locale de racket. Sortie en force, trois contre une, plus ce qu'il y avait au bout de la chaîne. Ils savaient où j'allais, ils savaient que j'avais de l'argent et ils savaient pour qui je travaillais, sinon ils n'auraient pas été trois.

Merci Custer. Je m'en souviendrai.

— Larry, Moe et Curly[1] ? présumai-je.

— Ta gueule, salope, dit l'homme le plus maigre.

— Allons ! allons ! (Le bravache râblé sourit.) Essayons d'être polis. Je suis Bryce, là c'est Mory et mon pote avec la chaîne là-bas c'est Jeremiah. Nous ne sommes là que pour nous assurer que tu as bien payé ton passage. Sinon, ça va devenir moche. Et personne n'en a envie...

— Tirez-vous, dis-je. J'ai déjà payé pour l'info.

— De là où je me tiens, tu n'as pas payé assez. Disons deux cent cinquante : encore cent pour l'entrée et un peu plus pour le dérangement. (Bryce mit une main sur la matraque de flic glissée dans sa ceinture.) Ne complique pas les choses. Tu as une gamine avec toi. Tu ne voudrais pas qu'il lui arrive malheur...

Julie se cacha derrière moi.

Bryce souriait comme un pit-bull avant la bataille.

— Plus tu nous fais bosser, plus tu devras payer. Il est temps d'être futée.

La chaîne trembla. Un froissement métallique sinistre venait de derrière les mobil-homes. Jeremiah se pencha en arrière et tira sur la chaîne. Un grondement rauque lui répondit. La chaîne s'étira, ses pieds glissèrent un petit peu.

À en juger par les yeux de Bryce, ils ne bougeraient pas avant que quelqu'un saigne. C'était mon tour d'essayer.

— Vous croyez être des durs ? (Je quittai le porche pour me mettre à leur niveau.) Je peux respecter ça. Mais je fais ce genre de trucs pour gagner ma vie. J'ai beaucoup d'entraînement. Vous n'obtiendrez rien de ma part.

— Ici, salope (Bryce frappa le sol du pied, au cas où je ne comprendrais pas), c'est notre putain de territoire. Continue

1. Les trois Stooges, trio de comédie slapstick. (*NdT*)

à ouvrir ta gueule de pute et j'y mettrai quelque chose pour te la fermer.

La chaîne se détendit, les anneaux métalliques cliquetèrent sur le sol. Soudain, une créature immense surgit. Une patte griffue plus grande que ma tête s'extirpa de derrière le mobil-home, suivie d'une épaule grotesque. Une autre patte émergea et un chien trotta vers nous. Il devait mesurer plus de soixante-quinze centimètres au garrot. Des muscles gonflaient ses pattes et son torse en forme de tonneau, si large que ses cuisses semblaient disproportionnées. Sa tête carrée était basse sur les épaules comme s'il n'avait pas du tout de cou.

Le chien se mit à courir dans un cliquètement métallique, comme de la monnaie qui bouge dans une poche. De longues piques gris-bleu dépassaient de son menton. Une autre rangée de piques courait le long de son échine jusqu'à la longue queue, formant une crête.

Le chien stoppa et me regarda avec des yeux intenses couleur d'aigue-marine. La fureur faisait trembler les rides de son museau plat. Sa gueule était grande ouverte et l'animal montrait les dents, longues, pointues, scintillantes de bave. Il se tendit, les pattes bien écartées, poitrine ouverte. Ses piques se redressèrent dans un fracas d'acier. Sur tout son corps, des aiguilles métalliques se levèrent comme des poils hérissés.

Rien ne gâche une fête autant qu'un hérisson de métal trop grand.

Bryce et Mory se mirent sur les côtés pour laisser la place à Jeremiah et à son chiot. Mory était hors de ma portée mais Bryce s'était rapproché. Il se tenait à ce moment à quelque deux mètres cinquante. Ils connaissaient leur affaire. Une erreur pourtant : il y avait dix mètres entre le chien et moi et la chaîne le ralentissait.

Le chiot leva la tête et grogna.

— L'argent, salope ! dit Jeremiah.

— Non.

Jeremiah dégagea la chaîne de son bras, les anneaux tombèrent dans la poussière.

Le chien chargea.

Je tirai Slayer du fourreau et en enfonçai le pommeau dans la gorge de Bryce, tout en le balayant d'une jambe. Avant qu'il touche le sol, j'avais décroché la plume de métal de ma ceinture et touché le chien à mi-saut. Le tuyau de la plume se ficha dans son œil. Je pivotai et assenai un coup de pied dans les tripes de Jeremiah. Il ne put même pas se plier sous la douleur, je le contournai et lui collai la lame de Slayer sur la gorge.

C'était fini.

Le chien retomba dans un cliquetis en gémissant. Bryce se tortillait sur le sol et griffait la poussière, cherchant désespérément à respirer. Mory me regardait, bouche bée. Jeremiah déglutissait laborieusement, la lame de Slayer glissant sur sa pomme d'Adam. Sous le porche du mobil-home, Julie était pétrifiée, le visage aussi inexpressif qu'un masque en Lastex.

— Putain ! s'exclama Mory, perplexe. Qu'est-ce qui s'est passé ?

— Ce qui s'est passé, c'est que trois tarés m'ont contrainte à tuer un chien.

Une goutte de sueur coula des cheveux gras de Jeremiah jusque dans son cou mal rasé. Un mouvement de deux millimètres, et le sabre enchanté lui couperait les ailes. J'étais furax, il me fallait un effort pour ne pas trembler.

— J'ai payé le passage, et vous, connards avides, avez décidé de me taxer une deuxième fois en menaçant la gosse. Quel est votre putain de problème ? Vous reste-t-il une once d'humanité ou ce putain d'endroit a-t-il tout bouffé ?

Ma voix grondait dans les graves. Je savais que je perdais mon temps.

Bryce réussit finalement à avaler une bouffée d'air et gémit.

— T'as tué mon chien, dit Jeremiah d'une voix pleine d'incrédulité. T'as tué mon bébé, putain de Dieu ! t'as tué mon chien !

Ils étaient cuits. J'éloignai ma lame de la gorge de Jeremiah. Il se laissa tomber dans la poussière. Son visage était défait. Il se mit les mains sur les yeux. Je l'enjambai pour m'approcher du chien. Il était étendu dans un anneau de métal scintillant, ses grosses pattes ne bougeaient plus, son œil continuait à saigner. Quel gâchis.

Bryce se mit à genoux avant de se lever, tremblant.

J'attrapai un morceau de gaze dans ma poche et essuyai la lame de Slayer.

— Je vais entrer par effraction dans ce mobil-home pour essayer de trouver la mère de la petite et Esmeralda, ou quel que soit son vrai nom. Pendant ce temps, pourquoi n'iriez-vous pas chercher de l'aide ? Vous ramenez autant de types que vous voulez et je vous donne une seconde chance. Je ne bouge pas d'ici. Mais, cette fois, je crèverai des hommes, pas des chiens. Et j'y prendrai plaisir. En fait, vous me rendriez service.

Bryce recula d'un pas.

Je jetai un œil à la môme.

— Viens.

Elle se précipita vers la porte, devant moi. Je grimpai l'escalier métallique et massacrai la serrure d'un coup de pied. Le chambranle explosa, la porte s'ouvrit à toute volée.

Julie entra dans la maison sombre de la sorcière disparue, je la suivis.

Chapitre 7

L'endroit puait le citron pourri et les vieilles chaussettes. Julie se mit la main sur le nez.

— C'est quoi qui fouette ?

— Extrait de valériane. (Je désignai la tache sombre sur le mur. Il y avait du verre cassé sur le sol juste en dessous – comme si Esmeralda avait jeté un flacon contre le mur.) Notre sorcière a du mal à dormir.

Le mobil-home obscur était étroit à déclencher une crise de claustrophobie. Des tentures rouge sang déchirées cachaient les fenêtres. Julie attrapa une tapette à mouches sur le comptoir étroit qui séparait la cuisine du reste de l'espace et l'utilisa pour ouvrir les rideaux. Maligne la gamine. On ne savait pas ce qu'il y avait sur et sous ces tentures.

Dans la lumière de l'après-midi, la caravane avait l'air encore plus triste. Un frigo en mauvais état prenait toute la place dans la cuisine. Je l'ouvris. Quelques années plus tôt, j'avais acheté un objet de la forme d'un œuf perpétuellement froid. Le vendeur l'avait appelé un œuf « de lutin des glaces ». Je n'avais jamais vu un lutin des glaces mais il y avait des rumeurs d'une ruche au Canada. L'œuf m'avait coûté bonbon, mais je l'avais pendu dans un sachet dans mon frigo et il maintenait ma bouffe au frais même pendant les vagues magiques. Esmeralda avait utilisé une autre méthode : le friz-glace, des morceaux de glace enchantée vendus pas cher par la compagnie des eaux et des égouts. Ils fondaient vingt fois plus lentement que la glace normale. Le friz-glace, malheureusement, finissait par fondre et c'était précisément ce qu'il avait fait, il y avait un certain temps, dans le frigo de la sorcière. Il avait coulé sur le poulet noir rituellement décapité de l'étagère du milieu. La puanteur douce-amère de la décomposition me frappa au visage.

Je fermai la porte avant de vomir sur le cadavre du poulet. Décapiter des poulets quand on adore un oiseau demande des couilles. Ou alors Esmeralda était une véritable opportuniste qui adorait à tous les râteliers.

Il n'y avait aucun indice dans la cuisine, et je traversai le mobil-home. Je dépassai une petite chambre immaculée : le lit était fait, il n'y avait pas de vêtements sur le sol. Une salle de bains tout aussi propre suivait. J'entrai dans ce qui aurait dû être la dernière pièce.

La Ruche l'avait agrandie, tirant le plafond vers le haut et élargissant les murs. Le sol de linoléum crasseux s'arrêtait au couloir. La pièce reposait sur de la terre battue avec un trou au centre dans lequel reposait un chaudron d'acier. La courbure du sol et le plafond gonflé donnaient à la pièce un aspect presque sphérique.

Au-delà du chaudron, sur le mur opposé, il y avait un coffre en osier à côté d'une table de pique-nique en béton. La table était tachée de sang.

Derrière moi, Julie dansait d'un pied sur l'autre.

La magie flottait au-dessus du chaudron, dans un nœud bien serré, mais je ne sentais aucune garde. Je fis un pas sur la terre battue. La pièce scintilla un instant mais ne réagit pas.

Je soulevai le couvercle du chaudron. La puanteur grasse de la graisse brûlée et du gruau rance m'assaillit.

— Beurk !

Julie recula.

J'avais les larmes aux yeux. Mon estomac se retourna, je sentis la brûlure de l'acide dans ma gorge. Je déglutis, attrapai une louche en fonte suspendue au couvercle et touillai la mixture nauséabonde. Des fragments de viande pourrie encore attachés à des os de poulet. Rien d'humain. Merci mon Dieu.

La vague magique s'acheva. La technologie reprit le contrôle, étouffant le nœud de magie au-dessus du chaudron.

Je remis violemment le couvercle et me dirigeai vers l'autel. Quelques plumes noires étaient engluées dans le sang. Un long couteau recourbé, aiguisé comme un rasoir, reposait sur la table. Des runes noires dessinées au fer rouge couvraient le manche du couteau. Les pièces du puzzle se mirent en place dans ma tête. Je comprenais mieux le poulet décapité dans le frigo.

Julie eut finalement le courage d'entrer dans la pièce.

— C'est du sang humain ?

— Du poulet.

— Alors quoi ? Elle faisait du vaudou ou quoi ?

— Le vaudou n'est pas la seule religion qui utilise des poulets. L'Europe a une longue tradition de divination par la lecture des entrailles de poulet.

Elle ne réagit pas.

— Tu décapites un poulet, tu l'ouvres en deux et tu essaies de prédire le futur selon l'apparence des tripes. Et parfois (j'utilisai le couteau pour soulever une corde ensanglantée), tu ne tues pas le poulet avant.

— C'est dégueulasse ! Quel genre de malades faisaient ça ?

— Les Druides.

Julie cligna des yeux.

— Mais les Druides sont gentils !

— L'Ordre moderne des Druides est gentil. Mais ils n'ont pas commencé comme ça. Tu as déjà vu une fille druide ?

Elle secoua la tête.

— C'est tous des mecs.

— Alors pourquoi Esmeralda s'amusait-elle avec des rituels druidiques ?

Julie me regarda.

— Je ne sais pas.

— Moi non plus.

J'avais l'impression qu'Esmeralda l'avait fait parce qu'on le lui avait demandé. La prémonition malsaine qui m'avait prise au bord du puits revint en force. Plus j'avançais, moins j'aimais ça.

Je m'accroupis devant le coffre en osier et l'ouvris, m'attendant à d'autres restes de poulet. Des livres. Le *Dictionnaire de mythologie celte* de MacKillop, les *Mythes et Légendes de l'Irlande ancienne* de McClean, *Réveillez le Celte qui est en vous* du Sorcier Sumara et les *Mabinogi*. Trois livres de rituels celtiques et un sur le roi Arthur.

Je tendis *Réveillez le Celte* à Julie. Des quatre, il était sans doute le plus facile à lire et il avait de jolies images. J'ouvris les *Mythes et Légendes*, espérant qu'Esmeralda avait annoté les passages importants. Je regardai l'index et tombai sur une page avec trois empreintes sanglantes au milieu des M. Esmeralda avait plongé les doigts dans le sang de poulet et ne s'était pas lavé les mains avant de lire. Se sentait-elle consacrée? J'étudiai les lignes: Mongan, Mongfind, Morc, Morrigan… Oh! merde! Je regardai les articles en commençant par les M. *Non, pas la Morrigan, s'il vous plaît, pas la Morrigan!* Une grosse empreinte sanglante s'étalait sur la double page consacrée à la Morrigan.

Pourquoi moi?

J'avais envie de balancer le livre contre le mur. Elles avaient vraiment trouvé la déesse parfaite!

— Bestoloch!

— Qu'est-ce que ça veut dire? demanda Julie.

— Ça veut dire « imbécile » en russe. On dirait que le convent de ta maman adorait la Morrigan. Ce n'est pas une gentille déesse.

Elle me montra son livre.

— C'est quoi son problème à lui?

Sur la page, un géant arborait une épée énorme. D'étranges saillies recouvraient tout son corps, des muscles monstrueux gonflaient sur une de ses épaules, menaçant d'envelopper sa tête. Ses genoux et ses pieds étaient tordus, à l'envers, ses bras colossaux auraient pu toucher le sol, sa bouche était grande ouverte et son œil gauche sortait de son orbite. Une brillance, indiquée par de petits coups de crayon, irradiait de sa tête.

— C'est Cú Chulaínn. Il était le plus grand héros de l'Irlande ancienne. Quand il se fâchait très fort pendant une bataille, il devenait berserk et se transformait en ça. On appelle ça le « spasme de combat ».

— Pourquoi sa tête brille ?

— Apparemment, il avait vraiment chaud pendant son spasme et après la bataille on devait lui lancer des seaux d'eau sur la tête pour le refroidir. Dans l'une des histoires, il a sauté dans un chaudron plein d'eau fraîche et le chaudron a explosé…

Je regardai le chaudron au centre de la pièce.

Julie tira sur ma manche.

— Quoi ?

— Attends une minute.

Je m'approchai du chaudron et pris les poignées en main.

— Il est trop lourd, dit Julie.

Je grognai, le soulevai et le déposai sur le côté. Le couvercle bougea un peu, renversant la mixture rance, heureusement pas sur moi.

Sous le chaudron, il y avait un puits étroit, à peine assez large pour laisser passer un petit animal, peut-être un chien de la taille d'un beagle. Les bords étaient lisses, la circonférence parfaitement ronde comme si elle avait été sculptée avec un couteau. Je regardai dedans et ne vis que l'obscurité. L'odeur de la terre et la puanteur de la décomposition s'élevaient des ténèbres.

Déjà vu.

Julie prit une poignée de terre et s'approcha du puits. Je l'arrêtai.

— Mais je veux savoir comme il est profond.

— Non.

Elle laissa tomber la poignée de terre avec une grimace de mépris. Je venais apparemment de chuter dans son estime.

Trois petites empreintes marquaient les côtés du puits, formant un triangle équilatéral : les traces des pieds du chaudron. Comme les traces au lieu de rendez-vous du convent. Le grand puits dans la Trouée avait perdu son chaudron. Et un grand modèle par-dessus le marché.

Chapitre 8

Bryce et compagnie avaient décidé de ne pas tenter le diable, nous quittâmes la Ruche sans encombre avec les livres d'Esmeralda. Custer avait sagement choisi de ne pas se montrer. Du mobil-home 23 jusqu'au portail de chaînes nous ne rencontrâmes pas âme qui vive.

Il nous fallut une bonne heure pour contourner le quartier jusqu'au Dédale où Ninny m'attendait patiemment à côté d'un tas de crottin. Je plaçai Julie sur le dos de la mule. White Street n'était qu'à quinze minutes mais elle avait l'air vidée.

—Où allons-nous ? demanda-t-elle.

—À la maison. Quelle est ton adresse ?

Julie ferma ostensiblement la bouche et regarda fixement le devant de la selle de Ninny.

—Julie ?

—Il n'y a personne là-bas ! Maman est partie. Je n'ai personne d'autre.

Et merde ! Serais-je capable d'abandonner une petite fille sans mère, sans nourriture, fatiguée et sale dans les rues la nuit ? *Réfléchissons…*

—On passe chez toi pour voir si ta maman n'est pas rentrée. Sinon tu peux dormir avec moi cette nuit.

Maman n'était pas rentrée. Elles avaient une toute petite maison, coincée dans un coin d'une subdivision étriquée qui partait de White Street. La maison était vieille mais très propre, sauf l'évier de la cuisine débordant d'assiettes sales. À l'origine il ne devait y avoir que deux chambres mais quelqu'un, probablement la mère de Julie, avait construit une cloison de bois pour installer une troisième pièce. Dans cette pièce, il y avait une vieille machine à coudre, deux armoires de classement et une petite table. Sur la table, une robe à moitié terminée, bleu pâle, à la taille de Julie. Je touchai délicatement la robe. Quels que soient les défauts de la mère de Julie, elle devait beaucoup aimer sa fille.

Julie me rapporta une photo de la chambre : une femme fatiguée avec des cheveux blonds dénoués me regardait de ses yeux bruns, exactement comme ceux de sa fille. Son visage était livide. Elle avait l'air malade, épuisée, et dix ans plus âgée que ses trente-cinq ans.

Je demandai à Julie de m'aider et fis la vaisselle. Sous les assiettes, je trouvai une bouteille de Wild Irish Rose, label blanc. Elle puait comme de l'alcool à brûler. Elle était aussi connue pour lancer ses buveurs dans des rages folles.

— Est-ce que ta maman te crie après ou te frappe quand elle a bu ?

Julie me regarda, outragée.

— Maman est gentille.

Je jetai la bouteille à la poubelle.

Deux heures plus tard, nous déposâmes Ninny aux écuries de l'Ordre. La magie, après quelques heures d'accalmie, recommençait à frapper Atlanta de toutes ses forces. L'après-midi saignait vers le soir. J'étais fatiguée et j'avais faim. Nous nous dirigeâmes vers le nord par un labyrinthe de petites rues jusqu'au petit appartement qui avait appartenu à Greg.

Je grimpai les marches jusqu'au deuxième étage, Julie à ma suite. La magie fonctionnait : la garde agrippa ma main d'un éclat bleu quand je touchai la porte et l'ouvris. Je laissai Julie entrer, verrouillai la porte derrière nous et enlevai mes chaussures.

Julie observait autour d'elle.

— C'est chouette. Il y a même des barreaux aux fenêtres.

— Ça empêche les méchants d'entrer.

Le manque de sommeil m'avait rattrapée, j'étais épouvantablement fatiguée, vidée.

— Enlève tes chaussures.

Elle obtempéra. Je fouillai dans une armoire et revins avec un carton dans lequel Greg conservait des vêtements depuis que j'avais commencé à vivre avec lui à la mort de mon père. Mes quinze ans étaient bien plus grands que les treize ans de Julie mais ça devait le faire.

Je lui lançai un pantalon de survêtement et un sweat-shirt.

— Douche !

— Je ne prends pas de douche.

— Tu prends de la nourriture ? Pas de douche, pas de bouffe.

Elle fit la moue.

— T'es nulle, tu sais ça ?

Je croisai les bras sur ma poitrine.

— Ma maison, mes règles. Si tu n'es pas d'accord, tu sais où est la porte.

— OK.

Et elle se dirigea vers la porte.

Bon débarras. Je serrai les dents pour ne pas le dire tout haut et passai dans la cuisine. Je me lavai les mains et fouillai le frigo à la recherche de victuailles. Tout ce qui me restait était un grand bol de Low Country Boil, froid. Moi, je le mangerais froid : le maïs entier et les crevettes étaient bons froids de toute manière et j'avais suffisamment faim pour manger les patates et les saucisses froides. Julie, d'un autre côté, l'aurait sans doute préféré chaud, si possible avec du beurre.

Réchauffer ou ne pas réchauffer ? Là était la question.

Le bruit de l'eau annonça le début de la douche. Elle avait finalement décidé de rester. Je mis une grande casserole d'eau à chauffer. La magie faisait toutes sortes de choses bizarres aux objets ordinaires, mais heureusement, le gaz naturel brûlait toujours. Si tout le reste me laissait tomber, j'avais un brûleur de camping sur le frigo et un pot d'essence.

J'avais presque fini d'enlever les crevettes quand une enfant très mince à l'air angélique entra dans ma cuisine. Elle avait des cheveux couleur caramel, très fins et d'immenses yeux bruns dans un visage étroit. Il me fallut une bonne minute pour la reconnaître puis j'éclatai de rire.

— Quoi ? me demanda le bébé elfe vexé.

— Tu es très propre.

Julie tira sur la ceinture du pantalon avant qu'il tombe.

— J'ai faim. On avait un deal.

— Surveille l'eau. Quand ça commence à bouillir, mets-y tout sauf les crevettes. Ne mange pas les crevettes, elles sont meilleures chaudes, et ne laisse pas l'eau déborder et étouffer la flamme pendant que je vais prendre une douche.

J'attrapai un tas de vêtements et me traînai jusqu'à la salle de bains. Il n'y avait rien de mieux qu'une bonne douche chaude après une longue journée. Bon ! d'accord, peut-être une bonne douche chaude suivie d'une bonne baise chaude, mais mes souvenirs dans ce domaine étaient un peu flous.

Il me fallut un temps certain pour débarrasser mes cheveux de toute la crasse. Quand je revins à la cuisine, l'eau bouillait. Je perçai un épi de maïs de la pointe d'une fourchette, fumant. Très bien. Je plongeai les crevettes dans la casserole, laissai bouillir pendant un quart de minute, éteignis le gaz et versai le tout dans une passoire.

La magie retomba. *Oui, non, oui, non, décide-toi à la fin !*

— Tu as déjà mangé du Low Country Boil ?

Julie secoua la tête.

Je mis la passoire, le sel et le beurre sur la table.

— Des crevettes, de la saucisse, des épis de maïs et des patates. Essaie. Les saucisses sont faites avec de la dinde et du chevreuil. J'étais là quand on les a fabriquées. Il n'y a pas de chien ni de rat là-dedans.

Julie attrapa un bout de saucisse, le goûta et se jeta sur la nourriture comme si des loups affamés essayaient de la lui voler.

— Ch'est bon ! annonça-t-elle la bouche pleine.

Je n'eus pas le temps de finir mon premier épis de maïs, on frappa à la porte. Je regardai par le judas : Red.

Je lui ouvris. Il me jeta un regard aux yeux plissés.

— Bouffe ?

Kate Daniels, épéiste mortelle et sauveteur d'orphelins affamés.

— Entre. Lave-toi les mains.

Julie jaillit de la cuisine et l'enlaça. Red se raidit et mit un bras autour d'elle.

— Tu m'as manqué ! dit-elle doucement.

— Ouais. (Son visage était inexpressif.) Toi aussi.

Vingt minutes plus tard, j'avais deux enfants rassasiés et plus rien à manger. Ce qui voulait dire que j'allais devoir cuisiner le lendemain. Aie !

— Maintenant, parlons !

Du regard, je clouai Red sur sa chaise. J'étais assez douée pour avoir l'air fêlée, quand il le fallait. Étrangement, la plupart de mes adversaires ne tombaient pas évanouis ni ne s'écrasaient au sol, mais Red était jeune et avait l'habitude qu'on le persécute. Il se figea. Je n'aimais pas particulièrement intimider les ados de la rue mais j'avais l'impression qu'il renâclerait à la première occasion si je jouais les gentilles.

— Dis-moi ce que tu sais du convent.

— Rien.

— Tu as emmené Julie sur leur lieu de réunion. Comment savais-tu où le trouver ?

— Je n'ai pas parlé, je le jure !

Julie avait un peu pâli.

Red garda les yeux rivés sur moi.

— De la même manière que je vous ai trouvées ici. J'ai pris quelques cheveux de sa mère sur une brosse. J'ai fait un charme, fait couler un peu de sang et je l'ai laissé me guider.

La maman de Julie devait être vivante quand il avait jeté son sort. Les sorts chamaniques étaient liés à la vie : « sentir » un cadavre demandait un rituel beaucoup plus sophistiqué et un pouvoir dont Red ne jouissait pas. Pas encore en tout cas.

— Tu y es allé seul, la première fois. (C'était une supposition mais j'en lus la confirmation dans ses yeux.) Qu'est-ce que tu as vu, Red ?

Ses doigts bougeaient tout seuls. Il se tourna légèrement vers la droite, me cachant un côté de son visage.

— Montre-moi ton cou. Le côté gauche.

Il déglutit.

— Maintenant !

Red se tourna. Trois longues entailles descendaient de son lobe d'oreille jusqu'au col de ses hardes. Une fine ligne de pus jaune filait sous les bords gonflés et rouges des blessures.

Pas bon. Je tendis la main, touchai sa tête. Il sursauta et recula.

— Reste tranquille, tête de mule.

Il avait de la fièvre. Je fouillai dans le frigo et attrapai un pot de Rmd3 sur l'étagère du milieu. Les yeux de Red passaient de la pâte brune à moi.

— Qu'est-ce qu'il y a là-dedans ? demanda Julie.

— Rmd3, mieux connu sous le nom de Remède.

— C'est le truc du Peuple. Je n'en ai pas besoin.

Red remuait sur sa chaise.

Je regardai son visage et y vis la marque de l'obstination adolescente. Pas de vie intelligente là-dedans. Je me tournai vers Julie.

— C'est un traitement aux herbes pour les blessures sur son cou. C'est la variété Sud-Pacifique, la meilleure. Ça peut guérir la nécrose qu'on attrape des non-morts et ça soigne toutes sortes d'infections.

Je posai le pot sur la table. De la vraie racine de Kava, du Geebung[1] et une demi-douzaine d'autres ingrédients. Très cher mais ça en valait la peine.

— Je n'en ai pas besoin, répéta Red.

— Les chamans qui se cassent la gueule au milieu de la rue à cause de la fièvre ne vivent pas assez longtemps pour grandir.

Julie poussa le pot vers lui.

— Prends le Remède, Red.

Il regarda le pot comme si c'était un serpent, plongea les doigts dedans et s'en couvrit le cou. Quand la pâte toucha les blessures, il grimaça.

— Qu'est-ce qui t'a griffé ?

— Des créatures, dit-il. Des trucs bizarres. Ça sentait pas bon. Très puissant.

Il prononça « puissant » avec respect, presque révérence, et une certaine avidité. À la manière d'un alcoolique qui commande son poison préféré après une période sèche, goûtant le nom sur sa langue.

— C'est dangereux de courir après le pouvoir, le prévins-je.

Il me montra les dents. Une lumière sauvage brilla dans ses yeux.

— Tu dis ça parce que tu en as. Les gens qui ont du pouvoir ne veulent jamais que les autres en aient.

Julie tira sur sa manche.

— Mais tu as du pouvoir, tu es chaman.

Il pivota vers elle.

— Ça sert à quoi ? Les gangs me cassent toujours les dents, se foutent de ma gueule et me prennent ma bouffe.

---

1. Arbres et arbustes australiens à feuilles et fleurs persistantes dont certains sont en voie d'extinction. (*NdT*)

Alors quoi, je peux les faire pisser du sang le lendemain ? La prochaine fois ils me tueront et ce sera tout. Je veux du vrai pouvoir. De la force. Pour qu'on arrête de me baiser.

— Je peux te donner ce que j'ai, dit Julie d'une toute petite voix.

— Pas encore. Laisse-le grandir.

Que se passait-il entre ces deux-là ? Leur manière de se regarder me faisait peur.

— Parle-moi des créatures qui t'ont griffé.

— Elles étaient rapides. Avec de longs cheveux. Les cheveux m'ont accroché comme s'ils étaient vivants. Elles avaient peur de l'arbalétrier.

— Parle-moi du chaudron.

Red sursauta comme si on l'avait touché avec un fil électrique, sauta de sa chaise et courut vers la sortie. Julie était assise plus près de la porte, elle atteignit les marches avant moi. Je la laissai les dévaler seule.

C'étaient des gamins.

La vie les avait martyrisés jusqu'à les renvoyer à l'état sauvage. Ils n'avaient pas de refuge, ils ne faisaient confiance à personne, et je me serais damnée plutôt que de rattraper Red et de le cogner pour qu'il me parle. Ça suffisait comme ça. S'ils revenaient, ils revenaient. En attendant, je trouverais toute seule.

Je retournai dans la cuisine et mangeai un morceau de saucisse oublié dans mon assiette. Par la fenêtre, je pouvais voir Red et Julie dans la rue. Ils étaient très proches l'un de l'autre, sa tête brune à lui contre sa tête blonde à elle. Pendant que je les observais, la tech frappa. Les lampes électriques revinrent à la vie, baignant l'appartement d'une lueur tamisée, confortable. Dans la rue, le réverbère solitaire illuminait les gamins. Ils s'en écartèrent pour être dans l'ombre. Les visages du nouveau monde : un chaman des rues et sa petite amie. Affamés, sauvages, magiques.

Après un moment, Red tira quelque chose de sa poche et le mit autour du cou de Julie. Sans doute un charme.

Julie le serra dans ses bras. Il ne bougea pas, très droit, rigide, pendant qu'elle nouait ses mains autour de son cou. Il ne voulait pas afficher de faiblesse. La peur se glissa dans mon esprit. Pourquoi avais-je un mauvais pressentiment ?

C'était comme de m'imaginer avec Max Crest.

Si Greg avait été vivant, je n'aurais pas donné une chance à Max. La mort de Greg m'avait atteinte plus fort que je le pensais : j'étais seule, effrayée et j'avais désespérément besoin d'un homme chaleureux et aimant vers qui rentrer le soir. Quelqu'un sur qui me reposer. Max s'était juste trouvé au mauvais endroit au mauvais moment. Notre relation était vouée à l'échec d'avance, parce qu'elle était fondée sur mon désespoir et, contrairement à l'amour, le désespoir finit par passer. Désormais le temps avait émoussé les angles, et je ne ressentais aucune jalousie envers Myong, ni aucune envie de Max. Il ne me manquait pas. Pourtant, chaque fois que son nom resurgissait, je ressentais un truc déplaisant, pas exactement de la culpabilité, mais quelque chose qui ressemblait à de l'embarras.

Beurk ! J'avais envie de prendre tout ça, de l'emballer, de le mettre dans une boîte et de la jeter à la mer. Si je ne devais plus jamais croiser Max Crest, j'en serais parfaitement heureuse. Mais je devais arranger son mariage. Comment diable faisais-je pour me retrouver dans ce genre de situation ?

En parlant du mariage. J'essayai le téléphone, obtins la tonalité et composai le numéro que Derek m'avait donné.

Une voix féminine répondit.

— Bureau du Sud-Ouest.

Soit j'avais fait le mauvais numéro, soit mon enfant prodige avait grimpé dans l'échelle sociale.

— Derek, s'il vous plaît.

Le téléphone cliqua et la voix de Derek se fit entendre :

— Oui ?

— Tu as une secrétaire ?

Il rit.

— Non, c'est juste Mila. Elle filtre les appels. Qu'est-ce que je peux faire pour toi ?

— J'ai le paquet.

— Génial ! (Il se reprit et continua d'un ton plus mesuré.) Quand puis-je le récupérer ?

— Je le déposerai demain.

— Tu lui as cassé la gueule ?

Ha ! Derek était toujours le même, sous son apparence de Monsieur le Loup le plus cool de la Meute.

— D'une certaine manière. Tu avais raison. Il disparaît. Et il en profite pour se régénérer.

Julie rentra dans l'appartement. Elle portait un petit monisto [1] : un collier de pièces et de petits charmes de métal. Elle s'arrêta dans le couloir, prenant la température, décida que je n'allais pas exploser, se rassit sur sa chaise et regarda dans la passoire s'il restait à manger. Il ne restait que des patates. Elle en prit une poignée et les mangea en se léchant les doigts.

— J'ai un service à te demander, continuai-je au téléphone.

Je rapprochai le sel et le beurre de Julie.

— Tout ce que je peux faire, répondit Derek.

Julie me regardait par en dessous, probablement pour calculer si j'allais me fâcher.

— J'ai besoin d'une audience avec Sa Majesté des fourrures.

Non, je ne le crois pas, je ne suis pas en train de demander ça !

— Je n'en crois pas mes oreilles, après tout ce que… les cris quand je t'ai appelée pour la Réunion de Printemps, je me souviens distinctement de « je ne veux plus jamais voir ce connard arrogant », et « faudra me passer sur le corps »…

---

1. Collier de charmes gitan. (*NdT*)

— La Réunion de Printemps était optionnelle.

Après avoir travaillé avec la Meute pour nous débarrasser du traqueur de Red Point, on m'avait donné le statut d'Amie de la Meute, ce qui me valait d'être invitée aux cérémonies. Merde! si j'entrais sans prévenir sur leur territoire, les Changeformes hésiteraient peut-être avant de me transformer en sushis de Kate!

— Myong?

La voix de Derek avait marqué une pointe de désapprobation.

— Derek, oui ou non?

— Oui bien sûr. (Il était onctueux.) Je te ferai savoir où et quand.

Nous nous saluâmes avec les bruits appropriés et je raccrochai.

— C'était qui? demanda Julie.

— Mon acolyte adolescent loup-garou. On va aller le voir demain.

— Tu connais des gens de la Meute?

— Oui. Il y a une brosse à dents neuve dans la Vanité.

— C'est quoi la Vanité?

— La Vanité c'est d'être trop fier de son apparence. C'est aussi le meuble dans la salle de bains avec le lavabo et le tiroir. Où se trouve la brosse à dents.

Son visage s'allongea.

— Je dois vraiment?

— Tu paries?

Chapitre 9

Je bordai Julie dans mon lit, lui donnai ma couverture et déroulai un vieux sac de couchage de l'armée sur le sol. La magie avait repris la ville. J'avais déjà baissé les lanternes fae et la seule lumière dans l'appartement venait de l'extérieur, la lueur argentée de la nouvelle lune mélangée avec celle, faible, des barreaux de fenêtre affectés par les sorts défensifs.

Quelque part au loin, un loup hurla. Je pouvais toujours différencier un loup d'un chien sauvage : le hurlement des loups me donnait des frissons. Je pensais à Curran. Ce qui était effrayant c'était que j'étais curieuse de le revoir.

Qu'est-ce qui n'allait pas avec moi ? Ce devaient être les hormones. Un problème purement biologique. J'avais une surcharge qui troublait mon esprit normalement rationnel, déclenchant de drôles d'idées à propos de maniaques meurtriers aux yeux gris.

— Je peux dormir par terre, offrit Julie d'une voix endormie.

Je haussai les épaules.

— Merci mais j'ai l'habitude. Quand j'étais enfant, mon papa me faisait dormir par terre. Il avait peur que j'aie des problèmes de dos comme ma maman.

J'arrangeai le sac sur le sol, aussi plat que possible. Les gardes et les barreaux transformaient mon appartement en petite forteresse mais on ne savait jamais. Quelqu'un pouvait se téléporter et me percer de carreaux pendant que je dégageais mes jambes d'un sac de couchage enroulé.

— Elle est gentille ?

— Qui ?

— Ta maman.

Je m'arrêtai, un châle dans les mains. Comme un petit couteau qu'on aurait retourné dans ma poitrine.

— Je ne sais pas. Elle est morte quand j'étais toute petite. Mon papa l'adorait tellement qu'elle devait être très gentille.

— Alors tes deux parents sont morts ? Tu n'as plus de famille ?

— Non.

— Un peu comme moi, dit-elle d'une toute petite voix.

Pauvre gosse. Je m'approchai et m'assis sur le bord du lit.

— Je sais que ma maman est morte parce que mon papa l'a vue mourir, et je sais que mon papa est mort parce que j'étais là quand on l'a enterré sur une colline derrière ma maison. Je vais souvent voir sa tombe. Mais nous ne savons rien à propos de ta maman. Je n'ai vu son corps nulle part. Tu as vu son corps ?

Elle secoua la tête et enfonça son visage dans l'oreiller.

— Là, tu vois. Pas de corps, pas de preuve qu'elle est morte. Peut-être a-t-elle été téléportée quelque part dans la ville par cet idiot de Bran et qu'elle est en train de rentrer à la maison à pied. Peut-être qu'elle est déjà rentrée. On doit juste continuer à chercher.

Julie émit un petit bruit de chaton triste.

Qu'est-ce que je fais maintenant ?

Je la soulevai dans mes bras, couvertures, oreiller et tout, et la serrai contre moi. Elle renifla.

— Le Peuple l'a peut-être transformée en vampire.

Je caressai ses cheveux.

— Non Julie. Le Peuple n'attrape pas des femmes dans la rue pour les transformer en vampires. C'est illégal. S'ils commençaient à faire ça, les flics et l'armée les extermineraient en un clin d'œil. Ils doivent déclarer chaque nouveau vampire et ils ne veulent que des gens très particuliers pour ça. Ne t'inquiète pas, ta maman n'est pas un vampire.

— Mais si elle en était un ?

Alors j'irais au *Casino* et ce serait un vrai bordel.

— Elle n'en est pas un. Si tu veux, j'appellerai le Peuple demain pour leur demander.

— Et s'ils te mentent ?

Nom de Dieu ! cette gosse avait une véritable phobie !

— Écoute, tu dois te dire que les vampires n'ont pas de cerveau, comme les cafards. Ce ne sont que les véhicules des Maîtres des Morts. Si tu vois un suceur de sang qui n'est pas en train de réduire tout le monde en charpie, c'est qu'il y a un être humain dans sa tête. Cet être humain a probablement une famille, des enfants, de mignons petits bébés Maîtres des Morts.

Elle essuya une larme et tenta un faible sourire.

— Le Peuple a des dizaines de vampires. Le Peuple n'a pas besoin de kidnapper qui que ce soit. Il a une liste d'attente de un kilomètre.

— Pourquoi quelqu'un voudrait devenir vampire ?

— L'argent. Disons que tu as une maladie incurable. Le vampirisme est causé par une infection bactérienne qui transforme le corps de la victime à un point tel que la plupart des maladies disparaissent de l'organisme. En d'autres termes, ça n'a pas d'importance que tu aies un cancer du côlon – ton côlon va se transformer en ficelle après un mois de non-mort de toute façon. Alors tu te proposes pour devenir vampire. Si tu es sélectionnée, on t'offre un contrat qui autorise le Peuple à t'infecter avec le *Vampirus Immortuus*. En fait, tu laisses le Peuple te tuer et utiliser ton corps après ta mort. En échange, le Peuple versera de l'argent à tes héritiers. Des tas de gens très pauvres pensent que c'est une bonne manière de laisser quelque chose à sa famille après sa mort. Pour faire un vampire, il faut une semaine et pas mal de paperasse, et tout est déclaré à la Commission des non-morts de l'État. Fabriquer un vampire contre la volonté de la personne est illégal et le Peuple ne ferait jamais quelque chose qui l'enverrait en prison pour un seul vamp. Écoute, pourquoi ne me parles-tu pas de ta maman ? Ça m'aiderait peut-être à la trouver.

Julie serra son oreiller.

— Elle est gentille. Elle me lit des livres. C'est juste que la picole la fatigue alors je la laisse tranquille. Je sors, parfois. Elle n'est pas alcoolique ou quoi. Mon papa lui manque, c'est tout. Elle ne boit que le week-end quand elle ne doit pas travailler.

— Où travaille-t-elle ?

— À la Guilde des Menuisiers. Elle était cuisinière mais l'endroit où elle travaillait a fermé. Elle est Compagnonne maintenant. Elle dit qu'une fois qu'elle sera Menuisière, on aura vraiment de l'argent. Elle disait ça à propos du convent aussi et maintenant elle a disparu. Elle s'inquiète toujours pour l'argent. Nous sommes pauvres depuis longtemps maintenant. Depuis que papa est mort.

Elle dessina un petit cercle sur l'oreiller avec sa main – le cercle de la vie. Quelque chose que faisaient les chamans quand ils parlaient des morts. Elle attrapait les tics de Red.

— Quand papa vivait encore, il nous emmenait sur la côte. À Hilton Head. C'est chouette là-bas. On allait nager et l'eau était vraiment bonne. Mon papa était Menuisier, lui aussi. Un morceau du pont autoroutier lui est tombé dessus. Ça l'a écrasé. Il ne restait rien.

Parfois la vie ne cessait pas de cogner, quel que soit le nombre de fois qu'on se relevait.

— La douleur diminue avec le temps. Ça fait toujours mal mais c'est plus facile.

— Les gens n'arrêtent pas de me dire ça. (Julie ne me regardait pas.) Je ne dois pas avoir de chance ou un truc dans le genre.

Une des pires choses pour un enfant est de perdre un parent. Quand mon père était mort, c'était comme si mon monde s'était déchiré. Comme si un dieu mourait. Une partie de moi l'avait refusé. J'avais désespérément envie de remettre les choses comme elles avaient été. J'aurais tout donné pour une journée de plus avec mon papa. Et j'étais tellement furieuse contre Greg de ne pas être capable de changer les choses d'un geste de la main ! Et puis, petit à petit, ça s'était mis en place : mon père était parti. Pour toujours. Sans possibilité de renverser le temps. Aucune magie ne pourrait rien y changer. Pourtant, chaque fois que je croyais la douleur éteinte, mon esprit me trahissait et ramenait papa à la vie, dans mes rêves. Parfois je ne me souvenais qu'il était mort que lorsque je me réveillais, c'était comme un coup de poing dans le ventre. Et parfois, je savais que je rêvais et je me réveillais en pleurant.

Mais, à l'époque, j'avais encore Greg. Greg qui avait consacré sa vie à s'assurer que j'allais bien. Greg qui m'avait accueillie chez lui. Je n'avais pas eu à vivre dans la rue. Je n'avais pas eu à m'inquiéter de problèmes d'argent.

Julie et sa mère n'avaient pas ce luxe. Les Menuisiers qualifiés gagnaient bien leur vie parce que le travail du bois supportait la magie. La mort du père de Julie devait avoir détruit leur vie. Cela les avait mises KO et elles n'avaient fait que glisser de plus en plus bas. Il aurait été facile de continuer à glisser jusqu'au fond. Je serrai Julie dans mes bras. Sa mère devait énormément l'aimer, elle s'était relevée et avait commencé à remonter. Elle s'était battue pour entrer à la Guilde des Menuisiers. Elle était devenue Compagnonne, ce qui était un sacré pas en avant depuis le statut d'Apprentie. Elle faisait tout pour que sa fille échappe à la rue.

— Tu ne m'as pas dit comment s'appelle ta maman.

— Jessica, dit Julie. Elle s'appelle Jessica Olsen.

Tiens le coup, Jessica. Je te trouverai. Et je garderai ton bébé en sécurité. Rien n'arrivera à Julie !

Comme si elle percevait mes pensées, Julie se serra un peu plus contre moi. Nous restâmes assises en silence, enveloppées par la nuit chaude.

— Parle-moi du convent. Ça faisait longtemps que ta maman en faisait partie ?

— Pas très longtemps. Deux mois ? Elle me disait qu'elles adoraient une grande déesse et que nous serions très riches très bientôt.

Je soupirai. Quand nous trouverions Esmeralda, elle et moi aurions une longue conversation.

— On ne s'enrichit pas en adorant un dieu. Et surtout pas la Morrigan.

— C'est quel genre de déesse ?

— Du genre celte. Vieil irlandais. Il y a plusieurs versions de la Morrigan, alors je vais te raconter ce que je crois être le plus proche de la vérité. La Morrigan, c'est trois déesses en une. Elle change selon ce qu'elle a envie de faire. Un peu comme on changerait de vêtements. C'est ce qu'on appelle les aspects divins. Parfois, elle est la déesse de la Fertilité et de la Prospérité et son nom est Annan. J'imagine que c'était l'aspect que ta mère révérait. Annan guide aussi les morts vers leur lieu de repos dans l'Autremonde. C'est l'endroit où vivent les morts celtes. Le deuxième aspect est Macha. Elle s'occupe des rois, du gouvernement et des chevaux. Le troisième est Badb, le grand corbeau de bataille. (Je m'arrêtai, avec la disparition de la mère de Julie, mentionner que Badb adorait les massacres et buvait le sang de ceux qui tombaient au combat n'était pas une bonne idée.)

— J'ai déjà oublié le nom du premier.

La voix de Julie était pleine de sommeil. Parfait. Elle avait besoin de dormir et moi aussi.

— Ça n'a pas d'importance, elles sont toutes la Morrigan.

— Contre qui se battait-elle ?

— Les Fomoriens. C'est un truc dont il faut se souvenir avec les dieux : ils ont toujours des ennemis. Les dieux grecs se battaient contre les Titans, les dieux vikings se battaient contre les Géants du givre, et les dieux celtes se battaient contre les Fomoriens, les démons de la mer. La Morrigan leur a donné pas mal de coups de pied au cul et, à la fin, les Fomoriens ont été renvoyés à la mer.

Ma mythologie celte était un peu rouillée. Il faudrait que je me rafraîchisse la mémoire au plus vite. Personne ne pouvant se souvenir de tous les poids lourds mythologiques, le truc n'était pas de tout connaître. Le truc était d'en connaître assez pour savoir comment dénicher le reste.

— Alors, pourquoi on ne peut pas s'enrichir en l'adorant ? bâilla Julie.

— Parce que la Morrigan ne réalise pas les vœux. Elle passe des marchés. Ce qui veut dire qu'elle réclame toujours quelque chose en échange de ce qu'elle offre.

Seuls les idiots passaient des marchés avec les divinités.

Elle ferma les yeux. *C'est bien. Dors, Julie.*

— Kate ?

— Moui ?

— Comment elle est morte, ta maman ?

J'ouvris la bouche pour mentir. La réponse était automatique : je cachais mon sang, je cachais ma magie et je cachais la vérité sur mes origines. Mais pour une étrange raison, le mensonge ne vint pas. J'avais envie de lui dire la vérité. Ou au moins une partie. Je n'en parlais jamais et à cet instant les mots me chatouillaient la langue.

Où était le mal ? Ce n'était qu'une enfant. Ce serait comme une histoire du soir un peu tordue. Elle l'aurait oubliée au matin.

— Je n'avais que quelques semaines. Mon père et ma mère fuyaient. Un homme les pourchassait. Il était très puissant et très mauvais. Ma mère savait que, d'eux deux, mon père était le plus fort et elle voyait bien qu'elle le ralentissait.

Ma voix tremblait un peu. Je ne m'attendais pas que ce soit si difficile.

—Alors elle m'a donnée à mon papa et lui a dit de s'enfuir. Elle retiendrait l'homme mauvais aussi longtemps qu'elle le pourrait. Mon père ne voulait pas l'abandonner, mais c'était la seule manière de me sauver. L'homme mauvais a attrapé ma mère et ils se sont battus. Elle lui a percé un œil mais il était très puissant et elle n'a pas pu le tuer. Et c'est comme ça que ma mère est morte.

Je resserrai la couverture autour de Julie.

—C'est une histoire triste.

—Oui.

Et elle n'était pas finie. Pas du tout.

Elle caressa le châle toujours sur mes genoux.

—C'est toi qui l'as fait ?

—Oui.

—Il est bien. Je peux l'utiliser ?

Je l'en recouvris. Elle se débarrassa des couvertures et s'enveloppa dans le châle, comme une souris qui fait son nid.

—C'est doux.

Et elle s'endormit.

Une voix fendait l'appartement. Pure comme celle d'une cloche en cristal, onctueuse comme le miel, douce comme le velours.

—Fille. Veux fille.

J'ouvris les yeux. La magie était levée, faisant briller les barreaux des fenêtres d'une lueur bleue éthérée. Je vis Julie se glisser dans le couloir, fantomatique, une silhouette dans l'obscurité de l'appartement baigné dans la nuit.

—Fille…

Ça venait de l'extérieur.

Mes doigts trouvèrent la poignée texturée de Slayer. Je l'attrapai, le levai et la suivis.

— Besoin fille… Fille… Veux fille…

À la fenêtre de la cuisine, une forme pâle flottait à quelques centimètres du verre et de la garde. Femelle, avec un visage délicat, presque elfique et un corps à vous briser le cœur, elle regardait à l'intérieur de l'appartement avec des yeux lavande. Sa peau scintillait d'une lumière argentée. Extraordinairement épais, ses cheveux longs s'étalaient comme des tentacules.

— Fiiiille, chantait la créature en tendant les bras vers la fenêtre. Besoin… Où ? Où ?

Salut, et quel genre de bébête tordue tu es ?

Sur la table de la cuisine, accroupie sur un rideau chiffonné, Julie. Elle avait ouvert le loquet de la fenêtre et essayait d'ouvrir le mécanisme des barreaux.

Je posai Slayer et pris Julie par la taille. Elle s'accrochait aux barreaux.

La créature siffla. Ses mâchoires s'ouvrirent avec une flexibilité reptilienne, montrant des rangées de dents de murène dans une bouche noire. Une mèche de ses cheveux fouetta la fenêtre, visant l'enfant. La garde réagit avec une pulsation de carmin furieux. La créature sursauta de douleur.

Je tirai Julie.

— Viens, Julie.

Julie gronda sans un mot et me chargea telle une furie. Je plantai mes talons dans le sol et tirai plus fort, y mettant tout mon poids. Les doigts de Julie glissèrent, je faillis tomber à la renverse. Elle donnait des coups de pied, se débattait comme un chat furieux. Je la traînai jusqu'à la salle de bains, la laissai tomber dans la baignoire et claquai la porte derrière nous. Dans un hurlement, Julie se jeta sur moi. Ses ongles griffèrent mon bras. Je l'agrippai par la peau du cou, la bloquai dans la baignoire, et ouvris le robinet d'eau froide. Elle se rétracta sous mes doigts, crachant et mordant, je la poussai sous l'eau et l'y maintins.

Graduellement, ses convulsions se calmèrent. Elle gémit et se détendit.

Je coupai l'eau. Julie aspira une longue goulée d'air tremblante et sanglota. Lentement, la tension quitta ses muscles.

—Je vais bien, hoqueta-t-elle. Je vais bien.

Je la sortis de la baignoire et mis une serviette sur sa tête. Elle tremblait, serrant ses bras contre sa poitrine.

J'ouvris la porte et jetai un coup d'œil dehors. La chose aux yeux lavande flottait devant la fenêtre de la cuisine, les yeux rivés sur la porte. Elle me vit et siffla de nouveau.

—Fille… Viens… Veux…

Julie se laissa tomber sur le carrelage, se frayant une place entre les toilettes et la baignoire, laissant dépasser ses jambes maigres.

—Elle était dans ma tête. Elle essaie de revenir maintenant.

—Essaie de l'empêcher d'entrer. Nous sommes en sécurité derrière les gardes.

—Et si la magie tombe?

Les yeux de Julie étaient terrorisés.

—Alors je lui couperai la tête.

Plus facile à dire qu'à faire! Ces cheveux pouvaient m'agripper comme un harpon. C'est difficile de couper des cheveux si personne ne les tient.

—Fille…

—Ferme ta gueule, salope!

Pourquoi Julie? Pourquoi maintenant? Ce truc était-il sa mère, transformée par la magie du convent?

—Julie, est-ce que cette chose ressemble à ta mère?

Elle secoua la tête, serra ses genoux avec ses bras et commença à se balancer. Elle pouvait à peine bouger dans l'espace confiné qu'elle s'était choisi.

— Gris. Boueux, glissant, changeant, horrible violet-gris.

— Quoi ?

— Gris comme un squelette. Mauvais…

— Julie, qu'est-ce qui est gris ?

Elle me regarda, les yeux hantés.

— Sa magie. Sa magie est grise.

Bon Dieu !

— De quelle couleur est la magie d'un loup-garou ?

— Verte.

Une Sensate ! Un scanner-m vivant qui pouvait voir la magie, très rare, très précieux. Je l'avais avec moi tout ce temps. Je savais qu'elle avait quelque chose de magique mais entre les chiens métalliques et les petits amis infectés, je n'avais pas pensé à le lui demander.

— Cette chose, elle est gris et violet ? Tu as bien dit violet ? Comme un vampire ?

— Plus faible. Violet clair.

Violet était la couleur de la non-mort. Si la créature était réellement non-morte, elle n'avait pas de conscience. Quelqu'un devait la contrôler comme les Maîtres des Morts contrôlaient les vampires.

— Julie, tu dois sortir de là. Je ne peux pas te protéger si tu te caches derrière les chiottes. Lève-toi.

— Elle va entrer. Elle va me tuer. Je ne veux pas mourir.

— Tu vas mourir si tu restes là. (Je lui tendis la main.) Allez ! viens.

Elle sanglota.

— Viens, Julie, montre à cette salope que tu en as !

Elle se mordit la lèvre et prit ma main. Je la tirai vers moi.

— J'ai peur.

—Utilise ta peur. Ça te permettra de rester aux aguets. Dans la Ruche, pourquoi est-ce que la magie ne t'a pas attrapée ?

Il lui fallut une seconde pour changer de vitesse.

—Je m'y suis fondue. Je lui ai fait croire que j'étais comme lui.

—Fonds-toi en moi alors.

Imiter un type de magie différent pouvait cacher l'esprit de Julie, forcer la créature à se concentrer sur l'objet magique. Comme cacher une lumière faible dans la flamboyance d'une lumière plus forte. Cette chose ne pouvait pas s'attaquer à son esprit si elle ne pouvait pas le sentir.

Elle secoua la tête.

—Je ne peux pas. J'ai déjà essayé mais ta magie est trop étrange.

Merde ! Encore un effet secondaire de mon putain d'héritage. Ça ne suffisait pas que je doive brûler mes bandages ensanglantés pour que personne ne puisse m'identifier, désormais je ne pouvais même plus servir de bouclier à une enfant. Qu'est-ce que je possédais dans quoi elle pouvait se fondre ? Il y avait une demi-douzaine d'artefacts enchantés dans la collection de Greg mais rien qui dégageait suffisamment de magie pour la cacher.

Slayer !

—Ne bouge pas.

Je courus jusqu'à la cuisine, ramassai Slayer sur la table et sprintai vers la salle de bains. Le visage de Julie avait perdu toute expression. Je lui fourrai Slayer dans les mains et aboyai :

—Fonds-toi !

La conscience revint brusquement dans ses yeux. Je sentis la magie se glisser vers la lame. Julie respirait difficilement.

Il y eut un changement à peine perceptible dans le champ de la magie. Elle inspira profondément.

— OK, dit-elle. OK.

La créature grinça de frustration.

Je serrai Julie contre moi. Je pouvais m'occuper des dangers physiques, mais voir Julie se transformer en zombie devant mes yeux aurait tout foutu en l'air. Tant que nous pouvions éloigner cette saloperie de la tête de la gamine, nous avions une chance. Elle s'accrochait à deux mains au sabre, le visage pincé, se concentrant sur la lame.

Je la poussai vers la porte.

— Allons-y.

Nous sortîmes de la salle de bains. Les yeux lavande de la créature se braquèrent vers Julie. Elle lécha la garde, se brûla la langue sur le cramoisi et sursauta.

J'essayai le téléphone. Mort. Pourquoi moi ?

— Fille… Veux, veux, besoin…

— Ça va ?

Elle hocha la tête.

La magie s'effondra. Je repris Slayer à Julie et essayai de nouveau le téléphone. Toujours mort. Putain !

Les cheveux de la créature tombaient sans vie autour de son visage. Elle s'agrippait aux barreaux pour ne pas tomber. Ouais ! Bouffe de la tech, salope ! Fini les tentacules !

La créature lança ses jambes contre le mur et tira. Les barreaux se tordirent dans un long gémissement torturé.

Julie courut vers la chambre. Ce n'était pas le moment de se cacher. Première règle du garde du corps : arrange-toi pour toujours savoir où est ton sujet.

La créature tira de nouveau. Les barreaux s'écartèrent.

J'entrai dans la cuisine. D'abord, il fallait que je m'occupe de mon nouveau et ravissant ornement de fenêtre, puis j'irais cueillir Julie sous le lit.

Julie reparut, son couteau à la main. Ses doigts tremblaient, faisaient danser la pointe de la dague. Elle se planta derrière moi et se mordit la lèvre.

Ils *n'auraient pas* cette gamine. Pas aujourd'hui. Ni jamais.

Boum !

Quelque chose venait de percuter ma porte. Julie sursauta.

— Calme-toi. La porte est solide. Elle tiendra.

Au moins quelques minutes. Je fis un pas de plus dans la cuisine et déplaçai une chaise pour me donner de la place.

À la fenêtre, la créature lécha l'air comme un serpent et glissa sa tête dans le trou.

Boum !

Je sautai sur la table et lui coupai la tête d'un coup classique d'exécuteur.

La tête tomba sur la table et roula au sol. Le corps s'immobilisa entre les barreaux. Un liquide poisseux, rougeâtre glissait du moignon de cou comme un torrent au ralenti. Une puanteur huileuse de poisson mort et d'eau de mer viciée emplit la pièce.

Je ramassai la tête par les cheveux et enfonçai la pointe de Slayer dans la joue gauche. La chair ramollit, liquéfiée par la magie du sabre. Rien d'aussi évident que ce que cette lame pouvait faire à un vampire, mais la magie de Slayer l'affectait. De fines vrilles de fumée s'élevaient de la lame. Julie avait raison. C'était sans aucun doute un non-mort mais pas aussi non-mort qu'un vampire. Peut-être n'était-elle qu'en partie non-morte ? Était-ce seulement possible ?

Boum !

La porte se fendit, vomissant des morceaux de bois sur le tapis du couloir. Je laissai tomber la tête, attrapai Julie par les épaules et la poussai derrière le mur.

Les derniers copeaux tombèrent du chambranle. Une jumelle de la créature que je venais de décapiter pénétra dans l'appartement, masquée par les cheveux qui lui tombaient jusqu'aux chevilles.

La magie revint en force, bannissant la technologie. Mon sort de garde flamboya en se refermant, deux secondes derrière le monstre. La vie n'était pas juste.

Un feu d'argent pâle glissa le long des cheveux de la créature. Les mèches lustrées tremblèrent, s'étendirent…

J'affermis ma prise sur Slayer.

Les tentacules jaillirent, attrapant la porte de la salle de bains. Doucement, les cheveux s'écartèrent, révélant la chair qui brillait comme un fanal. Une faible radiance scintillait sur la peau de la créature, insaisissable et pourtant hypnotique, comme un feu follet ou une sirène sous les vagues. Elle tendit la main. La lueur descendit en vaguelettes jusqu'à ses chevilles et s'élargit comme un semblant de queue de poisson de dentelle.

— Fille ?… (Sa voix flottait.) Fille ?…

— Pas de fille ! Sors de ma maison, sale tarée !

La créature se pencha en avant, ses bras prêts à enlacer, ses yeux lavande pleins d'un feu froid d'améthyste. Mince, flexible… Dix contre un que j'avais enlevé les carreaux de Bran du squelette de sa sœur.

Un torrent sale mouillait la table sous mes pieds. Je jetai un œil au cadavre derrière moi. Il ne restait qu'une mare. Je n'avais jamais vu ça. Je connaissais mon sabre – il transformait la chair de vampire en mélasse mais pas aussi vite.

La créature écarta les mains. Des griffes recourbées jaillirent de ses articulations, dégouttant d'un liquide rouge visqueux. Des griffes qui pouvaient laisser de profondes entailles, comme celles que j'avais vues sur le cou de Red. Elles n'avaient dû que l'effleurer parce que, à en juger par leur taille, elles pourraient m'arracher le cœur d'un coup. Les cheveux enserraient, les griffes déchiquetaient et les rangées de dents pointues comme des aiguilles finissaient le travail. Le tout en un.

La créature avançait, lentement, prenant son temps. Pourquoi pas ? J'étais coincée. Je n'avais nulle part où me réfugier à moins de me laisser tomber de deux étages. Je fis un pas en arrière et me cognai le coude contre le mur, près du frigo.

Les cheveux cinglèrent comme un fouet et agrippèrent ma cuisse. Je coupai les mèches, donnai un grand coup dans la jarre d'essence sur le frigo et la renversai sur l'immonde.

La créature siffla. Je laissai tomber le sabre et serrai les bras. Les cheveux me cramponnèrent et tirèrent. Je chutai de la table et traversai la cuisine, de plus en plus près des griffes. La furie ne remarqua les allumettes que lorsque le craquement du soufre annonça la naissance de la flamme. Les cheveux fouettèrent l'air de panique, m'enserrant comme un lasso, m'étouffant. Je laissai tomber l'allumette dans les mèches.

Le feu prit d'un coup, immense, orange, violent, brûlant. Je m'arrachai de l'étreinte de la créature.

Elle hurla et se débattit dans l'enfer flamboyant. Quelque chose explosa avec le sifflement sec du lard qui tombe sur les braises. Elle se rejeta en arrière, s'écrasa contre le mur de la salle de bains, fendant le bois, et se rua dans le couloir, sur le miroir. Elle s'y fracassa, encore et encore, brisant le verre en morceaux de plus en plus petits jusqu'à ce qu'ils s'effondrent hors du cadre.

Je récupérai Slayer. *Reste immobile un instant, et je réglerai tous tes problèmes.*

Les flammes crachèrent un nuage de fumée, l'odeur de la graisse brûlée emplit la pièce. J'eus un haut-le-cœur. Les cheveux luxuriants de la créature brûlaient comme une torchère, des flocons de cendre pleuvaient sur le tapis et tourbillonnaient autour de moi, pris dans le courant d'air de la porte. La créature se convulsa, comme une chandelle folle prête à s'éteindre.

Julie plongea depuis la cuisine, un couteau à la main, et se jeta dans les flammes, enfonçant sa lame dans le ventre de la créature. Celle-ci tremblait, prise de spasmes. Julie continuait à frapper, encore et encore, creusant dans la chair en train de brûler. Ses yeux avaient perdu toute humanité.

Je l'attrapai et l'attirai à moi, loin du feu.

— Ça suffit !

Julie inspira, respirant à grands coups frissonnants.

La créature se projeta une dernière fois contre le mur. Son dos craqua comme une branche morte. Des giclées de liquide gris jaillirent sous sa carcasse charbonneuse. La mare s'étendit avant de commencer à rétrécir. J'ouvris violemment un tiroir, en sortis une fiole à spécimen et ramassai un peu du liquide. Je rebouchai la fiole – pleine au tiers, avec des fragments de cendre qui flottaient. Plus contaminée que les égouts de la ville. C'était vraiment mon jour.

Je posai mon indice souillé sur la table à côté de mon sabre et me tournai vers Julie.

— Montre-moi tes mains. À quoi pensais-tu ?

Je savais exactement à quoi elle pensait : toi ou moi. Cette créature l'avait terrorisée. Elle ne s'était pas enfuie. Elle ne s'était pas cachée. Elle avait pris la décision de se battre. C'était bien. Sauf qu'une Julie face à un monstre de ce calibre équivalait à prétendre stopper un doberman avec une tapette à mouches.

Les doigts de Julie étaient rouges là où le feu les avait léchés. Des brûlures mineures. Ç'aurait pu être pis.

— Il y a un tube d'onguent A & D dans le frigo. Mets-en sur tes mains…

La magie clignota, disparut un instant, revint le suivant. Je jetai un œil à la porte pour vérifier que rien n'était entré. Une haute silhouette se dressait derrière ma garde. Grande, légèrement voûtée, elle portait une soutane blanche et légère. Le capuchon cachait sa tête et descendait pratiquement jusqu'à sa poitrine. Comme un cadavre enveloppé de lin très fin, prêt pour l'enterrement.

Une voix masculine s'éleva de sous le capuchon, froide, grinçante, sèche comme le bruit des coquillages écrasés sous un pied lourd.

— Donne-moi l'enfant, humaine.

J'avais rencontré et tué les marionnettes, le marionnettiste avait décidé de faire son entrée. Comme c'était flatteur ! Je désignai le mur de gauche à Julie, hors de vue.

— Qu'est-ce que tu m'offres en échange ?

— La vie.

— Avec possibilité de conditionnelle ?

Il perdit pied mais seulement un instant.

— Livre-moi l'enfant.

— La vie, hein ? Ce n'est pas une offre très généreuse. Tu pourrais quand même y ajouter la richesse et quelques jolis garçons.

— Donne-moi la fille, commanda le murmure. Tu n'es rien, humaine. Tu n'es pas une menace. Mes Servantes gratteront la viande sur tes os.

Alors c'est comme ça qu'il appelait ses gorgones. Je lui montrai les dents.

— Pourquoi perdre du temps ? Enlève ta capuche et allons-y.

Il se pencha en avant et lança son bras vers le haut. Des renflements roulèrent sous le tissu, spiralant autour de son torse, et glissèrent sur ses bras.

Un vent fantôme fit trembler sa soutane. Le tissu s'écarta et, dans ses profondeurs, j'aperçus l'abomination d'un visage : un museau étroit rempli de crocs, de la couleur des vieilles ecchymoses, deux énormes yeux ronds, morts, froids et étranges comme les yeux d'un calamar et au-dessus, au milieu du front, une bosse pâle et molle, palpitant comme un cœur grossier. Des traînées jumelles d'ichor gris coulaient de la bosse, creusant un chemin humide entre les yeux cruels.

Un fouillis de vert jaillit des manches de la soutane et se fendit en de multiples tentacules qui s'accrochèrent au-dessus de la porte et soulevèrent Capuchon du sol. Il resta suspendu dans le filet de tentacules. La bosse palpitait plus vite. Son murmure inonda l'appartement, si puissant qu'il souilla ma peau.

— Aiiiiiiiiiiiiiiide...

La magie jaillit de lui comme un coup de canon. La garde sur ma porte se déchira comme un mouchoir en papier et l'explosion me frappa avant de sortir par la fenêtre. Si la magie avait eu une substance, elle aurait fracassé les murs. Choqué par le pouvoir, mon esprit prit une seconde pour comprendre que la garde ne protégeait plus ma porte ni la fenêtre dans mon dos.

Un tentacule noir agrippa ma taille et me tracta avec une force incroyable, m'attirant vers la fenêtre brisée. Je m'écrasai contre les barreaux tordus. Une douleur brûlante mordit profondément dans mon dos. Je hurlai.

Une mèche de cheveux noirs fouetta mon bras. Julie s'immobilisa, les yeux exorbités de panique. Les cheveux tirèrent de plus en plus fort, comprimant ma poitrine. Je ne pouvais pas bouger un muscle. Un cercle d'acier écrasait mes poumons. J'allais m'évanouir, et ils auraient Julie.

— Tuuue, croassa Capuchon.

Des dents s'enfoncèrent dans mon épaule et relâchèrent. La Servante grinça, brûlée par mon sang.

Elle était non-morte. On pouvait la piloter comme un vampire. Je me tendis vers son esprit et percutai le mur des défenses de Capuchon. Impénétrable.

Les cheveux se resserrèrent. Je n'avais plus d'option.

La souffrance s'accentua. Je me tendis et prononçai un seul mot.

— *Amehe!*

Obéis.

Le pouvoir fusa de moi dans un flash de douleur épouvantable, comme si les entrailles m'étaient arrachées du ventre. Le mur protégeant l'esprit de la Servante explosa. Capuchon hurla dans son filet de tentacules.

Le puits qui était l'esprit de la Servante s'ouvrit devant moi. Je le pris dans mon poing et l'écrasai. Le réseau de tentacules se relâcha. Les cheveux me tenaient toujours, mais la pression étouffante avait disparu.

Je regardai par les yeux de la Servante et par les miens. À travers cette étrange vision double, j'aperçus Julie roulée en fœtus sur le sol. Capuchon me regardait. Je le sentais, il attendait dans les profondeurs de l'esprit de la Servante. Il débordait de haine, pas seulement pour qui j'étais mais aussi pour ce que j'étais. Il bouillonnait, sa rage à peine contenue, terrible créature pleine de malice et de cruauté qui souhaitait la fin de l'humanité. Le dégoût m'envahit, réponse xénophobe instinctive, si forte qu'elle menaçait de submerger toute raison.

Je forçai les cheveux à se dérouler. Ils m'abandonnèrent lentement, avec hésitation. Même avec un mot de pouvoir je ne pourrais pas contrôler la Servante longtemps. À l'instant où je commencerais de tâtonner, Capuchon reprendrait le contrôle.

Je fis un pas de côté, attirant la Servante à moi à travers les barreaux de la fenêtre.

Regarde ça, fils de pute!

Obéissant à mon ordre silencieux, la Servante se propulsa contre le mur, tête la première.

Frappe. Le plâtre s'écailla, exposant la brique nue.

Frappe. Une tache rouge s'étendit.

Frappe. Son crâne se fracassa comme un œuf tombé.

Tu n'auras pas la gosse, tu m'entends?

La Servante recula pour un dernier choc, un liquide visqueux rouge et gris s'échappait de son crâne. La présence de Capuchon s'enfuit. Une seconde plus tard, je lançai la Servante une dernière fois et la laissai, avant que l'esprit mourant m'entraîne.

Frappe.

Un torrent de liquide immonde explosa sur le mur.

Mon dos brûlait comme si du verre fondu était versé dans les blessures. La pièce vacilla un peu. Je serrai les dents et levai mon sabre.

Capuchon attendait dans le couloir. Le passage était libre, aucun mur magique ne nous séparait.

Je souris lentement, lui montrant les dents.

— Trois à terre, plus qu'un. Viens !

Les tentacules se contractèrent, resserrant le filet. Je me penchai en avant, légère sur la pointe des pieds, prête à charger.

Les tentacules se détachèrent, s'enroulèrent dans les manches et sous l'ourlet de la soutane, puis Capuchon s'enfuit comme s'il avait été balayé du seuil par un coup de vent.

Je regardai la table juste à temps pour voir les jambes de Julie disparaître dessous.

Chapitre 10

Je me penchai sous la table et faillis tomber. Ma tête tournait. Des cercles pourpres flamboyaient devant mes yeux, bloquant ma vision, une douleur aiguë me déchira le dos. Pas bon.

— Julie, il faut qu'on y aille.

Elle recula jusqu'au mur.

— Tu es comme eux, comme le Peuple.

— Non. Complètement différente. (*Exactement comme le Peuple. Je suis tellement comme le Peuple que si tu le savais, tu t'enfuirais en courant.*) Il faut qu'on y aille, Julie. On ne peut pas rester ici. Il y a peut-être d'autres trucs de cet acabit dehors, la porte a été défoncée et la garde de la fenêtre ne fonctionne plus. Il faut qu'on y aille.

Elle secoua la tête.

La douleur découpa ma colonne en deux, faisant monter des larmes dans mes yeux. Je ne me souvenais pas que quelque chose ait fait si mal. Je contraignis ma voix à plus de douceur, plus de calme.

— Julie. C'est moi. Je te jure que je ferai tout pour te protéger. Mais là, il faut qu'on y aille avant qu'il revienne avec des renforts. Viens ma douce. Sors de là. S'il te plaît.

Elle prit ma main. Je l'aidai à sortir de sous la table.

— C'est bien. Viens.

— Quelle sorte de magie était-ce ?

— Une sortie interdite. Tu ne peux dire à personne que je m'en suis servie sinon j'aurai des ennuis.

Les mots de pouvoir commandaient la magie elle-même. C'étaient des mots primaux. Les connaître était insuffisant, il fallait se les approprier et il n'y avait pas de seconde chance. On les conquérait ou on mourait. Les mages les plus accomplis en avaient deux ou trois. J'en avais six et je ne voulais pas expliquer pourquoi. C'étaient mes armes de dernier recours.

— Ton dos…

— Je sais.

Il n'y avait qu'un lieu à notre portée offrant une plus grande protection que mon appartement : l'Ordre. Sous l'Ordre, il y avait une chambre forte. Ses gardes étaient impénétrables et sa porte blindée ne casserait que sous le feu nourri d'un canon.

J'essayai le téléphone. Toujours pas en fonction. On ne viendrait pas nous chercher.

Une course de quinze minutes nous séparait du bâtiment de l'Ordre. Vingt avec la gamine. Du gâteau. Je pouvais le faire, j'avais juste besoin de quelque chose pour calmer la douleur. Juste un moment. Et alors ça irait bien.

Il y avait un kit de régénération dans la salle de bains. Je fis un pas vers la porte. Un tison traversa ma colonne et explosa à la base de ma nuque. Cela traversa mes os, tordit mes tendons. Je percutai le sol des genoux, douloureusement, enfonçai mon sabre dans le plancher et m'y accrochai, luttant pour me remettre debout. J'avais une gamine à protéger.

La pièce fondit devant mes yeux. Les murs étaient flous, tordus, comme des vagues menaçant de me noyer. Je sentais l'odeur de mon propre sang. Julie accrocha mon bras et sanglota.

— Tu vas te lever. Allez. Viens. Ne meurs pas ! Ne meurs pas !

— Ça va aller, murmurai-je. Ça va aller.

La magie quitta le monde. La tech flamboya, amenant avec elle une nouvelle vague de douleur.

Il fallait que je garde la porte. C'était tout ce que je pouvais faire.

Je dérivais, essayant de retrouver mon chemin à coups de griffes dans le brouillard de la conscience quand je sentis quelqu'un approcher. Je frappai instinctivement et ratai.

— T'es dans un putain de sale état, dit la voix de Curran.

Sauvée par le Seigneur des Bêtes. Quelle ironie.

— Elle va s'en sortir ? demanda la voix de Julie.

— Ouais, dit-il.

Je me sentis soulevée et emportée, dans les bras de Curran.

— Elle va s'en sortir. Viens avec moi. Tu es en sécurité maintenant.

Le lit était honteusement confortable. Pendant un long moment bienheureux, je reposai, à moitié noyée dans la douceur des draps. La douleur avait diminué, elle était toujours là, menaçante dans le bas de mon dos, mais atténuée et accompagnée de la chaleur apaisante de la magie médicale bien faite. J'étais vivante. Ce simple fait me rendait incroyablement heureuse. Alors que je me blottissais plus profondément contre l'oreiller, je vis un fragment de blanc sur la couverture à côté de moi. Je tendis la main et touchai la lame de Slayer.

— Réveillée, belle dame ? dit une voix familière.

Doolittle. Le médecin autoproclamé de toute chose de la Meute et des plus sauvages. Il était assis sur une chaise à côté d'une lampe de lecture, un antique livre de poche corné sur les genoux. Il n'avait pas changé d'un iota – toujours la même peau noire bleutée, les mêmes cheveux gris et le même petit sourire. Il m'avait réparée deux fois pendant l'enquête sur le traqueur de Red Point et il n'y avait pas de meilleur mage médecin dans tout Atlanta.

Je serrai l'oreiller contre moi.

— Encore vous, docteur !

— Eh oui.

— Il y avait une petite fille avec moi.

— Elle est en bas. Derek l'amuse. Je dois dire qu'elle apprécie particulièrement sa compagnie.

Derek aux immenses yeux bruns et au sourire irrésistible. Pauvre Red, il ne souffrait pas la comparaison.

— Qu'est-ce que j'avais ?

Je ne l'insultai pas en m'enquérant de mes vêtements ensanglantés. Je savais qu'il les avait brûlés.

— Tu as été empoisonnée. Tu pousses mes connaissances à leurs limites à chacune de nos rencontres.

— Je suis désolée. Merci de m'avoir sauvée.

Il secoua la tête.

— Je ne t'ai pas sauvée. Tu as été sauvée par le tsunami. La magie profonde rend tous les sorts plus efficaces. Y compris ceux de ton humble med-mage.

Des griffes glacées grimpèrent le long de ma colonne.

— J'étais si loin ?

Il hocha la tête.

J'avais failli mourir. Ce n'était pas la première fois mais jamais avant je n'avais failli mourir alors qu'un enfant dépendait de moi.

Bravo Kate. Tu n'as pas pu t'empêcher de tourner le dos à la fenêtre ! Connasse !

Dès que je pourrais marcher, il faudrait que je trouve un endroit sûr pour Julie. L'idée de longues griffes s'enfonçant dans sa chair était insupportable.

— Où suis-je ?

— Dans le bureau sud-est de la Meute. On voulait te ramener au donjon mais tu n'aurais pas tenu jusque-là.

C'était presque la même conversation que dix mois auparavant, quand j'avais laissé un gratte-ciel en ruine me tomber dessus grâce à l'assistance de quelques centaines de vampires.

Je souris.

— Comment suis-je arrivée ici ?

— Sa Majesté t'a portée.

Il souriait, toujours la même histoire.

— Il est bien cuit ou juste coupé en deux cette fois-ci ?

— Ni l'un ni l'autre, dit la voix de Curran.

Si j'avais été debout, j'aurais sursauté. Il se tenait au milieu de la chambre. Derrière lui, une jeune femme portait un plateau avec quatre bols.

— Par contre, il est assez furax d'avoir été réveillé en pleine sieste pour aller porter secours à une idiote qui a les yeux plus grands que le ventre.

Doolittle se leva précipitamment, s'inclina et s'en fut. Curran désigna la table au pied du lit et la jeune femme y déposa le plateau, puis s'esquiva elle aussi. La porte se referma, me laissant seule avec le Seigneur des Bêtes.

Quelle joie ! Je n'avais pas du tout envie de voir Curran, mais il fallait que je le voie. J'aurais voulu être à mon avantage, parce que c'était un vrai fils de pute qui adorait me mettre mal à l'aise, et j'étais là, vulnérable, dans un lit sur le territoire de la Meute… et il m'avait sauvé la vie. J'aurais aimé pouvoir me fondre dans les draps. Peut-être pourrais-je faire semblant de m'endormir ?

Curran m'examina.

— T'as une sale mine.

— Merci, je fais de mon mieux.

Lui, en revanche, avait l'air en forme. Quelques centimètres plus grand que moi, large d'épaules et couvert de muscles bien visibles sous son tee-shirt, Curran se mouvait avec la grâce des êtres puissants et naturellement rapides.

Il donnait une impression de pouvoir et de violence contenus qui, s'il les libérait, exploseraient d'une intensité effrayante. La dernière fois que je l'avais vu, ses cheveux blonds étaient trop courts pour qu'on les agrippe dans un combat mais, aujourd'hui, ils étaient plus longs et commençaient à onduler. Je ne savais pas que ses cheveux ondulaient.

Curran prit un bol, l'observa une seconde, comme s'il réfléchissait à quelque chose de très important, s'approcha et me le tendit. L'arôme qui s'élevait du bol était paradisiaque. Subitement, je mourais de faim. Je me redressai et attrapai le bol à deux mains. Et le lâchai en secouant mes doigts. C'était bouillant comme de la lave en fusion.

— Idiote.

Il posa le bol sur la couverture et me tendit une cuiller.

Il y a des moments dans la vie où rien n'est meilleur qu'un bouillon de poule bien chaud.

— Merci.

Pour la soupe et pour m'avoir une fois de plus sauvé la vie.

— Pas de quoi.

— As-tu récupéré les cartes ? Elles étaient…

— Sur la commode. Ferme-la et mange ta soupe.

Curran prit la chaise de Doolittle, l'approcha du lit et s'assit. Si je tendais le pied, je pouvais le frôler du bout de l'orteil. Bien trop près pour mon confort personnel. Je touchai Slayer.

Curran me regarda manger. Assis comme ça, détendu, il avait presque l'air ordinaire : un homme légèrement plus âgé que moi, plutôt beau gosse. Sauf les yeux, qui le trahissaient toujours. Des yeux alphas. Les yeux d'un tueur et d'un protecteur pour qui la vie d'un compagnon de Meute était tout alors que celle d'un étranger ne valait rien. Il ne me regardait pas durement. Mais je savais à qui j'avais affaire. Je savais à quelle vitesse ces yeux pouvaient se noyer d'or mortel, et ce qui se produisait dans ce cas.

Curran commandait plus de cinq cents Changeformes. Un demi-millier d'âmes coincées au carrefour de l'homme et de la bête, chacune prête à tuer. Des loups, des hyènes, des rats, des chats, des ours, ils n'étaient unis que par le désir de rester humains et la loyauté à la Meute. Et Curran était la Meute. Elle adorait le sol sous ses pieds.

—Alors c'est ça le secret! dit le Seigneur des Bêtes.

Je m'immobilisai, une cuiller à mi-chemin de la bouche. Ça y était. Il avait compris ce que j'étais et il jouait avec moi.

—Ça va? Tu as pâli tout d'un coup.

D'un instant à l'autre, il allait tomber le masque et me réduire en charpie. Si j'avais de la chance.

—Le secret de quoi?

—Le secret pour te faire taire. Je dois juste te battre comme plâtre et te donner du bouillon de poule. (Il leva les mains.) Et alors, quel silence!

Je retournai à la soupe. Très drôle.

—De quoi croyais-tu que je parlais?

—Je ne sais pas. (Je marmonnais.) Les voies du Seigneur des Bêtes sont impénétrables pour une humble merc comme moi.

—Tu n'es pas capable d'humilité.

Au moins il me traitait comme si j'étais valide et prête à me défendre. J'écartai le bol et regardai le plateau avec envie. J'en voulais encore. La med-magie avait poussé mon corps à brûler le maximum de nutriments. Je mourais de faim.

Curran prit un bol sur le plateau et me l'offrit. Je tendis la main pour l'attraper. Ses doigts touchèrent les miens et ne se retirèrent pas. Je regardai dans ses yeux, des étincelles dorées dansaient sur le fond gris. Ses lèvres s'écartèrent, et j'entraperçus ses dents.

J'attrapai mon bol et éloignai ma main. Un soupçon de sourire étira les coins de sa bouche. Il me trouvait amusante.

Ce n'était pas le genre de réaction qu'escomptait une représentante de l'Ordre.

— Pourquoi tu m'as sauvée ?

Il haussa les épaules.

— J'ai décroché le téléphone, il y avait une enfant hystérique qui hurlait que tu allais mourir et qu'elle était toute seule et que les non-morts allaient revenir. J'ai pensé que ce serait une conclusion intéressante à une soirée ennuyeuse.

Conneries ! Il était venu à cause de Julie. Les Métamorphes souffraient d'une mortalité infantile dévastatrice, la moitié de leurs enfants étaient mort-nés et un quart se faisaient tuer quand ils viraient Wolf à la puberté. Comme tous les Changeformes, Curran chérissait les enfants et détestait les vampires. Il avait probablement pensé faire d'une pierre deux coups : sauver Julie et en mettre une au Peuple.

Je fronçai les sourcils.

— Pourquoi et comment Julie a-t-elle appelé ici ?

— Elle a appuyé sur le bouton « Rappel ». Maligne la gamine. Il va falloir que tu m'expliques comment tu t'es retrouvée dans cet état.

Ce n'était pas une question mais je décidai de traiter sa phrase comme telle.

— Non.

— Non ?

— Non.

Il croisa les bras sur sa poitrine, faisant gonfler ses biceps. Je me souvenais bien de ces biceps durcissant comme l'acier quand il m'avait soulevée par la gorge.

— Tu sais ce que j'aime chez toi ? Tu n'as aucun bon sens. Tu es là, dans ma maison, tu peux à peine tenir une cuiller et tu me dis « non ». Tu tirerais sur les moustaches de la mort si tu pouvais les atteindre.

En fait, la mort n'était pas si loin. Si je tendais les jambes, je pourrais lui donner un coup de pied.

— Je vais te le redemander, qu'est-ce que tu as foutu ?

C'était une bataille sans issue. Julie n'avait aucune chance face à Derek. Elle lui dirait tout ce qu'elle savait et il le répéterait à Curran. Mais plutôt mourir que laisser Curran m'intimider.

— Je vois. Je récupère les cartes que la Meute a égarées et, en retour, tu me ramènes ici contre ma volonté et tu me menaces. Je suis sûre que l'Ordre se réjouira d'apprendre que la Meute a kidnappé une de ses mandataires.

Curran hocha la tête, pensif.

— Aha ! Et qui va le leur dire ?

Hmm. Bonne question. Il pouvait me tuer, jamais personne ne retrouverait mon corps. L'Ordre n'enquêterait pas, supposant un accès de démence découlant du tsunami.

— J'imagine que je vais devoir te casser la gueule et m'enfuir.

Je bus bravement le reste du bouillon, abandonnant toute pudeur. Je n'aurais probablement pas dû dire ça.

— Dans tes rêves !

— On n'a jamais eu notre deuxième round. Je pourrais gagner. (Je n'aurais probablement pas dû dire ça non plus.) La salle de bains ?

Curran me désigna les deux portes sur sa gauche.

Je me dégageai des draps. Il fallait vraiment que j'aille aux toilettes. La question était : mes jambes me porteraient-elles ?

Curran sourit.

— Qu'est-ce qu'il y a de drôle ?

— Il y a un petit nœud sur ta culotte.

Je regardai. Je portai un débardeur court – pas à moi – et ma culotte bleue garnie de dentelle blanche rehaussée d'un tout petit nœud blanc. Ça m'aurait tuée de vérifier ce que je portais avant de m'extraire des couvertures ?

— Il y a un problème avec les petits nœuds ?

— Non. (Il riait presque.) Je m'attendais à du fil de fer barbelé ou à une chaîne en acier.

Connard !

— Je suis assez sûre de moi pour porter des culottes avec des petits nœuds. Et en plus, elles sont douces et confortables.

— J'en suis sûr.

Il ronronnait presque.

Je me raclai la gorge. OK, à ce moment, soit je rampais sous les couvertures, soit j'allais jusqu'à la salle de bains sous les sarcasmes. Puisque je n'avais pas envie de me pisser dessus, la salle de bains était ma seule option.

— Je suppose que tu ne vas pas te retourner le temps que je traverse la pièce ?

— Eh non.

J'essayai de quitter le lit. Maîtrise totale jusqu'à ce que mon poids repose sur mes jambes et que la chambre décide de tournoyer. Curran me rattrapa. Son bras tenait fermement mon dos, lançant des frissons électriques sur ma peau. Oh non !

— T'as besoin d'aide, bagarreuse ?

— Ça va, merci.

Je me dégageai de ses bras. Il me retint une seconde, juste pour montrer que rien n'était plus facile, puis me laissa aller. Je serrai les dents. *Profites-en tant que ça dure. Je serai bientôt sur pied !*

J'atteignis la porte la plus proche.

— Ça, c'est le placard.

Pourquoi moi ?

Je corrigeai le tir et me réfugiai dans la salle de bains en soupirant. Curran était bien trop près pour mon confort.

— Ça va là-dedans ? lança-t-il. Tu as besoin que je te tienne la main ?

Je verrouillai la porte et l'entendis rire. Connard.

Je trouvai un peignoir blanc dans la salle de bains, ce qui me permit d'en sortir avec un semblant de dignité. Curran leva les sourcils mais ne dit rien.

Je parvins à retourner jusqu'au lit, m'y glissai et serrai Slayer contre moi. Pendant que j'étais aux toilettes, quelqu'un avait débarrassé le bouillon. Mon dernier bol n'était pas vide.

Dehors, il faisait nuit.

— Quelle heure est-il ?

— Tôt le matin. Tu es restée dedans pendant six heures. (Il me regarda durement.) Qu'est-ce que tu veux ?

Je clignai des paupières.

— Pardon ?

Il articula lentement, comme si j'étais idiote ou sourde.

— Qu'est-ce que tu veux pour les cartes ?

J'avais envie de le frapper, fort.

— Un membre de la Meute est venu me demander de l'aide. Si je t'en parle, est-ce que tu promets de ne pas punir les personnes concernées ?

— Je ne peux pas promettre une chose pareille. Je ne sais pas ce que tu vas dire. Et tu devras m'en parler de toute manière. D'ailleurs tu en as trop dit, or je déteste les points de suspension.

— Moi je déteste les campagnes sanglantes !

— Je commence à en avoir marre de ta grande gueule.

Des os bougèrent sous la peau de Curran. Le nez s'élargit, les mâchoires grandirent, la lèvre supérieure s'ouvrit, révélant des crocs immenses. Je regardai le visage d'un cauchemar, un mélange d'humain et de lion. Si on pouvait appeler « lion » un truc de trois cents kilos, lorsqu'il prenait sa pleine forme-bête et que seuls ses yeux ne changeaient pas. Pour l'heure, son corps, ses bras, ses jambes, même ses cheveux et son épiderme demeuraient humains. Les Changeformes avaient trois formes : bête, humaine et mi-forme. Ils pouvaient passer d'une forme à l'autre, mais la plupart ne parvenaient pas à se maintenir à mi-forme et encore moins à parler dans cet état. À ma connaissance, seul Curran avait la faculté de transformer une partie de son corps indépendamment du reste.

Normalement, je n'avais pas de problème avec le visage de Curran à mi-forme, il était bien proportionné – la mâchoire de la plupart des Métamorphes ne fermait pas à mi-transformation –, mais j'avais l'habitude de le voir couvert de fourrure grise, pas sous une peau humaine atrocement déformée. Je ressentis une nausée.

Il remarqua mes efforts pour ne pas vomir.

— Qu'est-ce qu'il y a ?

Je désignai son visage.

— Fourrure.

— Qu'est-ce que tu veux dire ?

— Ton visage n'a pas de fourrure.

Curran toucha son menton. Et, juste comme ça, toute trace de la bête disparut. Il était de nouveau complètement humain.

Il se frotta les mâchoires.

La bête devenait plus forte en plein tsunami. L'irritation de Curran lui avait fait perdre le contrôle.

— Petits problèmes techniques ? demandai-je en le regrettant immédiatement.

— Tu ne devrais pas me provoquer. (Sa voix était grave. Il avait brusquement l'air affamé.) On ne sait jamais ce dont je suis capable quand je ne me contrôle pas parfaitement.

Mayday. Mayday.

— Je frissonne à cette pensée.

— Je fais souvent cet effet aux femmes.

Ha !

— Avant ou après qu'elles se sont pissé dessus en exhibant le pelage sur leur ventre ?

Il se pencha.

— Je m'en vais. Dernière chance.

— Myong est venue me voir.

— Ah ? Ça.

Les muscles de ses mâchoires se tendirent. Un silence lugubre s'installa quelques minutes. J'attendis jusqu'à ne plus en pouvoir.

— Myong, répétai-je doucement.

— Tu sais qui elle veut épouser ?

Elle veut épouser mon « ex-potentiel » petit ami que j'avais accusé de kidnapping, de tortures sexuelles et de cannibalisme.

— Oui.

— Et tu es d'accord ?

— Oui.

— Conneries !

— Peut-être que je ne suis pas aussi d'accord que je devrais l'être mais je refuse de les séparer.

Voir Myong m'avait fait mal. J'aurais dû me foutre que Crest la trouve mieux que moi mais ça me dérangeait. Elle était sans aucun doute beaucoup plus jolie, plus élégante, plus raffinée. Mais elle était aussi tellement, tellement… mort du cygne. Le genre de femme qui, lorsqu'on lui demandait de faire du thé, revenait de la cuisine après cinq minutes pour annoncer que l'eau bouillait, attendant qu'on s'occupe de pareille urgence pendant qu'elle patientait humblement.

— Je pense avoir été plutôt raisonnable.

— Comment ?

— Ils respirent encore, non ?

Peut-être aimait-il vraiment Myong et la perdre était-il douloureux ? Peut-être était-ce son *ego* : alpha fier, abandonné par une beauté pour un humain quelconque, une lopette détestée par à peu près tous les Changeformes qui l'avaient croisée. J'avais espéré que ça se passe mieux, pour lui comme pour moi. Mais ce ne pouvait être possible qu'en les libérant.

— Laisse-les se marier, s'il te plaît.

Il se leva.

— On reparlera de ça plus tard.

— Curran.

— Quoi ?

— Tu te sentiras mieux si tu les laisses faire.

— Qu'est-ce qui te fait croire que ça me dérange ?

Il faillit dire autre chose mais changea d'avis et quitta la chambre.

Je me sentis très seule, assise sur le lit. La dernière fois que je m'étais sentie si seule c'était à la mort de Greg.

Je dénouai le peignoir et m'allongeai. L'expédition à la salle de bains suivie de cette conversation tendue m'avait vidée. Je voulais que Curran leur lâche la bride pour en finir.

Quelque chose bougea derrière la fenêtre. Je jetai un œil. Rien. Juste une ouverture rectangulaire sur le ciel qui s'éclaircissait à peine avant le lever du jour. Nous étions au premier ou au deuxième étage. Il n'y avait pas d'arbres en vue. Je posai la tête sur l'oreiller. Merveilleux, je commençai à avoir des hallucinations.

Toc, toc, toc.

Une Servante ? Impossible, ces filles-là ne frappaient pas avant d'entrer. Je glissai hors du lit et m'approchai. Pas de barreaux. Pas d'alarme. J'imagine que, quand on est capable de sentir une goutte de sang dans cinq litres d'eau, on ne s'emmerde pas avec une alarme. Et seul un fou risquerait une effraction dans une maison pleine de monstres. Je me détournai.

Toc, toc, toc.

OK, d'accord, je veux bien jouer. Le loquet de la fenêtre était vieux, lourd et métallique. Il me faudrait utiliser les deux mains pour l'ouvrir. Je posai Slayer sur l'appui de fenêtre et ouvris celle-ci. Au-delà, une rue vide s'étendait dans l'obscurité. En dessous il y avait une petite saillie, pas plus d'une rangée de briques ornementales dépassant du mur.

Bran apparut sur la saillie, juste devant moi. Ses mains attrapèrent les miennes, les maintenant contre l'appui de fenêtre.

—Bonjour ma colombe. (Il me sourit.) Regarde ça, tu n'as pas ton joli couteau et je te tiens. Qu'est-ce que tu vas faire maintenant ?

Je lui donnai un coup de boule dans le nez.

—Aïe !

Il perdit l'équilibre et me lâcha, bras écartés. J'attrapai sa veste juste avant qu'il tombe. Mes doigts effleurèrent l'emballage de plastique familier. Incroyable !

Je le tirai dans la pièce, arrachant l'emballage des cartes de la ceinture de son pantalon en cuir. L'effort me mit presque à genoux. Je luttai pour ne pas plier et grognai :

—Tu as encore volé les cartes ? C'est une pulsion de mort ?

Il renifla du sang.

—Je ne peux pas le croire. Tu m'as cassé le nez deux fois dans la même journée. Tu me le paieras !

Il me chargea.

Et s'immobilisa lorsque la lame de Slayer entra en contact avec sa poitrine. J'étais faible mais toujours rapide.

—Qui es-tu ? Que fous-tu ici ? Qui est Capuchon, pourquoi veut-il Julie, et où est la mère de Julie ?

—C'est tout ?

Il essuya la tache rouge sur sa lèvre avec le dos de la main.

—Oui. Non. Pourquoi le chaudron est-il important ? Où est-il passé ? En quoi la Morrigan est-elle impliquée ? Où vas-tu quand tu disparais ? Et pourquoi continues-tu à voler les cartes ? Maintenant c'est tout.

Il poussa un peu contre Slayer.

—Je vois. Tu ne me veux que pour mon esprit. Qui est Capuchon ?

—Une soutane blanche, des tentacules ?

Ses yeux s'éclairèrent.

—OK. Tu déposes les cartes sur le lit. À trois on essaie tous les deux de les attraper. Si tu gagnes, je te dis qui il est. Si je gagne, tu es à moi.

—Moi ?

Il me fit un clin d'œil.

—Joli petit nœud, d'ailleurs.

Je jetai un coup d'œil vers le bas, mon peignoir s'était ouvert. Tout le monde savait à présent que j'avais un petit nœud sur ma culotte.

Je resserrai le peignoir.

—Je suis à toi pour combien de temps ? Pour toujours ?

Il me dédia un regard appréciateur.

—Je ne voudrais pas te vexer mais tu n'es pas si sexy que ça. Il y a d'autres poissons dans la mer. Une nuit suffira.

Il fallait bien l'admettre : être capable d'insulter et de complimenter une femme en une seule proposition demandait du talent.

—Pas de téléportation pour récupérer les cartes ?

Il leva les bras.

—D'accord, d'accord.

—Jure sur le nom de la Morrigan que tu paieras si je gagne.

C'était un pari. J'épiais sa réaction et je ne fus pas déçue : il hésita. Pour lui, le nom de la Morrigan avait du poids, elle était peut-être sa déesse tutélaire.

—Je jure par la Morrigan de respecter ce marché.

Il prononça étrangement le nom de la Déesse, ce qui était probablement la bonne manière de le prononcer.

Je jetai Slayer sur le lit sans le quitter des yeux et posai les cartes sur les draps.

—Recule de trois pas.

Nous reculâmes de conserve, lui vers le centre de la pièce, moi contre le mur près de la chaise.

—À trois. Un. (Il se pencha en avant comme un coureur.) Deux.

Il plongea vers les cartes. J'attrapai la chaise et le frappai avec. Il s'affala. Je le frappai de nouveau pour m'assurer qu'il resterait au sol, l'enjambai et attrapai les cartes.

—J'ai gagné.

Si seulement la pièce pouvait cesser de tourner, tout irait bien.

Il grogna et débita un torrent d'obscénités.

—Ton problème est que tu me sous-estimes parce que je suis une femme. (Je le poussai du pied.) Le nom de Capuchon ?

—Bolgor le Berger, de Fomore.

Une brume se forma autour de lui. Il disparut.

Mes jambes me lâchèrent, je m'effondrai sur le lit. Fomore ? Les Fomoriens ? Les vieux adversaires de la Morrigan ? Désormais l'odeur de poisson avait du sens : bien sûr, un démon marin devait puer la poiscaille. Je fronçai les sourcils. Bran servait la Morrigan, et la Morrigan et les Fomoriens se détestaient. C'était logique. Mais qu'attendait le Berger de Julie ?

La porte s'ouvrit violemment. Derek chargea, suivi par deux femelles Changeformes.

Je lui tendis les cartes.

—Et voilà. Deux fois en une seule journée. Tu m'en dois un.

Derek prit les cartes et les renifla pendant que les femmes vérifiaient la fenêtre.

—Il est parti, dit la plus jeune.

Le visage de Derek tremblait de fureur.

—Je vais le trouver. Personne ne nous fait ce coup-là deux fois.

—Que se passe-t-il encore ?

Curran entra dans la pièce.

Derek pâlit. Bonne chance pour expliquer le problème majeur de sécurité.

Bran apparut dans un tourbillon de brume, ouvrit mon peignoir, le descendit sur mes épaules pour m'immobiliser et m'embrassa. Ses dents claquèrent contre les miennes. Je lui donnai un coup de genou mais il s'y attendait et me bloqua d'une cuisse. Se rendant compte que sa langue ne forcerait pas ma bouche, il laissa tomber.

— Je t'aurai ! promit-il.

Curran plongea et attrapa des vrilles de brume.

Je m'essuyai la bouche du dos de la main.

— Il t'a fait mal ? demanda Curran.

Si mes yeux avaient pu lancer des flammes, je l'aurais frit sur place.

— Ça dépend de ta définition. C'est quoi ce show, de toute manière ? (Curran gronda.) Très impressionnant. Il ne peut pas t'entendre.

Je tirai sur le peignoir pour le refermer, grimpai dans le lit et me recouvris d'une couverture. J'avais connu suffisamment d'embarras pour aujourd'hui.

Chapitre 11

Je me réveillai parce que quelqu'un me regardait. J'ouvris les yeux et vis le visage de Julie à quelques centimètres du mien. Nous nous observâmes une longue minute.

— Tu ne vas pas mourir ? demanda-t-elle très doucement.

— Pas tout de suite.

Bien sûr, ce genre d'affirmation était dangereux. Je me préparai à une chute de météorite à travers le toit, directement sur ma tête.

— C'est bien, dit-elle d'une voix tout sauf heureuse.

Elle rampa sur mon lit et se roula en boule dans un coin, les mains refermées sur les genoux.

— J'ai eu peur. J'ai peur quand maman va travailler. (Elle posa la tête sur ses mains.) Et quand Red s'en va.

— C'est dur de vivre comme ça.

— Je ne peux pas m'en empêcher.

Je ne savais pas quoi dire. Généralement, les enfants ne se soucient pas de la mort. Ils se sentent immortels et en sécurité. Comme une adulte, Julie comprenait toutes les implications de la mort et elle ne parvenait pas à s'en sortir. J'ignorais comment l'aider.

— Il y a quelque chose que tu as dit à Red dont nous devons discuter. (Si seulement j'avais su comment m'y prendre correctement.) Tu lui as dit que tu lui donnerais ce que tu as. Que voulais-tu dire ?

Elle haussa les épaules.

— Le sexe. Red connaît un rituel qui lui donnerait mes pouvoirs si je faisais le sexe avec lui.

Je la dévisageai, incapable de parler. Il y avait tellement de choses fausses et malsaines dans ce qu'elle disait que mon cerveau s'éteignit plusieurs secondes.

—Je n'en ai pas besoin. Ce n'est pas quelque chose d'important. Je peux voir la couleur de la magie, et alors ? Si je lui donne mon pouvoir, il sera plus fort et il pourra nous protéger tous les deux. Je suis prête à le faire maintenant mais il veut attendre. Il dit que si on le fait quand j'aurai complètement grandi, il aura plus de pouvoir.

—Julie, est-ce que tu me fais confiance ?

La question la prit par surprise.

—Ouais.

J'inspirai profondément.

—Il n'existe pas de sort qui transfère le pouvoir de quelqu'un à quelqu'un d'autre.

—Mais…

—Laisse-moi terminer. (Je me redressai et fis de mon mieux pour adopter un ton mesuré.) Il existe un sort de sorcière qui permet d'imiter le pouvoir de quelqu'un d'autre pendant un temps. Et oui, ça implique le sexe, et oui, on peut le faire de manière à faire croire à l'autre personne qu'elle a perdu son pouvoir, mais ce n'est pas vrai. Pas vraiment. Ton pouvoir est ce que tu es. C'est dans ton sang, c'est dans tes os, dans toutes les cellules de ton corps. C'est pour ça que les gens brûlent leurs bandages, parce que leur magie reste dans leur sang même quand il est séparé du corps.

C'est pourquoi si quelqu'un parvenait à obtenir un de mes bandages ensanglantés, je devrais le tuer.

Elle ouvrit la bouche.

—Laisse-moi te dire quelque chose à propos de ce sort. On l'appelle le lien-miroir. Tu sais comment fonctionne le sexe ?

Une seconde, elle lutta entre l'idée de me prouver que je racontais des conneries et l'envie de m'impressionner avec ses connaissances adultes. Le besoin de m'impressionner gagna.

— Ouais. L'homme met son truc…

— Son pénis.

— … son pénis dans la femme.

— Et que se passe-t-il à la fin ?

— L'orgasme.

— Et qu'est-ce qui cause l'orgasme chez un homme ?

Kate Daniels, spécialiste en éducation sexuelle. S'il vous plaît, quelqu'un, tuez-moi !

— Heu…

— Le sperme jaillit. Il éjacule.

Elle hocha la tête.

— C'est comme ça qu'on tombe enceinte.

— OK. Tu te souviens qu'il y a de la magie dans le sang ? Eh bien, dans le sperme aussi. C'est la semence de l'homme et c'est très puissant. Il y a beaucoup de magie. Avec le lien-miroir, la sorcière, une femme, a des relations sexuelles avec l'homme. Une fois la semence dans son corps à elle, elle peut y vivre cinq jours. Tant que la semence est vivante, elle peut l'utiliser pour imiter les pouvoirs de l'homme. Ils ne sont pas très puissants mais, si elle a fait tout ce qu'il fallait, elle peut les utiliser. C'est le sort qu'elle lance à l'homme, pendant les relations sexuelles, qui atténue les sensations de celui-ci et l'affaiblit énormément. Il peut essayer d'utiliser sa magie mais il ne sent pas son propre pouvoir. Quand le sort perd de sa force, il redevient normal.

J'avais rencontré le lien-miroir deux fois. Chaque fois, la victime avait tué la sorcière responsable du sort. C'était un sort mauvais, généralement utilisé pour de mauvaises raisons.

— Tu comprends maintenant ? Ça ne marche que dans un seul sens, de l'homme vers la femme. Les fluides féminins n'entrent pas dans le corps de l'homme, pas en profondeur et pas en quantité suffisante.

Je l'observai tandis que l'évidence pénétrait son esprit. J'aurais aimé ne pas devoir aller plus loin.

— Quelqu'un, sûrement une sorcière, a parlé de ce sort à Red. Et c'est un sort dangereux, Julie. Des tas de choses peuvent mal tourner. Red connaît suffisamment la magie pour savoir que tout ensorcellement est risqué et, s'il réfléchissait un peu, il se rendrait aussi compte que ça ne peut fonctionner que dans un sens. Mais il a tellement envie de pouvoir qu'il n'y pense pas.

Elle comprit où je voulais en venir.

— Red m'aime !

— Red aime encore plus le pouvoir. Quel genre de petit ami voudrait te voler ton pouvoir et t'utiliser de cette manière ? Le sexe, c'est… (Je luttai pour trouver les mots.) C'est quelque chose d'intime. Quelque chose qu'on fait avec amour, ou en tout cas, qu'on devrait. Nom de Dieu ! on ne devrait avoir de relations sexuelles que pour se faire plaisir et faire plaisir à l'autre.

Elle retenait ses larmes.

— Si je lui donnais mon pouvoir, ça lui ferait plaisir et donc ça me ferait plaisir !

Heureusement que, à cette seconde, Red se cachait quelque part loin de là, parce que si j'avais pu lui mettre la main dessus, je lui aurais tordu le cou.

— Tu es une Sensate, c'est très rare. Ta maman et toi vous inquiétez toujours pour l'argent, n'est-ce pas ? Julie, avec un peu d'entraînement, en quelques années tu pourrais gagner trois à quatre fois plus que moi. Les gens vont t'offrir des tombereaux d'argent. On te paiera tes études simplement pour que tu dises de quelle couleur est la magie d'un objet ou d'une personne. Mais, même si tu avais le pouvoir le plus inutile de la Terre, même si tout ce que tu savais faire était de produire le bruit d'un pet en un claquement de doigt, je te dirais la même chose. Tu ne dois pas renoncer à ce que tu es pour faire plaisir à quelqu'un, ni pour le rendre heureux.

— C'est moi qui décide ce qui *me* rend heureuse.

Elle sauta du lit et s'enfuit en claquant des pieds.

— Si tu sens que ce n'est pas bien, c'est que ça l'est probablement.

Elle claqua la porte. Bon ! j'avais réussi à me débrouiller avec mon tact et ma finesse habituels… Et un sens du timing hors du commun. Je me levai pour m'habiller et trouver quelque chose à manger.

Les jeunes Changeformes n'avaient pas beaucoup de temps pour se trouver. Quand la puberté frappait, ils n'avaient que deux choix : tourner Wolf ou suivre le Code.

Virer Wolf signifiait abandonner tout contrôle pour suivre aveuglément son corps dans l'enfer des hormones. Les Wolfs se nourrissaient de chair humaine. Ils se délectaient de douleur et de perversions sadiques, glissant d'une torture élaborée à une autre jusqu'à ce qu'un flingue, une épée ou des griffes les libèrent, ou jusqu'à ce que le Lyc-V les épuise. Les Wolfs mouraient jeunes et ne laissaient pas de jolis cadavres.

Suivre le Code signifiait maîtriser chaque geste. Le Peuple Libre du Code souhaitait rester humain et allait très loin pour garder la Bête au bout d'une courte laisse. Le Code demandait un strict contrôle mental, une discipline, des responsabilités, une hiérarchie, l'obéissance. Le genre de choses qui me rendraient folle.

Les individus émergeant du creuset du Code présentaient des traits semblables. Ils connaissaient leurs limites. Ils évitaient les cigarettes, les odeurs trop fortes, l'alcool et les épices qui émoussaient leurs sens. Ils s'adonnaient rarement aux excès.

Sauf pour la nourriture. Les Métamorphes bouffaient comme des porcs. Et je faisais de mon mieux pour les imiter. Je mourais de faim et je ne savais pas quand je pourrais manger de nouveau.

J'étais seule dans la cuisine – l'heure du petit déjeuner était passée, sauf pour mes standards laxistes. Je venais d'avaler ma première bouchée quand Derek entra et s'assit en face de moi. Il tenait une vieille boîte à café en métal et un grand cutter de professionnel. Il retira de la boîte un long clou d'acier et du fil de fer. Puis il découpa une bande de cinq centimètres dans la boîte, courba le clou en zigzag, roula la bande de métal comme si c'était de la glaise et l'accrocha au clou.

C'est bon d'être un loup-garou.

—Vous avez un exemplaire de l'Almanach dans le coin ?

Derek se leva et me rapporta *L'Almanach des Créatures Mythiques*.

—Merci.

Je le feuilletai tout en me gavant de bacon. Rien sur Bolgor le Berger. Rien sur les Servantes. Je jetai un œil à l'article sur la Morrigan. On ne parlait pas de l'arbalétrier. Évidemment, si on en avait parlé, je l'aurais probablement su – j'avais lu l'*Almanach* plusieurs fois d'un bout à l'autre. On y trouvait rarement tous les détails, hélas, mais c'était un assez bon guide généraliste pour toutes choses délicieusement magiques.

Peu de temps après que je me fus servi une seconde assiette, Julie apparut et s'assit à côté de moi, l'air maussade.

Derek ajoutait des bandes de métal sur le clou, les serrait et les bardait de fil de fer.

—Derek ? Si un garçon voulait prendre les pouvoirs d'une fille en ayant des relations sexuelles avec elle, qu'est-ce que tu en penserais ?

— Je casserais quelque chose. Ses jambes. Peut-être son bras. (Il resserra encore le fil de fer.) Je ne le tuerais probablement pas, à moins qu'il me provoque.

— Et si la fille voulait donner ses pouvoirs au garçon ?

— Je penserais qu'elle est un peu stupide. (Il haussa les épaules.) C'est possible ?

— Non.

— Tant mieux pour la fille. Elle deviendra peut-être plus intelligente et trouvera un autre garçon. (Il tendit la rose de métal à Julie.) Pour toi. Kate, si tu as fini de manger, Curran voudrait te voir. Il est sur le toit.

Je le suivis jusqu'à l'escalier et grimpai au deuxième étage où une échelle pliante menait à un carré de ciel. Je conquis l'échelle et émergeai sur le toit plat du bâtiment.

Le toit était couvert d'haltères de toutes sortes. Curran était couché sur un banc de musculation renforcé de métal. Il faisait des développés couchés, levant une barre chargée de poids et la ramenant à sa poitrine avec des gestes lents et mesurés. Il ne trichait pas.

Je m'approchai. La barre était plus épaisse que mon poignet. Elle avait dû être fabriquée sur mesure. J'essayai de compter les disques. Une barre normale pesait vingt kilos et les disques habituels pesaient à peu près la même chose. Mais ceux-ci n'avaient pas l'air normaux.

Je restai sur le côté et regardai la barre monter et descendre. Curran portait un vieux tee-shirt déchiré, je pouvais voir ses muscles pomper.

— Tu lèves combien ?

— Trois cent cinquante.

Super! eh bien, je vais juste rester là, hors de portée et espérer que tu ne te souviennes pas de ma promesse de te casser la gueule.

Il sourit.

— Tu veux essayer ?

— Non merci. Et si je t'encourageais de la voix à la place ? (J'inspirai profondément et aboyai :) Sans douleur, pas d'effet ! La douleur n'est qu'une faiblesse qui quitte ton corps. Vas-y, pousse ! Pousse ! Ce poids est une chienne !

Il éclata de rire. Les poids s'immobilisèrent dangereusement près de sa poitrine. Je m'approchai et attrapai la barre. Ça me mettait dans une position incroyablement compromettante, vu que sa tête était bien trop proche de mes cuisses et de la région juste au-dessus, mais je n'avais pas envie d'expliquer à un membre enragé de la Meute que le Seigneur des Bêtes s'était écrasé la poitrine avec un haltère et que c'était ma faute.

J'y mis toutes mes forces. Je n'arriverais jamais à le soulever sans son aide.

La barre remonta tout doucement.

— Curran, arrête de jouer et remonte cette putain de barre !

Je baissai les yeux, il me regardait en souriant. À l'évidence, me voir m'essouffler et me surmener l'amusait énormément.

Il poussa d'un coup et glissa la barre dans les encoches sur les côtés du banc.

Je reculai rapidement, mettant quelque distance entre nous. Il s'assit, ôta son tee-shirt et l'utilisa pour essuyer la sueur sur sa poitrine. Lentement, exposant délibérément ses muscles.

Je me détournai et regardai le paysage. La bave ne ferait pas bonne impression sur mon visage. Et puis, s'il continuait, je risquais de m'évanouir. Ou de sauter du toit.

J'avais besoin de baiser. Déjà mes hormones menaçaient de faire grève et de court-circuiter mon bon sens.

Curran me rejoignit. Devant nous, la cité en ruine se débattait avec le tsunami imminent. Au loin, les carcasses de gratte-ciel s'effondraient. Entre eux et nous, le labyrinthe tordu des rues s'étendait, ponctué d'espaces verts où la nature avait recouvert les ruines.

Peut-être que je m'imaginais des choses. Peut-être s'était-il essuyé parce qu'il n'aimait pas être couvert de sueur. Comme toujours, je me surestimais.

— Que vas-tu faire de l'enfant ?

— Je vais la confier à l'Ordre. Il y a une chambre forte au sous-sol du siège. Avec une porte blindée de trente centimètres d'épaisseur et des gardes que même les Unités Militaires de Défense du Paranormal ne peuvent briser. C'est sans doute l'endroit le plus sûr de la ville, du moins à ma portée.

L'Ordre disposait d'autres installations mais je n'avais pas le rang nécessaire pour connaître leur localisation et leurs fonctions. Je n'aurais d'ailleurs rien su de la chambre forte si Ted avait cru qu'il pouvait me la cacher. Mais une porte marquée « RÉSERVÉ au personnel autorisé » et moi dans le même bâtiment présentaient le risque qu'un jour ou l'autre je tente d'en forcer la serrure.

— Tu peux la laisser ici. Nous nous occuperons d'elle.

— Merci. J'apprécie sincèrement ton offre. Mais il y a des choses qui la pourchassent. Elle sera en sécurité dans la chambre forte et je ne veux pas être responsable de la mort de qui que ce soit.

Il soupira.

— Tu te rends compte que tu viens de m'insulter, au moins ?

— Comment ?

— Tu as suggéré que j'étais incapable de la protéger ou de protéger mon peuple.

Je me tournai vers lui.

— Ce n'est pas du tout ce que je voulais dire.

— Excuse-toi, et je laisserai pisser.

Je m'agrippai à la rambarde métallique de toutes mes

forces. Attraper la barre pour foutre une raclée au Seigneur des Bêtes ne serait sans doute pas très diplomatique.

— Je suis désolée, Votre Majesté.

Voilà, je l'avais fait. Ça m'avait presque tuée.

— Excuses acceptées.

— Y aurait-il autre chose pour votre service ?

Votre Arrogance !

— Non.

Il ramassa un haltère énorme et commença à le soulever, travaillant ses biceps.

Je me tournai pour partir et m'arrêtai net. Il était de bonne humeur. Détendu. Il ne m'avait pas passé un savon. C'était un moment aussi bon qu'un autre.

— Myong…

Un grondement d'avertissement sortit de sa gorge.

— J'ai dit plus tard.

Techniquement, on était plus tard.

— Je crois qu'elle l'aime vraiment beaucoup.

Il feula.

— Tu t'oublies, là ! Laisse tomber.

— Elle est très passive et tu la terrifies. Il lui a fallu beaucoup de courage pour venir me trouver.

Il lâcha l'haltère qui percuta violemment le sol, laissant une marque sur le pavage. Curran s'approcha de moi, les yeux étincelants.

— Si je la laisse partir, j'aurai besoin d'une remplaçante. Tu es volontaire ?

Il avait l'air de quelqu'un pour qui « non » n'était pas une réponse. Je tirai Slayer de son fourreau et reculai jusqu'au bord du toit.

— Tu veux que je sois la petite amie numéro vingt-trois, bientôt remplacée par la petite amie numéro vingt-quatre qui a de plus gros seins ? Non merci.

Il continuait à s'approcher.

— Ah non ?

— Non. Tu prends de jolies femmes, tu les rends dépendantes et tu les largues. Cette fois, une femme t'a quitté la première et ton énorme *ego* ne le supporte pas. Dire que j'ai cru que nous pouvions parler raisonnablement entre adultes. Si nous étions les deux dernières personnes sur Terre, je me trouverais une île mouvante pour m'éloigner de toi !

J'étais presque arrivée à la porte donnant sur l'échelle.

Il s'arrêta brusquement et se croisa les bras sur la poitrine.

— On verra.

— Il n'y a rien à voir. Merci de m'avoir sauvée et merci pour la bouffe. Je prends ma gosse et je me tire.

Je me laissai tomber dans le trou, glissai le long de l'échelle et m'éloignai par le couloir. Il ne me suivit pas.

J'étais à mi-chemin du rez-de-chaussée quand je pris conscience de ce que je venais de dire à l'alpha de tous les Changeformes : que les poules auraient des dents le jour où je m'allongerais dans son lit. Non seulement c'était dire « adieu » à toute coopération avec la Meute mais c'était un défi. Une fois de plus. Je m'arrêtai et me frappai la tête plusieurs fois contre le mur. *Garde ta grande gueule pour toi, abrutie !*

Derek apparut au pied des marches.

— Ça ne s'est pas bien passé ?

— Laisse-moi.

— Si je comprends bien, tu t'en vas ?

Je cessai de me frapper la tête et le dévisageai.

— Ça t'ennuie si je vous accompagne ?

— Pourquoi ?

— Je veux le voleur ! (Le visage de Derek était menaçant.) Il a un penchant pour toi.

Un loup-garou qui court plus vite que moi, qui peut plier le métal avec ses doigts pour en faire une rose et qui pourrait s'occuper de Julie en cas de problème, disparaître aussi vite qu'une fusée et ne jamais être rattrapé par des nanas effrayantes avec des dents de murène. *Laisse-moi réfléchir…*

— Bien sûr. Je serais ravie que tu nous accompagnes.

Chapitre 12

Miraculeusement, le téléphone dans le couloir des bureaux de la Meute fonctionnait. Autant je voulais partir le plus vite possible, autant je préférais ne pas le faire à pied.

J'obtins Maxine à la première sonnerie.

—Chapitre d'Atlanta de l'Ordre. Que puis-je pour vous ?

—Maxine, c'est moi, puis-je parler à Ted ?

—Il est sorti.

—Sorti ? Ted ne sort jamais, où est-il ?

—Il est en mission.

Merde !

—Et Mauro ?

—Il est sorti aussi. La plupart des Chevaliers sont sortis.

Que se passait-il ?

—Il y a quelqu'un ?

—Andrea.

Et merde !

—Puis-je lui parler, s'il te plaît ?

Il y eut un clic puis la voix d'Andrea :

—Salut Kate.

Salut Andrea, je sais que tu as été attaquée par un Wolf mais est-ce que tu peux passer me prendre moi et mon adolescent loup-garou au complexe de la Meute ? J'inspirai profondément. J'espérais qu'elle ne souffrait pas de stress posttraumatique.

—Je déteste avoir à te demander ça mais je n'ai pas le choix. J'essaie d'escorter une préado jusqu'à l'Ordre pour la cacher dans la chambre forte. J'aurais besoin de trois chevaux.

—Pas de problème. Où es-tu ?

—Je suis dans les bureaux sud-est de la Meute. (Je grinçai un peu en disant cela.) Je t'attendrai au coin de Griffin et Atlanta. Et j'aurai un Métamorphe avec moi.

Elle ne tiqua pas.

—Ne bouge pas. J'arrive.

Je récupérai Julie, de nouveau armée de son couteau, et nous sortîmes escortées de Derek.

—Où est-ce qu'on va? demanda Julie alors que nous nous dirigions vers Griffin Street.

—Rejoindre l'Ordre.

Autour de nous, la ville se remettait d'une nuit de magie. La technologie avait frappé un peu plus tôt ce matin-là, mais les vagues magiques étaient allées et venues toute la nuit.

—Qu'est-ce qu'on va faire là-bas ?

—Les bâtiments de l'Ordre sont très bien fortifiés. Je vais t'y laisser avec Andrea. C'est une dame très gentille.

—Non. Je reste avec toi !

Je la regardai sévèrement.

—Julie, ce n'est pas une démocratie.

—Non !

Je continuai à avancer.

—Je dois aller à la recherche de ta maman. Tu veux que je retrouve ta maman, non ?

—Je veux venir avec toi.

Au coin de Griffin et d'Atlanta, une foule bloquait le trafic autour d'une grue. Une petite fille maigre aux cheveux sombres et à la grâce d'un pickpocket faisait le tour de l'assemblée. Elle se dirigea vers nous. Julie sortit sa dague et regarda la fille d'un air menaçant. La fille rebroussa chemin.

La grue grogna. Le câble se tendit et une énorme queue de poisson s'éleva au-dessus de la foule, suivie d'un corps serpentin couvert d'écailles turquoise plus grandes que ma tête. Elles scintillaient d'humidité. Ce poisson avait quelque chose de familier, mais je ne parvenais pas à me souvenir d'où j'avais pu voir un poisson haut de trois étages. Pas exactement le genre de chose qu'on oublie.

— Qu'est-ce que c'est que ça ?

Un homme d'âge moyen qui perdait ses cheveux et portait un badge de routier sur son gilet de cuir se tourna vers moi.

— Le Poisson du marché aux poissons.

— La sculpture en bronze devant le marché aux poissons ?

— Elle était en bronze, avant, oui.

— Comment est-elle arrivée ici depuis Buckhead ?

— Il y avait une rivière, dit une femme sur ma gauche. Je l'ai vue par la fenêtre.

— Le sol est sec, intervint le routier.

— Je vous dis que j'ai vu une rivière. On voyait clairement à travers les vagues. Comme si c'était fantomatique. Je n'avais jamais rien vu de tel.

Le routier cracha dans la poussière.

— Ben, on verra sans doute pis d'ici à la fin du tsunami.

Nous restâmes sur le côté, loin de la foule, et regardâmes le poisson s'élever.

— Tu ne peux pas me laisser, déclara Julie.

Au vu de nos conversations passées, j'aurais pensé qu'elle se jetterait sur la première occasion de se débarrasser de moi.

— Je veux que tu te souviennes de ce qui s'est passé quand les Servantes sont venues.

Elle pâlit.

— Les Servantes sont quelque part là-dehors. Elles veulent te kidnapper pour je ne sais quelle raison et elles n'abandonneront pas. Mets-toi à la place de ta maman.

Laisserais-tu ta fille traîner avec une nana bizarre qui part à la chasse aux Servantes ou préférerais-tu que ton bébé soit en sécurité ?

L'espoir quitta son visage.

— Tu n'es pas ma mère. Tu ne peux pas me dire ce que je dois faire.

Son ton prétendait mettre un terme à la conversation.

— Je suis une mère de substitution.

— Tu ressembles plus à une vieille tante à moitié folle qu'on n'appelle que pour sortir de prison, intervint Derek.

Je lui montrai mon doigt. Il ricana.

— Julie, jusqu'à ce que je retrouve ta vraie maman, je suis chargée de ta sécurité. Elle t'aime et c'est quelqu'un de bien. Elle mérite qu'on la sorte d'où elle est et elle mérite que tu sois en sécurité. Si je la retrouve mais qu'il te soit arrivé quelque chose, je ne sais pas ce que je ferai.

Et si je ne retrouve pas ta mère, elle aurait voulu que tu sois en sécurité.

À l'autre bout du croisement, Andrca apparut, chevauchant un hongre bai et conduisant trois chevaux.

J'aurais préféré galoper jusqu'aux bureaux de l'Ordre mais le trafic était dense. La ville entière savait que la magie profonde frapperait bientôt et, tant que la tech fonctionnait encore, elle en profitait. Nous nous contentâmes d'un trot lent.

Andrea était en tête. Julie suivait, agrippant les rênes avec les poings serrés de frousse. Derek et moi formions l'arrière-garde. Je souhaitais séparer Derek et Andrea autant que possible. Quand ton partenaire tourne Wolf et tente de transformer ton ventre en buffet à volonté alors que tu respires encore, tu peux développer une légère méfiance envers les Changeformes. Pourquoi tenter le destin ?

— En fait, il est assez patient, dit Derek en venant à ma hauteur.

— Qui ?

— Curran.

Je hochai la tête.

— Il est patient tant que tout le monde respecte ses règles.

— Ce n'est pas vrai. Tu ne l'as jamais vu quand il est sous pression.

— En tant que Seigneur des Bêtes, j'imagine qu'il est toujours sous pression. (Je soupirai.) Je ne voulais pas l'énerver. Il était bourré d'adrénaline à force de soulever de la fonte, ce qui le rendait plus agressif que d'habitude. C'était le mauvais moment pour en parler, c'est tout.

Ça et le fait que je ne savais pas tenir ma grande gueule dans ses parages. Il me tapait sur le système.

— C'est le tsunami, aussi, ajouta-t-il. Ça devient difficile de se contrôler.

— Écoute, si tu veux, j'essaierai de calmer le jeu.

Comme si c'était possible ! Après cette explosion, j'étais probablement *persona non grata* pour toute la Meute et à vie.

Je ne respirai pas tranquillement jusqu'à ce qu'on descende de cheval dans le parking de l'Ordre.

J'ouvris la porte à toute volée et poussai Julie à l'intérieur.

— Premier étage. Mon bureau est sur la gauche en entrant, il devrait être ouvert.

Elle fila.

J'expliquai à Andrea la disparition de la mère et l'apparition des Servantes, et de Capuchon, autrement dit Bolgor le Berger, pendant que nous rentrions les chevaux à l'écurie. Derek montait la garde devant la porte de l'Ordre, mais j'étais à peu près sûre qu'il entendait tout ce que je disais. L'ouïe des loups est bien plus performante que l'oreille humaine et la sienne était exceptionnelle.

— Des Fomoriens, dit-elle. Mais où va le monde ?

— Trois choses : qu'est-ce qu'ils foutent ici, pourquoi veulent-ils Julie et qu'est-il arrivé à sa mère ?

Andrea secoua la tête.

— Je n'en ai pas la moindre idée. Mais bon ! ce n'est pas mon domaine. Je tire. Je fais fonctionner les gadgets. Je suis assez bonne en théorie de la résonance postchangement. Pose-moi une question sur le folklore et je tire à blanc. (Elle sourit.) Mais je protégerai ta gamine.

— Je suis désolée de te donner tout ce boulot.

Elle jeta un œil vers Derek.

— J'aimerais que tout le monde arrête de marcher sur des œufs avec moi. Ce doit être fait, donc je le ferai. Je suis confinée au Chapitre de toute manière : pendant un tsunami, la procédure exige qu'un Chevalier garde la boutique. Je surveillerai la gosse.

J'hésitai. Si quelqu'un pouvait m'aider dans cette situation, c'était bien Andrea. Elle était le Chevalier parfait et elle connaissait toutes les règles jamais écrites.

— Qu'est-ce qu'il y a ? demanda-t-elle comme si elle lisait mes pensées.

— Devrais-je préparer une demande d'asile ?

Andrea fronça les sourcils.

— Tu t'inquiètes de la clause de Danger pour l'Humanité ?

— Ouais.

Une demande d'asile contraindrait tous les Chevaliers à protéger Julie tant qu'elle était sous leur garde. Mais ce genre de requête placerait Julie sous la responsabilité de l'Ordre, impliquant qu'elle serait sujette à la clause de Danger Imminent pour l'Humanité. Et si elle présentait un tel danger, le devoir des Chevaliers deviendrait de l'éliminer. L'Ordre n'avait pas l'habitude de se débarrasser des enfants mais je savais que, dans l'esprit de Ted au moins, le bien-être de tous avait plus de poids que la vie de quelques-uns. Je n'avais aucune idée des raisons qui poussaient les Servantes ou le Berger à pourchasser Julie. Elle pouvait tout aussi bien être le rejeton d'une prophétie fomorienne destinée à détruire le monde. Des choses plus étranges arrivaient. Je ne voulais pas retrouver Julie égorgée. Je suis sûre qu'ils feraient en sorte que sa fin soit rapide et douce, mais c'était une piètre consolation.

Andrea sourit.

— Tu n'as pas besoin de signer une demande d'asile. C'est une orpheline sans aucun parent connu. Selon la provision 17, tu peux devenir sa tutrice temporaire puisqu'elle ne peut légalement signer de contrat. Remplis le formulaire 240-m et elle devient ta pupille aux yeux de l'Ordre. Pendant un tsunami, tous les membres des familles du personnel peuvent légalement trouver refuge au Chapitre le plus proche sans tomber sous la clause de Danger Imminent. À moins qu'elle l'attaque, aucun Chevalier n'a autorité pour la neutraliser.

— Je ne suis pas sûre qu'elle accepte un truc pareil. Elle pense que sa mère est toujours vivante. Moi aussi d'ailleurs. (Je l'espérais en tout cas.) Ce pourrait être douloureux pour elle et lui donner une fausse idée de la situation.

— Elle n'a pas besoin d'être informée. Tout ce dont tu as besoin c'est le témoignage d'un Chevalier confirmant que tu agis dans son intérêt. (Elle sourit jusqu'aux oreilles.) Et tu as de la chance, tu en connais un.

— Merci.

Et je pensais ce que je disais.

— Pas de problème. C'est plutôt amusant pour moi… Je m'emmerde tellement ! Si la magie frappe, on se carapatera dans la chambre forte et si les Servantes se montrent pendant la vague tech, j'utiliserai leurs crânes comme cibles d'entraînement.

La porte s'ouvrit à toute volée, Julie se précipita tête la première sur Derek et se débattit dans ses bras. Il l'arracha du sol.

— Qu'est-ce qu'il y a ? Parle !

Elle se tendit et cracha un seul mot :

— Vampire !

Il m'attendait sur mon bureau à l'étage, un cauchemar chauve et émacié, recouvert de muscles épais comme du fil d'acier sous une peau d'apparence humaine. Il était nu, laid et mort depuis trois ou quatre décennies. Quelqu'un avait étalé une grande quantité de crème solaire violette sur son cuir. Pour une raison quelconque, la crème solaire n'avait pas pénétré mais avait séché en pâte, comme si la créature avait fait éclater une bulle de chewing-gum géante aux raisins.

— Non mais tu te fous de ma gueule !

Le vampire ouvrit la gueule et la voix de Ghastek en sortit.

— C'est un plaisir de te voir, comme toujours.

Ce ne pouvait être que Ghastek aux commandes du non-mort. Je me demandais si Nataraja, le dirigeant des établissements du Peuple dans la ville, l'avait spécifiquement assigné à ma personne ou si Ghastek avait pris cette fâcheuse décision de son propre chef.

Andrea entra dans le bureau. Elle avait deux flingues et les pointait sur la tête du vampire.

— Jolies armes à feu, dit Ghastek.

— SIG-Sauer P226, répondit Andrea. Bouge de là ou je t'aveugle.

— Tu crois vraiment que tu peux rivaliser avec les réflexes d'un vampire ?

La voix de Ghastek était légère, il ne la défiait pas, il était juste curieux.

Un petit sourire s'épanouit sur le visage d'Andrea.

— Tu veux vraiment le savoir ?

Je secouai la tête.

— Elle peut lui exploser la tête avant que tu aies fini de cligner un œil. Crois-moi, je mesure la vitesse pour gagner ma vie.

Je pris note de ne jamais me battre à la loyale avec Andrea. Elle avait dégainé à une vitesse surhumaine. J'étais rapide mais pas assez, et mon sabre prenait bien plus de temps pour se dégager du fourreau qu'un de ses flingues à sortir de son holster.

— Heureusement pour nous, il n'y a aucune raison de se battre.

Je souris à Andrea.

Andrea hocha la tête et rangea ses pétards.

— Je serai au bout du couloir.

— Merci.

Elle sortit. Je m'assis dans mon fauteuil.

— Descends de ma table !

Le vampire ne broncha pas.

— Ghastek, soit tu le bouges, soit je le fais moi-même. Je ne supporterai pas ta grossièreté dans mon propre bureau.

Le non-mort glissa de la table.

— Je ne voulais pas t'insulter.

— Alors je ne le prendrai pas comme une insulte. Qu'est-ce que tu veux ?

— Comment tu te sens ? Des os brisés ? Une blessure ouverte ?

— D'où te vient cette inquiétude soudaine pour mon bien-être ?

— Tu n'as pas de vertiges ? de légères démangeaisons à la poitrine ou sur le cou ? comme quand un membre s'est endormi et que le sang revient, sauf que ce serait à l'intérieur ?

Je croisai les bras.

— Y a-t-il une raison particulière pour que tu me décrives les premiers stades de la colonisation par le pathogène *Immortuus* ?

Le vampire s'approcha.

— Il ne peut y avoir qu'une seule raison.

— Je ne suis pas en train de me transformer en vampire, Ghastek.

C'était physiquement impossible. Mon sang bouffait la bactérie vampirique pour le petit déjeuner et en demandait encore. Pas de vampirisme pour moi. Pas de Changeformisme non plus.

Le vampire s'approcha.

— Puis-je voir tes iris, s'il te plaît ?

— Je te le répète, je n'ai pas été infectée. Je n'ai pas été mordue !

— Laisse-moi faire.

Je me penchai. Le vampire se mit à quatre pattes sur la table et leva son visage vers le mien. Nous nous regardâmes, le cadavre et moi. Nous nous touchions presque. Je regardais un vampire dans les yeux, autrefois bleus, aujourd'hui rouges des capillaires étendus par le flux de sang découlant du virus vampirique. Il y avait une faim dans leurs profondeurs, une faim dévorante qui ne pourrait jamais être satisfaite. Si le contrôle de Ghastek lui échappait une seconde, l'abomination me déchiquetterait, s'agrippant à ma chair pour atteindre mon sang chaud.

En tout cas, elle essaierait. Alors je la tuerais. J'écraserais son esprit dégoûtant comme un moucheron. Ce serait bon. Et ça me ferait du bien.

J'aurais aimé tous les tuer, j'aurais aimé grimper la chaîne alimentaire du Peuple jusqu'à Roland, leur chef légendaire. Il y avait des trucs dont je voulais discuter avec lui. Mais notre conversation devrait attendre que mon pouvoir grandisse parce que, à ce moment, il m'effacerait de la surface de la Terre d'un battement de cils.

Le vampire se laissa tomber au sol.

— Satisfait ?

— Oui.

— Tu as l'air déçu. L'idée de me piloter pendant ma non-mort te titille ?

Le visage du vampire se tordit, essayant d'imiter la grimace de Ghastek quelque part dans une chambre forte des profondeurs du *Casino*.

— Kate, quel manque de goût ! Pourtant, tu ferais un spécimen magnifique. Tu es en excellente forme physique et bien proportionnée. J'ai jeté un œil aux candidatures ce matin et la moitié des candidats sont mal nourris tandis que les autres sont mal gaulés.

Ghastek dans toute sa splendeur. Toujours aussi clinique.

Je soupirai. Y avait-il la moindre chance qu'il m'explique la raison de sa visite ? On perdait du temps et je devais partir à la recherche de la mère de Julie.

— Mon agenda est complet ce matin. J'apprécierais que nous en venions au fait.

— Notre patrouille a aperçu un non-mort inhabituel cette nuit. Des cheveux préhensiles, des griffes et une signature de pouvoir très intéressante.

Des griffes ? Beurk ! Je rejouai le combat dans ma tête. Les griffes ne sortaient que lorsque la Servante s'apprêtait à tuer. Deux Servantes avaient attaqué mon appartement à quelques minutes d'intervalle, mais la troisième ne s'était montrée que bien plus tard. Elle avait été retenue. Je frappai à l'aveuglette :

— Et il lui a fallu combien de temps, à ce non-mort inhabituel, pour se débarrasser de ta patrouille ?

Si Ghastek était surpris, il ne le montra pas.

— Moins de dix secondes.

— C'est un peu triste, non ?

— C'était un jeune vampire. On venait de l'avoir.

Des excuses, toujours des excuses.

— Je ne vois toujours pas en quoi ça me concerne.

— Nous avons retracé la signature de pouvoir jusqu'à ton appartement. Qui est dans un état déplorable, d'après ce qu'on a pu voir par la fenêtre. Cependant, il semblerait qu'il y ait une nouvelle porte. J'imagine que l'ancienne a été détruite ?

— D'une manière assez théâtrale.

Le vampire resta silencieux. On y était.

— Le Peuple aimerait obtenir un spécimen.

Prends ça dans la gueule. Ghastek était sans doute le meilleur Maître des Morts de la ville. Il avait les meilleurs Compagnons et les meilleurs vampires. Sa réaction quand il avait gaspillé plusieurs de ses suceurs de sang sans prix en essayant de capturer une Servante avait dû être impayable.

— Je n'aime pas ton sourire, dit Ghastek.

Je continuai à sourire.

— Je ne peux pas m'en empêcher.

— Puisque l'incident a eu lieu dans ton appartement, le Peuple aimerait demander ton aide en la matière. Qu'est-ce que tu sais, Kate ?

— Pas grand-chose, le prévins-je.

— Partage avec moi.

Le Peuple voulait vraiment une Servante. Peut-être en avaient-il marre de piloter de bons vieux vampires.

— Qu'est-ce que j'y gagne ?

— Une compensation financière.

Le jour où j'accepterais de l'argent du Peuple serait le jour où j'abandonnerais l'humanité.

— Je ne suis pas intéressée. Autre chose ?

Le vampire me regardait, bouche béante, pendant que Ghastek réfléchissait. Je ramassai plusieurs formulaires sur mon bureau, les mis dans la bouche du vampire et lui donnai une petite claque sur le crâne pour qu'il ferme la mâchoire.

— Qu'est-ce que tu fais ? demanda Ghastek.

— Ma perforatrice est morte.

— Tu n'as aucun respect pour les non-morts !

Je soupirai, récupérai la liasse et observai les trous inégaux sur les formulaires.

— C'est un de mes défauts. Tu as pensé à quelque chose ? Sinon, je vais devoir y aller.

— Je te devrai un service. Maintenant ou à l'avenir, quand tu le souhaiteras, je ferai quelque chose pour toi du moment que ça ne met en danger ni moi ni mon équipe.

Je réfléchis. C'était une sacrée offre. Entre les mains d'un Maître des Morts expérimenté, un vampire était une arme à nulle autre pareille et Ghastek n'était pas seulement expérimenté, il avait du talent. Un service de sa part pouvait être précieux. Et même s'il parvenait à mettre ses mains avides sur une Servante, il la mettrait à l'épreuve pour déterminer l'étendue de ses pouvoirs. Au moment où elle serait grièvement blessée, elle se transformerait en vase. Quel était le revers de la médaille ?

— Maxine ?

— *Oui ma chérie ?*

— Ghastek vient de me promettre un service contre mon aide. Est-ce qu'on a un formulaire pour mettre cet arrangement par écrit ?

— *Oui.*

— Tu vas me faire signer un contrat ?

— Oui.

Le vampire émit une série de caquètements étranglés. Je compris qu'il essayait de retransmettre le rire de Ghastek.

Derek se glissa dans mon bureau et s'appuya contre le mur, bras croisés.

— Ton acolyte est toujours vivant, dit Ghastek qui lisait les formulaires. C'est remarquable.

— Il est robuste.

Le fait que la griffe de Ghastek soit parfaitement identique quand il l'apposait lui-même ou de la main d'un vampire était une preuve supplémentaire de la maîtrise de son art. Je ne pouvais qu'admirer un tel degré de compétence. Il me donnait quand même des frissons.

— Je suis tout ouïe, dit-il quand Maxine ressortit avec les formulaires.

— Il y a deux jours, un convent amateur a disparu de son lieu de réunion dans la Trouée de la Ruche. J'étais sur un boulot sans rapport avec le convent quand j'ai vu l'endroit, mais j'y ai découvert un puits sans fond et pas mal de magie nécro résiduelle. Beaucoup de sang. Pas de corps.

— Continue.

— J'ai récupéré la fille d'une des sorcières.

— L'enfant qui a surgi dans ton bureau et qui en est repartie aussi sec il y a quelques minutes ? Je ne voulais pas lui faire peur.

— Oui. (Je n'avais pas particulièrement envie de lui expliquer que Julie avait une phobie des vampires et que, vu que la magie était tombée, elle n'avait pu détecter à l'avance la signature magique du vamp.) Elle m'a demandé de l'aide. Je lui ai donné la protection de l'Ordre. (Alors, ne te fais pas d'idées.) J'ai ramené l'enfant chez moi. Pendant la nuit, nous avons été attaquées.

— Combien y en avait-il ?

— Trois, sans compter le navigateur.

Le vampire se rigidifia.

— Il y avait un navigateur ?

— Oui.

— Humain ?

— Pas exactement.

Je lui décrivis Bolgor le Berger, mettant l'accent sur ses tentacules et sur les Servantes, j'entrai dans les détails des cheveux, des griffes, de la substance collante et toxique sur lesdites griffes. J'expliquai l'angle démon marin bien que je ne lui dise pas d'où je tenais l'information. J'aurais pu le tromper sur leurs habitudes de mort particulières mais un marché était un marché et je lui racontai tout y compris la fusion en vase. Par contre, je me contentai de résumer ma presque mort :

— J'ai été frappée dans le dos, après quoi je me suis débarrassée de la Servante et j'ai appelé mon acolyte qui est venu me chercher et m'a emmenée chez le med-mage.

Ce qui n'était pas totalement mensonger. À ma connaissance, personne ne savait que j'étais capable de piloter un non-mort et il était essentiel pour ma sécurité qu'on continue à l'ignorer.

Le vampire se transforma en statue pendant que Ghastek enregistrait l'information. Le Peuple considérait qu'il avait le monopole de tout ce qui était nécromancien. L'idée d'un navigateur étranger en liberté dans la ville, même s'il s'agissait d'un démon, devait profondément irriter Ghastek.

— Le surnom de Berger m'intéresse, ça pourrait se référer à son aptitude pour la navigation.

Je tapotai des ongles sur le bureau.

— Je suggère fortement que tu abandonnes tes recherches concernant les Servantes, elles se transforment en slimes quand elles sont grièvement blessées.

— C'est vraiment dommage, mais j'aimerais vérifier par moi-même. As-tu des raisons de croire que ce Berger va revenir chercher la fille ?

Il se demandait si les Servantes n'étaient pas les Sœurs du Corbeau, amenées à la non-mort par quelque étrange pouvoir qu'elles avaient libéré. Je m'étais aussi posé la question.

— La fille est dans la chambre forte. S'il revient, pas de chance pour lui.

— Quels sont tes projets ?

— Je vais aller rendre visite à un expert qui pourrait m'aider à dénouer ce bordel. Je comprends le désir des Fomoriens de se débarrasser de la Morrigan, mais je ne sais pas comment ils sont arrivés en ville, ce qu'ils veulent faire de l'enfant ni pourquoi ils se sont attaqués à ce convent en particulier. Je sais que le cercle adorait la Morrigan, mais la sorcière en chef faisait des sacrifices druidiques dans son mobil-home. Les deux ne vont pas ensemble.

— Pourquoi ne pas aller voir l'Ordre des Druides ? demanda Derek.

Ghastek bougea le vampire de quelques centimètres.

— Non, elle a raison. Les Druides ont mis des années à se distancier de cet héritage. Dès qu'ils entendent le mot « sacrifice », ils refusent de communiquer. C'est un cauchemar de relations publiques. L'avis d'un expert indépendant sera beaucoup plus enrichissant.

Je me levai.

— Et plus vite je le verrai, mieux ce sera. Comme tu dis toujours, ce fut un plaisir.

— Je viens avec toi.

— Je suis désolée. Je crois que j'ai mal entendu.

Le vampire écarta les bras, ses énormes griffes jaunes ajoutant bien sept centimètres à ses longs doigts.

— Vu la valeur de mon offre, tu ne m'as pas donné grand-chose. Nous avons signé le contrat tous les deux, Kate. Il parle de « révélations totales et substantielles des informations relatives à la créature en question ». Ce que tu m'as donné n'a rien de substantiel.

Comment je fais pour toujours me retrouver dans ce genre de bordel ?

Derek se détacha du mur, mâchoires serrées. Je me plaçai entre le vampire et lui.

— D'accord. Tu es libre de me suivre. Tu comprends qu'il n'y a aucune garantie que nous rencontrerons une Servante ?

— Oh ! je suis sûr du contraire. Tu lui as coûté trois non-mortes. Je ne connais aucun Maître qui ne voudrait pas sa revanche.

Avant de partir, je chassai le loup-garou et le vampire de mon bureau pour pouvoir me changer. Avec les années, j'avais pris l'habitude de laisser des vêtements à certains endroits et mon bureau était l'un d'eux, j'y avais ajouté des armes. Les survêtements de la Meute étaient très bien mais, après mes petits jeux avec les griffes des Servantes, j'avais envie de quelque chose d'un peu plus épais. Je mis un pantalon ample marron et un tee-shirt blanc Heatgear. Fabriqué avec une microfibre à séchage rapide, il me permettait de rester fraîche et sèche malgré la chaleur. Les unités d'intervention portaient ce genre de tee-shirt sans coutures sous leur armure. J'y ajoutai un gilet en cuir que je serrai bien et complétai mon costume de petite frappe avec des bottines militaires : chaussures en cuir, talons en cuir et tiges en Nylon, suffisamment légères pour jouer au tennis.

Je pivotai et frappai mon ombre du pied, ajustai les lacets de mon gilet pour qu'il soit plus près du corps et glissai le fourreau de Slayer dans les anneaux du dos.

Ensuite, je pris mon *Chroniques de l'Art* écorné sur l'étagère, trouvai le sort de lien-miroir, utilisai un crayon pour marquer la page et descendis dans la chambre forte par le long escalier de béton. Gardées par une porte blindée de trente centimètres d'épaisseur, il y avait cinq pièces renfermant un peu de tout, des armes, des livres et des objets magiques mineurs, en bref tout ce dont l'Ordre pensait avoir besoin un jour ou l'autre. La pièce principale contenait un évier, un réfrigérateur, des sacs de couchage et même une salle de bains de la taille d'un placard.

Andrea y était déjà, introduisant des munitions dans des armes à feu et les déposant sur la table. Julie s'immobilisa quand j'entrai. Je croyais qu'on avait dépassé ça. J'essayai mon meilleur sourire.

— On s'installe ?

— Andrea a de la viande séchée et il y a de la pizza.

Sa voix était éteinte. N'importe quel enfant aurait été ravi d'avoir de la pizza. Merde ! je n'étais vraiment pas douée avec elle aujourd'hui.

— Je suis désolée que tu sois en colère contre moi. Je t'ai apporté un livre.

Je déposai les *Chroniques de l'Art* sur la table.

Elle ne dit rien.

Merde !

Je traversai le silence épais qui nous séparait et la serrai dans mes bras.

— Je reviens vite, OK ? Reste ici. Andrea est supercool. Tu seras en sécurité avec elle. (Elle avait l'air au bord des larmes.) Qui sait, je ramènerai peut-être ta maman ?

J'irais en enfer pour des promesses comme celle-ci. Directement en enfer, sans passer par la case « Purgatoire ».

— Tu crois ?

— Je l'espère. J'ai mon sabre et j'ai ma ceinture.

Je lui montrai ma ceinture équipée d'une demi-douzaine de pochettes contenant des herbes et des aiguilles en argent.

— La ceinture de Batman !

— C'est ça, Barbara. Protège la Batcave pendant que je suis partie.

Julie retira le monisto de son cou.

— Tiens. Je ne te le donne pas. Je te laisse juste me l'emprunter. Tu me le rapporteras, n'est-ce pas ?

— Oui.

Je glissai le monisto dans une poche sous mon gilet.

Andrea et moi nous saluâmes. Je me mis en route.

Chapitre 13

Nous traversâmes les rues de Buckhead à un rythme soutenu. Peu de chose est plus pittoresque que la course d'un vampire. Comme tous ses semblables, celui-ci n'était plus bipède mais pas encore assez disjoint pour atteindre une vitesse satisfaisante à quatre pattes, alors il avançait à grandes enjambées d'une démarche saccadée, sautant et courant tout à la fois, parfois très près du sol, parfois trop haut. Son galop était en tout cas tout à fait silencieux, il n'était trahi ni par le grattement de ses griffes sur l'asphalte, ni par son absence de souffle. Les vampires appartenaient à la nuit, à l'obscurité, cachés du monde, assassins invisibles, indétectables. Là, dans la chaleur étouffante du début d'après-midi, bien en vue des vieilles maisons de maître orgueilleuses noyées dans la verdure, il avait l'air grotesque, irréel, un cauchemar vivant.

En l'observant, je ne pouvais m'empêcher de repenser à Julie et à son sentiment d'abandon. Basta ! Si je voulais progresser dans mes recherches, il fallait que je comprenne de quoi il retournait et, pour ça, j'avais besoin de Saiman. J'espérais qu'il me donnerait suffisamment d'informations pour dénouer tout ce bordel, je pourrais alors rentrer et me préoccuper de Julie. Elle était en sécurité derrière les gardes, dans la chambre forte. Rien ne pouvait lui arriver.

Non, il pouvait toujours se produire quelque chose.

Cela dit, tant qu'elle ne quittait pas la chambre forte, elle s'en tirerait. Et rien ne pouvait la forcer à en sortir. À moins d'un incendie. Y avait-il quelque chose d'inflammable ?

Je m'arrêtai. C'était de la folie pure.

Le vamp traversa la rue devant nous pour la quatrième fois. Les chevaux de l'Ordre étaient entraînés pour travailler avec toutes sortes de créatures mais quel que soit leur entraînement, ils restaient des chevaux et ils n'aimaient pas les vampires. Les nôtres ne ruaient pas, mais dansaient sur place et hennissaient.

— Je suis sûr qu'il le fait exprès ! grogna Derek dans sa barbe.

— C'est sûr. Il déteste les chevaux, il y est allergique.

Le vampire violet bondit sur le côté droit de la rue et sauta sur un poteau de téléphone. Le non-mort grimpait avec l'agilité d'un gecko, il arriva trois mètres au-dessus du sol, regarda autour de lui puis sauta à terre pour reprendre son galop étrange. Normalement, il neigerait en juin avant que le Peuple laisse sortir un suceur de sang en plein jour. Le soleil couvrait sa peau de cloques dès les premières minutes d'exposition. À moins bien sûr qu'il soit couvert d'une couche de crème solaire de un centimètre d'épaisseur. Je me demandais ce qui avait poussé Ghastek à prendre un tel risque.

— Ghastek ? Qu'est-ce qui arrive au *Casino* pendant un tsunami ?

Il prit quelques secondes avant de répondre.

— On bloque tout. Le *Casino* enferme les vampires. Tout le personnel est rappelé et en alerte maximale. Le *Casino* est verrouillé. Les communications non urgentes avec le monde extérieur sont limitées.

Si le tsunami rendait toute magie plus puissante, les vampires, à leur tour, devaient voir leurs pouvoirs augmenter. Combien fallait-il de nécromanciens pour les garder ? Je n'étais pas sûre de vouloir le savoir. Comme je n'avais aucune envie d'être là quand les chaînes d'acier qui retenaient les vampires dans les écuries commenceraient à se briser.

Ghastek courait parallèlement à ma jument, qui tenait ses naseaux le plus loin possible de son odeur.

— On est encore loin ? demanda Derek.

— La patience est une vertu, conseilla Ghastek.

— Donner une leçon de patience à un loup n'est pas très sage.

C'était la première fois que Derek condescendait à s'adresser directement à Ghastek et l'expression sur son visage disait à quel point il se sentait souillé de s'abaisser à ce point.

— Si, pour une raison inconnue, je me retrouvais à parler à un animal, je prendrais ce conseil en considération.

— Vous avez fini, vous deux ?

— Presque, dit Ghastek.

Derek haussa les épaules.

— Il n'y a rien à finir.

Je soupirai.

— Nos chamailleries te déplaisent ?

Le vampire avait sauté suffisamment haut pour me regarder dans les yeux.

— Non. La facilité avec laquelle je me retrouve dans ce genre de situation me déplaît. Ce doit être un don.

Je me tournai vers Derek.

— L'expert vit à Champion Heights. On y est presque.

— L'ancien Lennox Pointe ?

— Oui.

— Il se débrouille bien !

— Plutôt.

Et j'allais devoir vider mon compte en banque pour payer l'information que je voulais.

La magie n'aimait pas les gratte-ciel. Elle n'aimait rien de neuf ou de technologiquement compliqué, mais elle détestait surtout les bâtiments hauts. Depuis le changement, les gratte-ciel d'Atlanta avaient tremblé, s'étaient affaissés, effondrés comme des titans épuisés sur des jambes de sable.

Dans cet horizon dentelé, Champion Heights se dressait seul. Haut de dix-sept étages, il dominait Buckhead grâce aux poches bien remplies de ses propriétaires et à un sort compliqué dont personne ne croyait qu'il fonctionnerait. Il fonctionnait très bien : le building culminait toujours loin au-dessus des ruines, obscurci par une brume qui allait et venait, le changeant de briques et verre à grand rocher pointu alors que le réseau complexe de sorts travaillait inlassablement pour maintenir l'illusion qui permettait au bâtiment de rester debout. Le coût d'un appartement dans Champion Heights était astronomique.

La magie frappa, tellement épaisse que mon cœur manqua un battement. Derek serra les dents. Son visage se tendit, les muscles de ses avant-bras se gonflèrent, ses yeux se remplirent de jaune.

Les poils sur mes bras se hérissèrent. L'intense feu froid dans ses yeux me glaça. Il était au bord du changement.

— Ça va ?

Ses lèvres tremblaient. Le feu dans ses yeux mourut d'un coup pour laisser place au doux chocolat habituel.

— Ouais. Ça m'a pris par surprise.

Le vampire continuait à galoper comme si rien ne s'était passé.

— Ça va Ghastek ?

Il sourit à Derek.

— Jamais été aussi bien. Contrairement à la Meute, le Peuple ne tolère pas la perte de contrôle.

Les yeux de Derek lançaient des éclairs jaunes.

— Si je perds le contrôle, tu seras le premier à le savoir.

— Hou ! là ! là ! ça me perturbe !

Après un virage, un rocher escarpé s'éleva devant nous, niché entre des buissons artistiquement taillés. Le pic montait, abruptement, jusqu'au ciel où la neige recouvrait son sommet. Un vol d'oiseaux en décolla, le soleil couchant jouait sur leurs ailes. Ils tournèrent autour du bâtiment avant de s'éloigner vers une destination inconnue.

— Waow ! Je savais qu'il était censé ressembler à un rocher mais là, *c'est* un rocher ! dit Derek.

— Notre compagnon à fourrure oublie une fois de plus l'arrivée d'un tsunami, intervint Ghastek.

— Si vous n'arrêtez pas tous les deux, je vous renvoie à la niche.

Le tsunami avait transformé Champion Heights en flèche de granit. Et ce n'était encore que le début. Nous n'étions qu'aux prémices de ce qui allait nous tomber dessus.

Nous attachâmes les chevaux à la balustrade et montâmes l'escalier de béton qui menait à ce qui avait été l'entrée. De la pierre brute, pas une seule fissure.

La magie retomba.

— Une fenêtre ! s'exclama Ghastek.

Deux étages au-dessus de nous, un panneau de verre scintillait dans le soleil couchant.

Le suceur de sang se contracta comme un chat et bondit sur le mur, trouvant des prises sur la falaise abrupte aussi aisément qu'une mouche. Il se retourna, la tête en bas et me tendit une main.

— Non merci, je vais grimper toute seule.

— Ça prendra plus de temps.

— Ça me va.

Ça faisait un bail que je n'avais pas fait d'escalade. Lorsque j'arrivai à la fenêtre, Derek et le vamp m'attendaient depuis une bonne minute. Ghastek déplaça le vampire pour me faire de la place.

— Tu nous ralentis. Nous perdons en efficacité.

— Laisse-moi tranquille ! grommelai-je.

Derek frappa à la fenêtre. Pas de réponse. Il frappa le verre du poing. La fenêtre explosa. Nous nous glissâmes un à un dans l'appartement et rejoignîmes le couloir. Aucun d'entre nous ne mentionna l'illégalité de notre intrusion.

Nous grimpâmes jusqu'au quinzième étage où je volai un moment pour souffler en prenant le temps de chercher la bonne porte.

—Alors, c'est quel genre de mec cet expert ? demanda Derek.

—Le genre très intelligent et très méthodique, plutôt sombre, en fait. Saiman apprécie les discussions érudites. Il est comme Ghastek. (Avec des appétits sexuels.) Sauf qu'au lieu de piloter des vampires il préfère les livres et les conversations nocturnes sur le folklore mongol.

Derek fit rouler ses yeux.

—Merveilleux !

Je donnai un coup de tête vers le vampire.

—Vous devriez vous entendre comme larrons en foire.

La magie nous inonda de nouveau. Cette fois, Derek était prêt – son visage ne montra aucun changement. Ghastek, par contre, s'immobilisa en plein saut.

Je libérai Slayer de son fourreau. Derek recula pour se laisser la place de bondir. Si le vamp devenait berserk, on serait vraiment dans la merde.

—Ghastek ? murmurai-je.

—Juste une seconde.

Sa voix semblait étouffée.

—Tu perds le contrôle ?

—Quoi ?

Le vampire se laissa tomber à terre et me regarda de ses yeux sanglants.

—Qu'est-ce qui te fait dire ça ?

—Tu t'es immobilisé.

—Si tu veux savoir, un Apprenti m'a apporté un expresso et je me suis brûlé la langue !

Derek fit la grimace, le dégoût recouvrait pratiquement son visage.

— Alors, on y va ? demanda Ghastek.

Je glissai la lame de Slayer dans le boîtier de la serrure électronique. Comme beaucoup de choses dans Champion Heights, la serrure était magique mais se faisait passer pour technologique.

— Y a-t-il autre chose que nous devrions savoir ? demanda Derek.

— Ne le regarde pas s'il décide de faire son truc. Il en fera des tonnes.

Le souvenir me mettait mal à l'aise.

— Quel truc ? interrogea Derek.

— Il change de forme. Il est limité à l'humain, d'après ce que je sais, mais il peut prendre n'importe quelle apparence.

— Est-il dangereux ?

Son ton était un peu trop tendu. Le lien du sang, encore.

— Je l'ai rencontré par l'intermédiaire de la Guilde quand j'étais merc. Je faisais le garde du corps. Je lui ai sauvé la vie et maintenant il me fait des prix. En fait, il essaie de m'amadouer et d'entrer dans mon lit. Il est inoffensif.

Je mis la main sur Slayer, nourris la lame d'un peu de ma magie et poussai la porte du bout des doigts. Elle s'ouvrit.

L'appartement ultramoderne de Saiman était décoré d'acier et de coussins pelucheux, monochrome, presque stérile.

— Saiman ? appelai-je en traversant le tapis blanc.

Pas de réponse. Un souffle d'air froid me frappa. L'énorme fenêtre qui allait du sol au plafond était grande ouverte. Dehors, il y avait une saillie couverte de neige, un mètre vingt de large. Je sortis la tête. La saillie grimpait en colimaçon vers le toit. Des traces de pas montaient dans la neige.

— Il semble qu'il soit parti faire une promenade pieds nus dans la neige.

Je retournai dans l'appartement.

— J'y vais en premier, dit Derek.

Avant que je puisse dire quoi que ce soit, il sortit par la fenêtre et suivit la saillie vers le toit. Merde ! Je lui emboîtai le pas. Derrière moi, le vampire escaladait la falaise. Les saillies et les chemins n'étaient clairement pas pour lui.

Le vent me gifla. Mes pieds glissèrent un peu, je me pressai contre le mur du building. Je m'accroupis et frottai la neige à mes pieds pour découvrir que la saillie était gelée. Aha !

La cité s'étendait sous moi, si petite qu'elle avait presque l'air en ordre. Entre moi et cette minuscule ville, j'entrevis une chute vertigineuse. Je pouvais faire des tas de choses mais ce dont j'étais sûre c'était qu'il ne me pousserait pas des ailes et que je serais incapable de voler. Juste après la mort de mon père, quand j'avais quinze ans, Greg m'avait emmenée à la maison de son ex-femme dans les Smoky Mountains. Je ne m'étais plus retrouvée si haut depuis. C'était assez différent. En fait, comparé à une saillie d'un mètre vingt couverte de glace, s'asseoir en haut d'une montagne et agiter les jambes dans le vide me semblait bien plus confortable.

Une nouvelle rafale de vent me frappa. Je serrai les dents et me détachai du mur. *Bouge, mauviette ! Un pied devant l'autre*. Tant que je ne pensais pas à tomber. Ou à regarder en bas… *Hou ! là ! que c'est haut !*

Le sol m'attirait. J'avais presque envie de sauter. Comment donc faisaient les gens pour vivre dans des gratte-ciel ?

Au-dessus de moi, un rire féminin carillonna, suivi d'un grognement d'avertissement. Et merde ! Derek ! Je détachai mon regard du vide et recommençai à grimper.

Je peux le faire. Je dois juste avancer.

La saillie m'entraîna dans un tour quasi complet du bâtiment. Un grand iceberg bloquait la vue de ce côté. Un nouveau rire flotta dans le vent. Quelque chose se passait là-haut. Qu'est-ce qui prenait à Saiman de se promener pieds nus dans la neige ? Et pourquoi neigeait-il en haut d'un gratte-ciel ? On était en juin, bordel !

Je grimpai les derniers mètres qui me séparaient du sommet. Mes pieds touchèrent le toit solide sous la couverture de neige. Enfin !

Je contournai l'iceberg et vis Derek. Il était tendu comme un arc, les bras écartés, sa lèvre supérieure ridée d'un grognement préventif. Il faisait de son mieux pour ne pas toucher la blonde qui le tenait par les épaules.

Elle était nue. Petite, avec des cheveux jusqu'aux fesses, elle était proportionnée avec une générosité obscène : cul rond, cuisses solides, gros seins lourds avec des tétons roses. Vu l'étroitesse de sa taille, c'était un miracle qu'elle ne soit pas pliée en deux par le poids de ses nichons. Sa peau étincelait, comme éclairée de l'intérieur par le soleil. Elle était là, nue, sans honte, dorée. Le sexe dans la neige. Elle regardait Derek de ses yeux immenses et ronronnait :

— Un chiot ! Joue avec moi !

Les yeux de Derek étaient complètement jaunes.

Derrière lui, le vamp de Ghastek était accroupi sur le bord du toit, immobile.

Je ramassai de la neige et formai une boule que je lançai sur la blonde. La boule la frappa dans la nuque, explosant en poudreuse.

— Saiman, éloigne-toi de lui !

La blonde tourna la tête vers moi.

— Kate…

Son corps changea avec une fluidité surnaturelle. La chair femelle fondit comme de la cire et se reforma en silhouette couverte de muscles. Elle glissa vers moi dans la neige, grandissant, se tordant, se façonnant, se durcissant trop vite pour qu'on puisse suivre les mouvements et c'est un homme qui m'attira à lui pour m'enlacer la taille.

Il était grand et musclé comme une statue grecque. Le même scintillement doré qui illuminait la blonde éclairait sa peau de l'intérieur. Ses cheveux d'un roux profond méché d'or tombaient jusqu'à sa taille sans une boucle. Son visage était anguleux et masculin, son sourire avait un aspect presque tranchant, ses yeux étaient orange. Un orange radieux, taché d'étincelles vertes qui ressemblaient à des cristaux de givre et n'avaient rien d'humain.

— Kate, répéta-t-il et me serrant contre lui.

Il faisait bien quinze centimètres de plus que moi. Les flocons de neige tournoyaient autour de nous. Son haleine sentait le miel.

— Je suis tellement heureux que tu sois venue me voir. Je m'ennuyais tellement.

Ça y était ! Le tsunami l'avait rendu fou.

J'essayai de me dégager mais Saiman me tenait fermement. Il y avait une force dans ses bras à laquelle je ne me serais pas attendue. Si je me débattais, Derek deviendrait berserk. Une femme luttant contre un homme nu, qui pesait probablement quarante kilos de plus qu'elle, déclencherait les instincts protecteurs de la plupart des spectateurs, même sans lien de sang.

— Derek, s'il te plaît, redescends à l'appartement et attends-moi à la fenêtre.

Il ne bougea pas d'un millimètre.

— Jaloux ?

Saiman riait.

Je détournai les yeux assez longtemps pour regarder Derek.

— Vas-y, s'il te plaît.

Lentement, comme s'il marchait dans un rêve, le jeune homme se tourna et quitta le toit.

— Et ton vampire ? demanda Saiman.

— Ne faites pas attention à moi, dit Ghastek. Faites comme si j'étais une mouche sur le mur.

Connard !

Saiman toucha mes cheveux. Je sentis ma tresse se défaire d'elle-même, juste avant que mes cheveux encadrent mon visage.

— Que t'est-il arrivé ? demandai-je.

Son sourire s'élargit.

— La magie profonde. Elle chante dans mes os. Tu ne la sens pas ?

Je la sentais. Elle palpitait sauvagement en moi depuis le début de la vague. Le pouvoir se tordait et se distordait, essayant de se libérer, mais jusqu'à cet instant je le contrôlais et je n'escomptais pas me laisser déborder.

— Sais-tu danser ? demanda-t-il.

— Oui.

— Danse avec moi, Kate.

Et c'était parti, nous glissions et valsions dans la neige, soulevant des flocons scintillants qui refusaient de retomber et nous pourchassaient, suivant chacun de nos mouvements comme un nuage léger. C'était une danse sauvage, primitive et rapide, je ne pouvais que le suivre.

— J'ai besoin d'informations, criai-je à un moment stratégique.

Il serra ma taille, me souleva comme si je ne pesais rien et me fit tourner.

— Demande.

— C'est trop compliqué pour un pas endiablé.

Il me reposa sur la neige et me serra contre lui, une main sur ma taille, l'autre tenant mes doigts.

— Alors nous danserons lentement. Mets tes bras autour de moi.

Non !

— Je ne crois pas que ce soit une bonne idée.

Nous dansions lentement dans la neige.

— Il y a des choses qui me pourchassent.

Ce n'était pas l'exacte vérité mais dans les circonstances du moment, la brièveté était une vertu.

— On les appelle des Servantes. Elles sont non-mortes. Leurs cheveux peuvent t'enchevêtrer et te tenir comme un lasso.

— Je ne sais pas ce qu'elles sont.

— Elles sont pilotées par une grande créature qui porte une soutane blanche, comme un moine. Elle a des tentacules. Son nom est Bolgor le Berger. On m'a dit que Bolgor était fomorien.

— Je ne le connais pas non plus.

Putain ! Saiman !

— Qu'est-ce qu'un démon marin peut bien espérer de notre monde ?

— Ce que nous espérons tous, la vie.

Saiman se pencha plus près, ses lèvres frôlaient presque ma joue. Ses yeux m'attiraient irrésistiblement et je savais que si je les regardais trop longtemps, j'en oublierais pourquoi j'étais là.

— Le Berger pourchasse une gamine. Pourrais-tu faire des recherches pour trouver pourquoi ?

— Je pourrais mais il y a trop de magie. Je ne peux pas me concentrer. Je préférerais danser. C'est le temps de la magie, Kate, le temps des dieux !

L'idée de parler d'argent apparut brièvement dans mon esprit. Mais il me faisait toujours une réduction, à la fois parce que je lui avais sauvé la vie et parce qu'il me trouvait divertissante. Il ne s'intéressait pas tant que ça à l'argent, même en temps normal, et là, il était trop parti.

— La Morrigan est aussi impliquée d'une manière ou d'une autre. Et un chaudron.

Son visage était bien trop près du mien.

—Les Celtes aiment les chaudrons. Chaudron d'abondance. Chaudron de connaissance. Chaudron de renaissance.

Son souffle réchauffait ma joue. Ses mains étaient chaudes aussi. Il aurait dû être gelé.

—Chaudron de renaissance?

—Un portail pour l'Autremonde.

Il tenta un mouvement plongeant mais je résistai. À la place, il me fit pirouetter.

—Dis-m'en plus à ce sujet.

—Tu devrais demander aux sorcières. Elles savent. Mais demande plus tard. Après que la magie profonde aura décliné.

—Pourquoi?

—Parce que si tu pars, je vais encore m'ennuyer.

Et merde!

—Parle-moi des sorcières. Je devrais m'adresser à quel convent?

—Tous.

Il fit glisser ma main sur son épaule. Je reculai. Trop tard, il me serrait très fort contre lui. Je sentais son énorme érection. *Super. Vraiment super!*

—Comment puis-je m'adresser à tous les convents? Il y en a des dizaines en ville.

—C'est simple. (Son souffle parfumé de miel m'enveloppa.) Tu t'adresses à l'Oracle des Sorcières.

—Les sorcières ont un oracle?

Nous avions ralenti, nous glissions. Il glissait en arrière, se dirigeait vers le bord du toit où il y avait la saillie.

—Dans Centennial Park, dit-il doucement. Elles sont trois. Elles parlent pour tous les convents. J'ai entendu dire qu'elles avaient un problème qu'elles ne parvenaient pas à régler.

—Alors il vaut mieux que j'aille les voir.

Il secoua la tête.

—Mais, si tu pars, je vais être tout seul.

— Je dois y aller.

— Tu ne t'attardes jamais. (Il tourna la tête et embrassa mes doigts.) Reste avec moi. On va s'amuser.

Je remarquai que la glace s'entassait autour de nous. Si ça continuait comme ça, on allait être enfermés dans un igloo en quelques minutes.

— Pourquoi la glace pousse-t-elle ?

— Elle est jalouse. Du vampire.

Il éclata de rire en penchant la tête en arrière, comme si c'était la chose la plus drôle du monde.

Je détachai ses doigts de mes épaules et sautai du toit.

J'atterris accroupie sur la saillie. Mon dos percuta la glace. Je dérapai le long de l'étroit passage. J'enfonçai mes talons dans la neige, je m'agrippai au mur pour me ralentir mais mes mains glissaient. Je dévalai la pente, incapable d'arrêter ma chute.

La fin de la saillie approchait, de plus en plus.

J'arrachai un couteau de son fourreau et l'enfonçai dans la glace. L'élan me poussa en avant, je tirai d'un coup sec pour m'arrêter, mes jambes suspendues dans le vide. Prudemment, je pliai les bras et me tractai sur la saillie, essayant de ne pas penser à la chute.

Derek agrippa mes épaules et me tira, me portant sans effort pour me reposer sur le tapis de l'appartement.

— Quel expert ! grogna-t-il.

— Ouais. C'est la dernière fois que je viens ici. (Mon cerveau se rendit compte, finalement, que je n'allais pas tomber de quinze étages et me transformer en crêpe. Je me redressai maladroitement et me levai.) Je te dois une fière chandelle.

Il haussa les épaules.

— Tu y étais presque. Je n'ai fait qu'accélérer les choses.

Le vampire nous rejoignit pendant que nous détachions les chevaux.

— Tu danses très bien, me dit Ghastek.

— N'en parle pas. N'en parle surtout pas !

Chapitre 14

— Alors, ce Saiman a un faible pour toi ? demanda Derek.

— Là, maintenant, Saiman a un faible pour tout le monde, toi compris, d'après ce que j'ai vu. Il est saoul de magie et il s'ennuie.

Je finis de tresser mes cheveux et guidai mon cheval sur Marietta Street vers la forêt dense qui avait été les huit hectares de Centennial Park. Je n'avais pas envie de poursuivre cette conversation.

La magie retomba. Elle reviendrait une minute après, les vagues n'avaient cessé de se succéder, courtes et intenses.

— On dirait que tu es son divertissement préféré, dit Ghastek.

Connard.

— Ça n'avait pas d'importance, quelle qu'aurait pu être la personne sur le toit, il aurait ajusté sa forme jusqu'à trouver la bonne taille.

— De plus d'une manière.

Le vampire coupa une fois de plus la route des chevaux.

— Merci de tes commentaires. J'ai remarqué que tu n'avais rien fait pour aider.

— Tu avais l'air d'avoir les choses en main.

Ghastek envoya galoper son vampire loin devant nous. *En cas de confrontation, fuis ! Ma stratégie préférée.*

— Écoute, dit Derek. Tout ce que je dis c'est que ça aurait été plus facile si tu nous avais donné plus d'informations avant de monter.

— Je n'avais pas ces informations. Si j'avais su qu'il était en train de danser dans la neige sur le toit, je ne serais pas montée.

— Je ne peux pas t'aider ou te protéger efficacement si…

Je me tournai sur ma selle.

— Derek, je ne t'ai pas demandé de me protéger. Je ne t'ai pas demandé de venir avec moi. Si j'avais su que tu allais singer Curran tout le temps, j'aurais réfléchi à deux fois avant de t'emmener.

Derek ferma la bouche.

Devant nous, le vampire tourna à gauche, bondissant dans Centennial Drive.

— Je suis désolée. Je n'aurais pas dû crier.

— Qui devrais-je imiter, Kate ?

Je n'avais pas de réponse.

— Tu préfères toutes ces conneries comme quoi je devrais être moi-même ? Et ce serait quoi, Kate ? Le fils d'un Wolf, un meurtrier parricide incapable de sauver ses sœurs violées et mangées vivantes par leur père ? Pourquoi voudrais-je être cela ?

Je me penchai en arrière sur ma selle, j'aurais aimé pouvoir souffler tout le poids qui venait de s'abattre sur mes épaules.

— Excuse-moi. J'avais tort.

Il resta immobile un instant et hocha la tête. Le vamp s'était arrêté. Il nous attendait.

— Je n'aurais pas dû t'asticoter. Parfois je ne peux pas m'en empêcher.

— C'est pas grave.

Je fis avancer mon cheval. Je savais pourquoi il ne pouvait pas s'en empêcher. Je l'avais vu plier ses vêtements méticuleusement. Il était parfaitement rasé, ses cheveux étaient bien courts, ses ongles propres et manucurés. Je pouvais parier que dans sa chambre, tout était parfaitement à sa place. Quand, enfant, on vit dans le chaos, on fait tout pour mettre de l'ordre dans le monde. Malheureusement, le monde refuse d'obtempérer, alors on se limite à se contrôler, à contrôler son environnement, et ses amis.

—Je suis simplement inquiète à propos d'un tas de choses.

—Julie?

—Oui.

J'aurais aimé pouvoir appeler pour vérifier que tout allait bien, mais je n'avais aucune idée de l'endroit où je pourrais trouver une ligne téléphonique en fonctionnement surtout avec la magie prétsunami. Andrea m'avait promis de rester avec elle. Privée de mission de terrain ou pas, Andrea pouvait abattre un écureuil entre les deux yeux de l'autre côté de la rue.

—C'est dur pour toi, reprit Derek, de dépendre des autres, je veux dire.

Pendant un instant, je me demandai s'il n'était pas devenu télépathe.

—Qu'est-ce qui te fait dire ça?

—Tu dis que tu t'inquiètes pour Julie et tout d'un coup tu as l'air d'avoir une crise d'hémorroïdes. Ou un…

—Derek, on ne dit pas ce genre de choses à une femme! Si tu continues comme ça, tu vas passer ta vie tout seul.

—Ne change pas de sujet. Andrea est cool. Elle sent bon. Tout va bien se passer.

Apparemment, j'aurais dû renifler les gens pour juger de leurs compétences.

—Comment tu le sais?

Il haussa les épaules.

—Fais-lui confiance.

Vu que les deux hommes que j'avais le plus aimés et admirés avaient passé mes années de formation à me convaincre que je ne pouvais compter que sur moi, faire confiance aux autres était plus facile à dire qu'à faire. Je m'inquiétais pour Julie. Je m'inquiétais aussi pour la mère de Julie. Depuis que j'avais obtenu le boulot de liaison pour l'Ordre, j'avais pris l'habitude de traîner dans le bureau du Chevalier Quêteur parce que je ne connaissais quasiment rien en matière d'enquête alors que lui, en tant qu'ancien du Bureau d'Investigations de Géorgie, savait à peu près tout. J'avais récolté quelques miettes d'informations vitales et je savais que les premières vingt-quatre heures étaient cruciales dans une enquête. Plus le temps passait, plus les traces refroidissaient. Dans le cas d'une personne disparue, cela voulait dire que les chances de la retrouver vivante s'amenuisaient d'heure en heure.

Les premières vingt-quatre heures étaient derrière nous. Les premières quarante-huit heures me disaient au revoir depuis la fenêtre d'un train qui raillait : « Tu vaux rien dans ce boulot. » Aucune des procédures ne s'appliquait à cette affaire : quadriller le quartier, interroger les témoins, essayer de déterminer qui aurait voulu faire disparaître la personne… Tous les témoins avaient disparu avec elle.

Je n'avais pas la moindre idée de l'endroit où la mère de Julie pouvait être. J'espérais qu'elle était en sécurité chez elle. J'avais laissé un mot sur la table de la cuisine expliquant que j'avais Julie, qu'elle était en sécurité, et lui demandant de contacter l'Ordre. Jusqu'à ce qu'elle se montre, tout ce que je pouvais faire était de tirer sur la queue de ma seule piste – le chaudron et la Morrigan – et d'espérer qu'il n'y avait pas de tigre mangeur de femmes à l'autre bout.

Nous tournâmes à gauche dans Centennial Drive, à la suite du vampire. Un mur vert nous dominait, bloquant la vue. Avant le changement, le parc était ouvert et aéré, une grande pelouse, des chemins et des arbres soigneusement entretenus. On pouvait regarder le panorama du Belvédère et voir tout le parc depuis le Jardin des Enfants jusqu'à la Fontaine des Anneaux.

Désormais, il appartenait aux convents de la ville. Les sorcières avaient planté des arbres à croissance rapide, et une barrière impénétrable de végétation cachait les mystères du parc aux yeux des curieux. Il était aussi plus grand. Bien plus grand. Il avait avalé plusieurs pâtés d'immeubles autrefois occupés par des bureaux. La seule chose visible était ce mur vert. Le parc avait dû quadrupler de volume.

Le fait que tant de convents se soient mis ensemble pour l'acheter m'avait toujours étonnée. Si on pilotait des vampires, on appartenait au Peuple et sinon, on recevait bien vite une proposition financière très persuasive et convaincante de le rejoindre. Si on était un merc, on appartenait à la Guilde, parce qu'on voulait cinquante pour cent de réduction sur les soins dentaires, trente pour cent sur les soins médicaux et l'accès à l'avocat de la Guilde. Mais si on était une sorcière, on appartenait à un convent qui comptait généralement un maximum de treize membres. Les sorcières n'avaient pas de hiérarchie en dehors de leur convent. Je m'étais toujours demandé ce qu'elles avaient en commun. Maintenant je le savais : l'Oracle.

C'était une bonne chose que Saiman ait été saoul de magie. Dieu seul savait ce que cette information m'aurait coûté dans des circonstances normales. Bien sûr, dans des circonstances normales, tout ce bordel ne serait pas arrivé.

La ville laissait de la place au parc, mais pas trop. De l'autre côté de la rue, les ruines avaient été nettoyées et un nouveau bâtiment de bois se dressait, portant fièrement une pancarte YardBird. En dessous, en grandes lettres rouges : « Poulet Frit ! Ailes ! » et plus bas : « Pas de rat ».

Ça sentait le poulet frit. Je salivai. L'avantage du poulet, c'était qu'il était difficile de façonner une aile avec de la viande de chien. Miam. Grâce aux bons soins du docteur. Doolittle, j'avais toujours le métabolisme d'un rossignol sous crack. L'arôme de poulet frit m'attirait. Après les sorcières. Une fois que nous serions sortis de Centennial Park, quoi qu'il arrive, je m'en offrirais.

Les charpentiers du chantier environnant avaient eu la même idée. Assis au soleil à des tables en bois, ils mangeaient leurs ailes en regardant l'après-midi cuire l'asphalte. Les ouvriers et les artisans allaient et venaient sur Centennial Drive dans leurs vieilles chaussures, mais ils restaient de l'autre côté de la rue, loin du vert. Les vendeurs au bord des trottoirs appelaient le chaland de leur voix enrouée. Plus loin, à un croisement, un vendeur de fétiches, un homme petit d'âge moyen, dansait autour de sa charrette en agitant des charmes de ficelles colorées.

Un panneau décréta que nous atteignions Andrew Young Boulevard. L'emplacement du panneau suggérait que le boulevard aurait dû couper le parc par le sud, probablement vers Centennial Plaza. Il n'y avait plus de boulevard. La verdure poussait, sauvage, en révolte contre tout ce qui pourrait l'élaguer. Des branches croulantes sous les feuilles surplombaient le chemin, des pousses plus jeunes recouvraient les pavés. Des rosiers poussaient dans un désordre d'épines, liant les myrtes et les conifères en une masse solide qui promettait bien des éraflures. J'aurais besoin d'une tronçonneuse pour traverser ça. Une machette ne suffirait pas. Et je n'avais même pas de machette.

Sorcières : un, Kate et compagnie : zéro.

— On dirait qu'on a perdu le boulevard, dis-je.

— J'aurais pu t'en informer si tu m'avais posé la question.

Le vampire me dédia une pitoyable tentative de sourire qui aurait envoyé n'importe quelle personne normale chez le psy.

C'était vrai. Le *Casino* avait été construit sur les ruines du vieux Centre des Congrès. Sans les arbres qui nous bloquaient la vue, le ciel étincellerait de ses minarets argentés. Le Peuple et les sorcières étaient pratiquement voisins. Putain, ils devaient même s'emprunter du sucre ou des œufs de temps en temps.

— Il y a une entrée plus loin, annonça Ghastek.

Le vampire s'élança vers Baker Street. Le soleil choisit ce moment pour sortir d'un petit nuage, inondant le monde d'or et faisant scintiller le cuir violet du suceur de sang.

— Il y a quelque chose de foutrement bizarre là-dedans, grommelai-je.

Derek me répondit d'un grognement.

Je trottai le long des arbres. Ça sentait les fleurs. Les oiseaux chantaient.

La verdure s'ouvrait. Un chemin étroit s'enfonçait entre les buissons, se tordant vers la gauche comme un tunnel sombre dans le cœur de la forêt.

Derek leva le nez et renifla profondément, à la manière des Changeformes.

— De l'eau.

J'essayai de me souvenir du plan du parc. Baker Street n'était pas si loin.

— Les Jardins d'Eau, probablement.

Le tunnel nous attendait, comme une bouche ouverte. Le vampire de Ghastek s'en approcha. Derek et moi descendîmes de cheval et attachâmes nos montures à un rhododendron difforme. Je regardai dans le tunnel. *Rien ne vaut le présent.*

— Tu as une idée de ce qu'on doit faire ? demandai-je au vampire.

— Pas la moindre, répondit Ghastek.

Je soupirai et pénétrai dans le tunnel.

Chapitre 15

Je m'étais enfoncée de quelques mètres dans le passage quand la magie frappa. Cela me percuta comme l'explosion d'un fusil. L'air s'expulsa de mes poumons dans un cri étranglé, mon cœur se referma comme un poing et je me pliai en deux, serrant ma poitrine. La douleur me quitta dans un flux de pouvoir enivrant qui s'étendit dans mes artères, mes veines et chacun de mes vaisseaux sanguins jusqu'à ce que mon corps entier fourmille de magie. L'exaltation me prit et me souleva comme si deux ailes avaient poussé dans mon dos.

Tout autour de moi, dans la verdure, les fleurs s'ouvraient comme des étoiles scintillantes de blanc et de violet. Les branches frémissaient. Les lianes ondulaient. Un amalgame de senteurs épiçait l'air : doux et miellé, comme une rose.

Derek avançait à pas feutrés dans l'obscurité verte, silencieux et furtif sur ses pattes de velours. Il me regarda de ses yeux de loup dans un visage humain. Je luttai contre un frisson involontaire.

Le vampire était accroupi sur le bord du chemin, bien au chaud dans la verdure, tremblant, la tête reposant sur la poitrine.

Le suceur de sang leva la tête. Ses yeux brillaient d'un rouge étincelant. La bouche du vamp s'ouvrit mais aucun son n'en sortit. Il me montra les crocs, deux dents jaunes de tueur. Je lui montrai mon sabre. *Je n'ai qu'une dent mais elle est bien plus longue que les tiennes et elle transformera en pus ta viande fibreuse.*

— Pas besoin de s'inquiéter, dit la voix de Ghastek. Il est très docile.

Le vampire se glissa sur le chemin, arqua le dos et frôla ma jambe.

Il me fallut contrôler tous mes nerfs pour ne pas sursauter.

— Si tu refais ça, je te tue !

— Je me suis toujours demandé d'où te venait ton aversion pour les non-morts. Qu'est-ce qui te dérange tant que ça ?

— Un vampire est un cadavre qui marche. Il pue la non-mort si fort que ça file la gerbe, il n'a pas de cervelle et, si on le laissait libre, il massacrerait tout jusqu'à ce qu'il n'y ait plus rien à tuer, pour finir par se cannibaliser lui-même. Qu'y a-t-il à aimer là-dedans, Ghastek ?

Et, par-dessus tout, Roland les avait fabriqués. C'était sa création.

— Leur utilité compense largement leurs menus défauts.

Je montrai le chemin avec mon sabre.

— Dans ce cas, vas-y en premier. Profitons de cette utilité.

Ghastek prit la tête. Nous continuâmes sur le sentier en file indienne, un vampire, un homme à la limite de se changer en bête et moi en guise d'arrière-garde.

Les frondaisons plongeaient si bas que je devais presque m'accroupir. Je me frayai un passage, les branches mortes s'accrochaient à ma tresse. Finalement, nous surgîmes à la lumière.

De grands pins s'élevaient, très droits et lisses comme les mats d'un immense vaisseau. Leurs branches se rejoignaient, filtrant la lumière, atténuant les rayons du soleil en une ombre verte. Le sol était épais de décennies d'automnes et les aiguilles de pin spongieuses s'enfonçaient sous mes pas. L'air sentait l'humidité. Un doux murmure d'eau jaillissant des chutes artificielles venait de la gauche.

Le vamp bondit sur le pin le plus proche et se percha à trois mètres du sol, son corps presque perpendiculaire au tronc.

— À deux heures, murmura Derek.

Au-delà des pins s'étendait une clairière illuminée par le soleil, couverte de rangées serrées d'herbes aromatiques. Entre nous et la clairière se tenait une femme.

Elle était plutôt forte mais dépourvue de graisse. Une robe noire toute simple tombait de ses épaules, son ourlet touchait le sol. Ses bras épais étaient assortis à la couleur de la paille de pin. Un masque d'acier martelé cachait ses traits, un visage rond stylisé avec d'épaisses mèches de cheveux l'encadrant comme la couronne d'un soleil. Au deuxième coup d'œil, ce n'étaient pas des rayons de soleil. Les rayons de soleil n'avaient ni crocs ni écailles.

Un masque de Gorgone. Ma blague sur les gorgones au fond de la Trouée de la Ruche prenait vie. *Moi et ma grande gueule*. La prochaine fois, j'imaginerais un hangar plein de lapins duveteux.

— Je suis une représentante de l'Ordre, annonçai-je. J'enquête sur la disparition des Sœurs du Corbeau. Voici mon associé. (Je désignai Derek.) Voici mon autre associé. (Je désignai le vampire.) Je demande à parler à l'Oracle.

La femme ne répondit pas. Les instants passèrent comme des aiguilles de pin qui tombent, l'un après l'autre. Dans la Grèce antique, les Gorgones pouvaient de leur regard transformer un homme en pierre. Il y avait un beau grand pin sur ma gauche. Si elle enlevait son masque, je m'y jetterais. Persée, qui avait fini par décapiter Méduse, avait un bouclier miroir. Je n'avais rien. Même la lame de Slayer était opaque… Aucune chance.

Elle fit demi-tour et s'éloigna vers le soleil. Je suivis.

Les pavés du chemin slalomaient en courbes douces. La robe noire de la sorcière les balayait à chaque pas. Son masque s'élargissait pour couvrir l'arrière de sa tête comme une espèce de casque de moto. Je ne distinguais de sa nuque qu'une étroite bande de peau mate juste au-dessus du col.

Un grand jardin d'herbes aromatiques s'étalait sur chaque côté, les fleurs et les graminées étaient séparées en rangées bien tracées, entourées d'une haie dense de conifères. Basilic, achillée, menthe, pavots d'un rouge vibrant, bleuets, buissons frisottants de trèfles, ombrelles blanches de sureau… Les sorcières n'avaient pas besoin de quitter le parc pour se ravitailler en plantes sauvages. La plupart des convents utilisaient les mêmes essences dans leurs rituels. C'était très pratique que les herbes poussent justement à côté du lieu de réunion.

Ma mémoire me rappela qu'il y avait une grande pelouse grasse dans les environs, mais au-delà du jardin d'herbes, je ne voyais que des arbres, grands cornouillers et chênes couverts de mousse espagnole. Les arbres avaient l'air bien trop vieux pour avoir poussé naturellement. Je ne me rappelais pas comment je savais que la pelouse était dans le coin mais je m'en souvenais. Et les fontaines. De nombreux jets d'eau jaillissant du sol.

Et une femme. Une très grande femme qui riait beaucoup. Son visage était flou dans ma mémoire.

Derek fronça le nez. Je lui jetai un œil.

—Animal, dit-il. Étrange.

—Quelle espèce ?

—Je n'en suis pas sûr.

Les arbres s'écartèrent devant nous, révélant une colline au centre d'une grande clairière. Plutôt un tertre coiffant les herbes comme le chapeau d'un champignon colossal. Du kudzu[1] et des graminées couvraient la colline d'un linceul vert. Au sommet, la pierre était visible, marbre sombre, lisse, poli, taché de spirales de malachite et moucheté d'or.

1. Plante vivace originaire d'Extrême-Orient connue pour ses vertus médicinales. (*NdT*)

Si j'avais un dôme de marbre si joli, je ne laisserais pas les mauvaises herbes l'envahir.

La gorgone contourna la colline et s'arrêta. Nous fîmes de même. Ghastek envoya le vampire sur la colline, celui-ci se percha dans le kudzu comme une goule émaciée.

Derek éternua.

—À tes souhaits.

Il éternua de nouveau, tira une flasque de sa ceinture et se nettoya les narines.

La guide attendait. Nous aussi. Une brise légère fit frémir les branches des arbres. Les oiseaux chantaient. Le soleil, très amusé par notre présence, faisait de son mieux pour nous rôtir.

Le vampire fit un bond gigantesque qui le porta plusieurs mètres derrière nous. Derek grogna. Et éternua de nouveau.

Un grondement sourd fit trembler le sol. Je reculai.

La terre grasse se souleva en plaques lourdes. La colline se dressait et s'ébrouait. Une tête brune colossale émergea du kudzu, la chair pendait entre les plis de ses rides. Deux yeux me regardaient, noirs et brillants comme deux morceaux géants d'anthracite.

Une tortue.

Je sondais. Pas un frémissement de magie. Aucune odeur d'herbe brûlée qu'on pourrait associer à une illusion. C'était vraiment une tortue.

La courbe de la bouche gargantuesque s'élargit. Les mâchoires s'ouvrirent. Je me préparai à une bourrasque d'haleine de tortue mais aucune odeur n'en émanait. La mère de toutes les tortues reposa son menton dans l'herbe et garda la pause.

OK. Maintenant, j'ai tout vu.

Notre guide s'inclina et désigna l'animal.

—Là-dedans ?

Elle hocha la tête.

— Vous voulez qu'on entre dans la tortue ?

Elle hocha de nouveau la tête.

— Elle est vivante.

Nouveau hochement de tête.

— Non.

Derek éternua de nouveau.

— Je dois dire que ce n'est pas très régulier.

La voix de Ghastek tremblait d'excitation. C'était plutôt facile de s'enthousiasmer ainsi quand on ne courait pas le risque d'être avalé, personnellement.

Je jetai un coup d'œil au vamp.

— À quelle vitesse peux-tu la déchirer si elle nous boulotte ?

— La carapace est trop épaisse. Nous devrons sortir par le cou. Si elle rentre la tête, on devra creuser pas mal de chair.

— Autrement dit, si elle nous bouffe, on est baisés.

— Exact quoiqu'un peu grossier.

Je me tournai vers la guide.

— Vous nous accompagnez ?

Elle secoua la tête.

Bon plan. Prends des étrangers crédules, promène-les un peu et donne-les à grailler à la tortue géante. La tortue sera gavée, on est débarrassés des étrangers et tout le monde est content.

— Derek, qu'est-ce que tu sens ?

Il s'avança, inspira profondément et se plia en deux en éternuant. Mon loup-garou était allergique aux tortues. Pourquoi moi ?

— Rien d'amer ? Haleine animale ?

Il secoua la tête.

— De l'eau. Et des fleurs.

Je pointai ma lame sur la guide.

— Si elle nous bouffe, je la tue et je pars à ta recherche.

La guide hocha de nouveau la tête. Elle ne recula ni ne fuit de peur. Peut-être n'étais-je pas suffisamment effrayante ? Peut-être devrais-je investir dans des crocs et quelques griffes ?

—J'y vais. Vous autres pouvez rester dehors si vous préférez.

Je me pliai en deux et fis un pas dans la gueule de la bête.

Chapitre 16

La langue s'enfonça un peu sous mes pieds, c'était comme marcher sur une éponge saturée. Plus loin, l'obscurité indiquait l'entrée de la gorge. Je me penchai pour ne pas heurter le palais de la tortue et m'enfonçai.

Derrière moi, Derek éternua.

— Tu as décidé de venir, finalement ?

Éternuement.

— Je ne raterais ça pour rien au monde.

La gorge offrait une pente légère baignée d'un liquide trouble. Au « plafond », pendaient des filaments ressemblant à des algues d'où suintait le liquide. J'espérais que ce n'était pas acide. L'odeur était celle d'une mare très poissonneuse. Je tirai un couteau de lancer de ma ceinture et le plongeai dans l'eau. Pas de décoloration. Je touchai la lame mouillée. Mes doigts ne fondirent pas. Très bien.

J'avançai, glissai et atterris sur le cul. *Pourquoi moi ?*

Le vampire me dépassa précipitamment, me décochant un regard railleur par-dessus son épaule.

— Comme toujours, l'image de la grâce raffinée...

— Ta gueule !

Mes bottes étaient couvertes de bave de gorge de tortue.

Le vamp fit un pas et disparut sous l'eau.

Je me relevai maladroitement.

La tête du vamp reparut.

— C'est assez profond par ici, prévint Ghastek.

Bien fait !

L'eau atteignait ma taille. Je traversai le tunnel sombre, les bruits d'éclaboussures du vampire devant moi me servant de guides. Derek cessa finalement d'éternuer.

Le tunnel bifurqua. Je barbotai puis m'immobilisai.

Je me trouvai dans un bassin peu profond couvert de nénuphars. Des nymphéas couleur crème scintillaient dans l'eau.

Au-dessus, la carapace formait un dôme transparent d'où filtrait une lumière pâle, rehaussant les arêtes translucides de la coquille. Les parois s'assombrissaient graduellement, passant par la couleur des graminées et du kudzu protégeant la carapace pour devenir finalement vert marbre et noir profond. De grandes niches rectangulaires avaient été creusées dans les parois, chacune décorée d'un glyphe doré à l'or fin et d'un nom. L'arrangement était étonnamment familier mais tellement inattendu qu'il me fallut un moment pour le reconnaître.

Nous étions dans une crypte.

Un bruit léger me poussa à me retourner. Le bassin se terminait un mètre devant moi. Au-delà, sur le sol en écailles de tortue, à la limite de la pénombre, s'élevait une plate-forme sur laquelle se trouvaient trois femmes.

Celle de droite aurait été parfaite au centre d'une photo de famille de cinq générations : ridée, émaciée, fragile. Elle avait dépassé soixante-dix ans depuis longtemps. Ses cheveux fins entouraient son visage comme une auréole de coton. La soie noire de sa robe ne servait qu'à accentuer son âge. Ses yeux me pénétraient d'une intelligence aiguë, prédatrice. Elle était assise très droite, calme, sûre d'elle, dans un fauteuil se prenant pour un trône. Comme un rapace âgé, vieille mais prête à frapper à la première goutte de sang.

Celle au milieu était à peine plus âgée que Julie. Elle était allongée sur une banquette romaine. De la soie noire l'enveloppait de ses drapés, il y en avait tellement qu'elle y semblait noyée. Pâle, presque translucide dans toute cette soie, elle appuyait son menton sur ses bras pliés. Ses pommettes étaient très saillantes, son cou à peine plus large que mon poignet. Elle portait de longs cheveux blonds, rassemblés en deux tresses luxuriantes.

Celle de gauche se balançait dans un rocking-chair et tricotait. Elle semblait avoir sucé toute la chair qui manquait aux deux autres. Ronde, pleine de santé, sous d'épais cheveux bruns nattés, elle observait son tricot avec un sourire entendu.

La Vierge, la Mère et la Vieille. Tellement classique. Redoublons, redoublons, de travail et de soin [1].

Au-dessus du trio, une fresque recouvrait la paroi. Une femme immense dominait la plate-forme, dessinée dans un style simple mais net, comme par un enfant surdoué. Trois bras s'élevaient de son corps : le premier tenait un couteau ; le deuxième, une torche ; le troisième, un calice avec un minuscule serpent enroulé. À sa gauche étaient assis un chat noir et un crapaud. À sa droite il y avait une clé et un balai.

Devant la femme, un énorme chaudron à l'intersection de trois routes. Des chiens noirs couraient le long des murs dans les deux directions, vers le chaudron.

L'Oracle adorait Hécate, la Reine de la Nuit, la Mère de toutes les sorcières. Même si elle était connue sous son nom grec, elle était bien plus ancienne. Son culte s'étendait sur des millénaires, ses racines enterrées dans le sol fertile du folklore de la Turquie et de l'Asie Mineure. Les Grecs avaient trop de respect pour ignorer son antique héritage et ses pouvoirs de séduction. Ils en firent le seul Titan que Zeus accueillit dans son panthéon, en partie parce qu'il était tombé amoureux d'elle. Elle était la déesse des Choix, de la Victoire et de la Défaite, de la Connaissance magique et médicinale, la

1. « Double, double, toil and trouble », Chant des sorcières de Macbeth, acte IV, Shakespeare, traduction M. Guizot. (*NdT*)

gardienne de la frontière entre le spirituel et l'ordinaire, et le témoin de tous les crimes contre les femmes et les enfants.

Il ne serait vraiment pas avisé de sous-estimer son oracle.

Je sentais Derek derrière moi. Il attendait. Le vampire avait quitté le bassin et s'était accroupi sur le bord. Je m'inclinai.

La Vieille parla.

—Approche.

Lentement, je traversai le bassin. Mes pieds trouvèrent les marches de pierre, je sortis de l'eau.

—Plus près, dit la Vieille.

Je fis un autre pas et sentis les contours d'un sort en attente. Je m'immobilisai. Derek s'arrêta aussi mais le vampire me dépassa, ne se rendant compte de rien.

La Vieille lança sa main vers nous, les doigts rigides comme des griffes. Des lignes de craie jaillirent de sous les pierres comme déposées par un vent de passage. Je me retrouvai enfermée dans un cercle de glyphes. Devant moi, le vampire chuta, fauché par un sort identique. Derek grogna, lui aussi était encerclé.

La Vieille eut un sourire suffisant.

Je fouillai le sort. Puissant mais cassable. Devais-je rester dans le cercle, par respect, ou m'en libérer, par défi ? Était-il préférable pour traiter avec elle d'afficher ma puissance ou de l'humilité ?

—Libérez-moi ! (La voix de Ghastek se répercuta sur les parois.) Je suis venu en toute bonne foi.

La Vieille lança sa main sur la droite. Le cercle glissa, entraînant le vampire, et s'écrasa sur le mur. Les yeux de la Vieille brillèrent d'une satisfaction arrogante. Bon ! ça réglait mon problème.

—C'est un scandale !

Le vampire se remit debout.

—Silence, abomination !

Le cercle glissa vers la gauche. Ghastek tenta de courir pour anticiper le mouvement, mais la craie le balaya et le traîna sur les pierres. La Vieille s'amusait beaucoup trop. Elle ne chantonnait pas, donc le sort avait été préparé. Si j'avais pu sentir le type de magie dont elle se servait, j'aurais su où chercher le sort mais, prisonnière des glyphes, je ne sentais rien au-delà du cercle.

Derek s'assit en tailleur, décidant d'attendre que les choses se passent.

Je fouillai dans ma ceinture, ôtai le bouchon d'un tube en plastique et jetai une pincée de poudre sur le sort. Cornouiller, aulne et sorbier, écrasés en poudre fine avec des copeaux d'acier, tombèrent sur le sol en brume fine, les minuscules particules de métal scintillaient en attrapant la lumière. Les lignes de craie s'estompèrent, je fis un pas hors du cercle et m'inclinai.

La Vieille montra les dents. Elle tendit ses deux mains vers moi, écrasant l'air dans ses poings noueux.

Une vague de craie glissa sur la pierre pour m'agripper. Un anneau triple s'appuyant sur la Terre. L'acier et le bois ne fonctionneraient pas. Je devais mettre le paquet.

— Essaie donc de briser ça !

La Vieille se pencha en arrière, triomphante.

Je levai mon sabre et l'enfonçai dans l'anneau, concentrant le plus de magie possible pour en nourrir la lame. Le sabre enchanté transpira. Une fumée arachnéenne glissa du métal. La magie pressait la lame.

La première ligne de glyphes s'effondra.

Je sentis la sueur sur mon front.

La deuxième ligne de glyphes vacilla. Mes mains tremblaient à cause de la pression. Je m'arc-boutai, canalisant encore plus de pouvoir dans la lame.

Le deuxième cercle se brisa, je faillis tomber.

La Vieille sauta sur ses pieds. Ses mains griffèrent l'air. De la craie souffla à mes pieds. Trois nouveaux anneaux. Et merde !

Je pouvais utiliser un mot de pouvoir, mais je ne tenais pas à ce que Ghastek sache que j'en possédais au moins un. Le cercle n'étouffait pas son ouïe, juste ses sens magiques.

Je ramenai le sabre vers moi, me tournai pour n'offrir que mon dos aux yeux du vampire et me piquai l'index. Une minuscule goutte de sang naquit. Je m'accroupis et dessinai une ligne à travers les quatre cercles. La garde s'ouvrit en explosant comme du verre.

La Vieille recula.

Je quittai une fois de plus le cercle et m'inclinai de nouveau, longuement. Du coin de l'œil, je vis la Vieille lever la main avec hésitation. Je lisais de la réticence dans ses yeux. Elle n'était pas sûre de pouvoir me contenir.

Elle m'avait enfermée trois fois et trois fois je m'étais libérée. Trois était un chiffre sacré pour les sorcières. Et je n'avais aucune envie d'en montrer plus à Ghastek.

Ses doigts se recourbèrent.

— Maria, s'il te plaît.

La Vierge avait parlé. Sa voix était faible et fanée, pourtant elle se réverbérait sur les parois du dôme.

La Vieille abaissa le bras avec mépris.

— Je t'épargne mais uniquement parce qu'elle le demande. Pour l'instant.

Je me redressai, rentrant Slayer dans son fourreau.

— Je te connais. (La Mère me regardait, ses mains continuaient à tricoter dans un cliquètement léger.) L'enfant de Voron. *Po rosski to govorich*[1] ?

Je répondis en russe :

— Oui, je parle russe.

La sorcière fit claquer sa langue.

— Accent tu as. Tu parles pas russe tous les jours, non ?

— Je n'ai personne avec qui pratiquer.

---

1. Transcription de l'auteur. (*NdT*)

— Et à qui est-ce la faute ?

Il n'y avait pas de bonne réponse à cela, comme elle, je revins au français.

— Je cherche des informations.

— Demande, dit la Vierge.

Je n'avais droit qu'à un essai.

— Il y a deux jours, un convent amateur appelé les Sœurs du Corbeau a disparu. L'une des sorcières, Jessica Olsen, a une fille, Julie. Julie n'a que treize ans. Elle n'a pas d'autre famille. Sa mère est tout pour elle.

Elles ne réagirent pas. Je continuai :

— Je sais que la Morrigan est impliquée. Je sais qu'il y a un puits sans fond sur le lieu de réunion du convent et un plus petit dans le mobil-home d'Esmeralda, leur chef. Je sais que celle-ci avait faim de pouvoir et qu'elle pratiquait de vieux rites druidiques mais j'ignore à quelles fins. À présent, les Fomoriens se baladent en ville, dirigés par Bolgor le Berger. Ils veulent Julie. Ce n'est qu'une enfant et, même si sa mère faisait partie d'un convent amateur, c'est une sorcière comme vous. S'il vous plaît, aidez-moi à comprendre ce qui se passe. Aidez-moi à rassembler les pièces du puzzle.

Mon souffle se coinça dans ma gorge. Soit elles passaient un marché avec moi, soit elles m'envoyaient me faire voir. Quand les convents disaient « non », ils pensaient ce qu'ils disaient.

La Mère pressa les lèvres.

— La Morrigan, dit-elle avec un léger dégoût, comme si elle parlait d'une voisine qui ne lavait jamais ses fenêtres. Elle a toujours un chien avec elle.

Je fronçai les sourcils.

— Un chien ?

— Un homme, une canaille. Un voleur et un brigand.

Je faillis claquer des doigts.

— Grand, sombre, se balade avec une arbalète, disparaît dans la brume, les mains baladeuses ?

La Mère hocha la tête en souriant.

— Oui.

— Je l'ai vu.

Son sourire s'élargit.

— Je m'en doutais.

Quand on veut impressionner l'autre avec son intelligence, on parle d'évidence… Géniale. J'étais tout simplement géniale.

La voix de la Vierge chuchota, intime, comme si elle me parlait à l'oreille.

— Pour la connaissance que tu cherches, nous te demandons une faveur…

La Vieille se pencha en arrière. Ses mains s'élevèrent, s'écartèrent. La magie flamboyait autour d'elle comme des ailes sombres.

Le sol trembla. Une longue balafre ouvrit le carrelage entre Derek et moi et une vague d'odeur musquée souffla. Un liquide rose luisant jaillit du sol et s'écoula vers Derek et le vampire.

Derek déchira ses vêtements. Son dos s'arqua et la peau de sa poitrine s'ouvrit. Un court instant, je vis les os se tordre et fondre comme de la cire, puis les muscles les recouvrirent, la fourrure jaillit, se hérissa, et un loup-garou se dressa dans le cercle. Plus de deux mètres de haut, des mains griffues assez grandes pour engouffrer ma tête et des mâchoires capables d'écraser mon crâne comme un œuf. Moitié homme moitié bête, total cauchemar. La forme guerrière des Changeformes.

Je ne me souvenais pas d'avoir saisi Slayer mais il était dans ma main.

— Il ne leur sera fait aucun mal, m'assura la voix faible de la Vierge.

La vague rose léchait la garde de Derek. Il ouvrit ses mâchoires difformes. Ses crocs mordirent le vide. Un long hurlement sinistre s'éleva de ses lèvres, une lamentation désespérée, un chant de chasse, de poursuite et de sang chaud sur la langue. Ça me brisait le cœur. Je serrai la poignée de Slayer.

— Vous le blessez, vous mourez !

Cette vieille salope ne m'arrêterait pas.

— Aucun mal, promit la Vierge.

Le fluide rose encercla la garde et s'éleva vers le plafond, enfermant Derek et la garde dans une colonne liquide. Putain de Dieu !

Un instant plus tard, une autre colonne enfermait le vampire.

— Ils ne peuvent ni nous entendre ni nous voir, dit la Vierge.

— Quelle est la faveur ?

— Le chien…

La Vierge bougea un peu dans les plis du tissu.

— Apporte-nous son sang, dit la Vieille.

— … et toutes tes questions…, ajouta la Mère.

— … trouveront leur réponse, finit la Vierge.

Un chœur de sorcières. Ravissant !

— Pourquoi voulez-vous son sang ?

La Vieille eut un reniflement hautain.

— Ça n'a pas d'importance.

— C'en a pour moi.

— Alors tu n'auras rien.

Merde ! Je m'inclinai.

— Merci de m'avoir reçue. Libérez mes associés, et nous vous laisserons.

— Qu'est-ce que ça peut te faire ? demanda la Mère.

— Je n'irai pas chercher le sang de quelqu'un qui possède tant de magie sans savoir comment il va être utilisé.

Pour ce que j'en savais, elles pourraient l'utiliser pour lui jeter un sort ou fabriquer une épidémie qui emporterait la ville. Je savais qu'elles ne me mentiraient pas. Dans le monde moderne de la magie et de la tech, la réputation était primordiale.

— C'est ton dernier mot ? demanda la Mère.

C'était mal. Même pour Julie et sa mère. Il y avait des choses qu'on ne faisait pas quel que soit le but.

— Oui.

— Alors pars ! aboya la Vieille.

Je me tournai.

— Attends !

La voix de la Vierge me tira avec sa magie. Je lui fis face.

La Vieille la regarda avec colère.

— Non !

La Vierge chuchota.

— Si ! Il n'y a pas d'autre moyen.

Elle s'extirpa de sa couche et ôta ses cheveux. Elle était chauve. Les plis de soie glissèrent de son corps. Elle était nue, en culotte.

L'effort l'épuisa. Une seconde, j'eus peur qu'elle s'écroule.

On aurait pu jouer du xylophone sur ses côtes. Elle n'avait pas de seins. Ses genoux étaient proéminents, disproportionnés au milieu de ses jambes trop maigres. Un conglomérat de bosses difformes à sa hanche gauche formait une boule grotesque de chair.

Elle leva le menton. La magie jaillissait de son être. Sa voix remplissait le dôme, envahissait mes oreilles, pénétrait mon esprit.

— Nous sommes l'Oracle. Nous servons les convents. Ils dépendent de nous pour le pouvoir, la sagesse et la prophétie. Nous gardons la paix. Nous les gardons en sécurité. Regarde les murs. Tu y verras nos corps, enterrés dans le ventre de la tortue. Comme nous retournons à la poussière, nous revenons à la jeunesse, lorsque l'une de nous trois tombe, une enfant naît pour prendre sa place.

Son regard me transperçait, ses yeux irradiaient. Au-dessus d'elle, Hécate aux trois bras dominait, noire sur les parois grises.

—Nous sommes le Couteau, la Connaissance et la Torche qui bannit les ténèbres.

La Vieille était le couteau, la connaissance devait être la Mère et la torche se tenait devant moi. La Torche qui bannit les ténèbres… Des trois, c'était elle qui avait le don de Prophétie.

—J'ai « vu » que quelqu'un allait venir. Je ne savais pas qui mais j'ai « vu » sa venue.

Elle inspira profondément.

—Je suis en train de mourir. Mon corps est plein de tumeurs que ni la magie ni la médecine ne peuvent soigner. Je n'ai pas peur de mourir. Quand je mourrai, d'ici à trois ans, un nouvel Oracle des Sorcières naîtra pour prendre ma place. Mais il faudra plusieurs années pour que son pouvoir fleurisse. Je suis trop malade et Maria est trop vieille.

Dans les années suivantes, l'Oracle n'aurait alors qu'une seule représentante pour environ une décennie, jusqu'à ce que les sorcières suivantes se révèlent. Je regardai la Mère en quête de confirmation. Elle avait mis ses mains devant sa bouche et regardait la Vierge. La tristesse déformait ses traits.

—Nous n'essayons pas d'aller contre la nature. Nous ne pouvons pas renverser l'âge de Maria. Mais il existe un moyen de me guérir. (Elle oscilla.) Il existe une potion. Ma dernière chance. Le sang du Chien de la Morrigan guérit tout. Tu veux sauver une jeune fille. Voilà une chance d'en sauver une. Sauve-moi. Rapporte-moi le sang et je te dirai tout ce que tu désires savoir.

La Vierge retomba sur sa couche. La Mère se leva et enveloppa le corps fragile de la jeune fille dans les robes.

La soie noire, si luxueuse, avait à cet instant l'aspect sinistre d'un linceul.

— Combien de sang ? demandai-je.

La Mère se redressa, plongea dans sa manche et en sortit un tube de plastique.

— Autant que ça. Appuie là et glisse vers le haut. L'aiguille sortira. Une fois que tu auras tiré le sang, l'aiguille se rétractera. Mets le bouchon ici et rapporte-nous le tout. (Elle soupira.) Tu dois le retrouver dans la brume. Chez la Morrigan. C'est là que son sang est le plus puissant. Et, autre chose, le sang ne peut être ni acheté ni échangé contre un service. Il doit être donné librement sous peine de perdre sa magie.

Comment diable allais-je réussir à faire ça ?

Je marchai jusqu'à la plate-forme et pris le tube de ses mains.

— Comment j'entre dans la brume ?

La Mère attrapa son tricot.

— Orties et les cheveux du Chien, noués ensemble. Tu sais comment faire un Appel, n'est-ce pas ?

— Oui.

Où avait-elle obtenu ses cheveux ?

— Il vaut mieux. Va-t'en maintenant, Sienna a besoin de se reposer.

Je me tournai et vis les colonnes se vider de leur substance, révélant le vampire et le monstre qui avait été mon acolyte. Les cercles de garde frémirent puis disparurent. Derek s'approcha doucement de moi, les yeux brûlants de feu jaune.

Chapitre 17

— Scandaleux ! siffla le vampire.

— Que voulais-tu que je fasse ?

Arrivée sur Centennial Drive, je secouai mes cheveux pour me débarrasser des aiguilles de pin et traversai la rue vers le fumet de poulet. Normalement, j'évitais la nourriture frite mais, en ce jour, j'avais dansé dans la neige, rampé dans la bave de tortue, et j'avais été enfermée par des glyphes… je méritais des hot wings, nom de Dieu !

Le vampire me suivit. Les clients le regardèrent avec suspicion mais ne s'enfuirent pas. Les Atlantéens. Un non-mort ? Et alors ?

Puis ils virent Derek. Les chaises grincèrent et quelques clients reculèrent.

— Derek, tu veux du poulet ?

L'enfant bâtard de l'homme-chien du docteur Moreau et du Chien des Baskerville hocha la tête.

— Hé ! (Un ouvrier râblé, assis à la table la plus proche, pointa un os de poulet vers moi.) Putain ! c'est quoi ce bordel ? Je peux pas manger avec ceux-là !

Je lui dédiai mon regard de dure.

— J'imagine que tu n'as pas besoin de manger alors.

Ça lui ferma la gueule.

Je posai un billet de vingt dollars sur le comptoir, ramassai ma monnaie et un panier d'ailes de poulet frites. J'en avais marre d'être fauchée et affamée. Mais là, à cet instant, pour une fois, je pouvais être heureuse en me gavant de poulet.

Je me dirigeai vers les chevaux, dépassai le tunnel. On pouvait manger en chemin.

Je laissai tomber une poignée d'ailes dans la patte de Derek. Il s'en fourra une dans la gueule et recracha les os.

Le vampire fronçait les sourcils.

— Tu n'as même pas protesté, Kate ! Tu n'as pas bougé. J'espérais une certaine collaboration…

L'envie de hurler était forte. J'écrasai, c'était un désaccord professionnel.

— Ghastek, corrige-moi si je me trompe mais le contrat que nous avons signé spécifie que je dois t'informer de tout ce qui concerne les Servantes, ce que j'ai fait.

— Kate…

— Puis-je terminer, s'il te plaît ?

Le visage du vampire s'allongea de confusion. Je devrais être polie plus souvent.

— Oui.

La magie retomba. S'effondra tellement complètement que mon cœur manqua un battement. Je repris mon souffle et poursuivis :

— Tu as décrété que les informations fournies n'étaient pas assez substantielles et tu as exigé de m'accompagner dans l'intention d'en apprendre davantage sur les Servantes. C'était une interprétation douteuse du contrat. Nous savons tous deux que, techniquement, tu n'as aucun recours.

— Objection…

— J'ai accepté ta présence parce que j'ai estimé que ta requête n'était pas inique, pas parce que j'y étais contrainte. Je n'ai aucune obligation d'assistance. En outre, tu noteras qu'il n'est indiqué nulle part dans le contrat que toi ou tout autre représentant du Peuple participera en quelque manière à l'enquête de l'Ordre sur la disparition de Jessica Olsen. Or tu as fait obstruction à cette enquête en essayant de saboter ma rencontre avec les sorcières. En tant que représentante de l'Ordre, il est de mon devoir de t'informer qu'aucune autre tentative de gêner les activités de l'Ordre ne sera tolérée. Cela dit, puisque je suis aussi la représentante de la Guilde des Mercenaires, si tu as besoin d'être protégé des sorcières, je suis sûre que nous pouvons parvenir à un accord sur mes rétributions. Je n'aime pas le boulot de garde du corps mais, puisque nous nous connaissons depuis longtemps, je ferai une exception.

Le vampire me considéra avec une expression choquée.

— Qui êtes-vous ? demanda finalement Ghastek. Et qu'avez-vous fait de Kate ?

— Je suis la personne chargée de régler les désaccords entre l'Ordre et la Guilde. J'ai beaucoup de temps libre et je le passe à lire la Charte de l'Ordre et le Manuel de la Guilde. Tu préfères que je retourne à mon mode de conversation normal ?

— Je crois, oui.

— Tu as sous-estimé les sorcières, ouvert ta gueule et tu as été puni. Ne viens pas pleurer sur mon épaule.

J'attrapai une aile de poulet. De la bouffe. Enfin.

Derek gronda. C'était un long grognement, un avertissement grave et menaçant de violence mal contenue. Pieds écartés, dos rond, poils hérissés, babines retroussées, il était tendu vers le mur végétal entourant Centennial Park et grognait tous crocs dehors. Les cheveux se dressèrent sur ma nuque.

Je reposai les ailes de poulet et empoignai Slayer. Mes doigts caressèrent le cuir de la poignée du sabre comme la main d'un vieil ami.

Le vampire était accroupi, prêt à bondir.

J'examinai les arbres. Des racines énormes, des lianes enchevêtrées jusqu'au sommet se découpant dans l'orange et l'or du couché de soleil, la masse dense paraissait impénétrable.

Une Servante vola au-dessus des arbres, sa peau translucide baignée de rouge, ses cheveux étalés comme de grandes ailes noires, parés à étouffer.

Pas d'étouffement aujourd'hui, la tech était puissante.

Sa jumelle suivit. Et une autre, et une autre. Cinq, six, plus… Combien le Berger pouvait-il en piloter ?

Elles étaient toujours en l'air quand je chargeai. La première Servante se jeta sur moi, bras et jambes écartés, glissant comme si elle dédaignait le sol.

— À moi !

Le vampire s'écrasa sur elle, l'entraînant loin de moi, et s'arrima sur son dos. Les crocs en forme de faucille enserrèrent la nuque de la Servante. Il tira et lui arracha la tête d'un seul mouvement.

— Elles sont empoisonnées ! hurlai-je pour Derek.

Je m'occupai de la deuxième Servante. Ses cheveux fouettaient l'air autour de moi mais j'avais de la place pour manœuvrer. J'esquivai la masse noire et frappai de taille, en diagonale, vers la chair qui se cachait sous ses cheveux. Slayer trancha dans la viande, pénétrant de toute la lame. La tête de la gorgone bascula, tout juste retenue par un filament de peau et de chair.

Sur ma gauche, d'une seule poigne griffue, Derek arrachait la colonne vertébrale d'une troisième Servante, tandis que le vampire en décapitait une quatrième.

J'écartai les cheveux d'une autre gorgone et lui portait le même coup en diagonale qu'à sa défunte sœur. Elle esquiva, mais je retournai la lame et frappai de côté. Le sabre fendit la chair et se dégagea. Un sang grisâtre m'éclaboussa. La Servante s'effondra mais une autre me tomba dessus. Les griffes attaquèrent le cuir épais qui protégeait ma poitrine, le traversèrent. Un mur de cheveux m'aveuglait. Je me jetai vers l'avant, directement dans les dents de la Servante. La puanteur d'entrailles de poisson me révulsa.

Elle s'était attendue que je recule, sa stupeur lui coûta une demi-seconde. Enveloppée dans ses cheveux, je l'enlaçai d'un bras et enfonçai Slayer dans la chair tendre de son cou.

Plus loin, Derek sortait son museau ensanglanté du dos déchiqueté d'une autre Servante.

— Ne mords pas !

Idiot ! Typique du loup : il n'est heureux que quand ses dents baignent dans le poison !

Le vamp avait coincé la dernière Servante contre un arbre.

— Je ne peux que noter qu'elles ne se liquéfient pas.

La Servante siffla. Les griffes jaillirent de ses articulations.

— Elles fondent comme la Méchante Sorcière de l'Ouest [1] quand la magie fonctionne.

Le vampire se glissa plus près de la Servante.

— C'est toi qui le dis.

Pourquoi ne la tuait-il pas ?

Un frisson courut sur les flancs du suceur de sang. Il plongea à terre. La Servante siffla de nouveau et s'immobilisa, pétrifiée. Des convulsions traversèrent ses jambes.

Non. Il ne pouvait tout de même pas.

— Tu as perdu la tête !

— Nous ne sommes qu'à deux kilomètres du *Casino*. C'est parfaitement à ma portée.

La voix de Ghastek semblait distante, comme si elle venait du fond d'un tonneau. La Servante et le vampire frémirent de conserve.

— Tu ne peux pas les piloter tous les deux.

— On verra bien.

Non. C'était hors de question. Je m'approchai de la Servante, Slayer en main.

La Servante oscilla sur ses jambes et griffa le vampire. Des entailles écarlates gonflèrent sur la poitrine du vamp et se refermèrent aussitôt.

— Je suis ravi que tu aies décidé de jouer avec moi, dit la voix de Ghastek par la gueule du vampire.

1. Référence au *Magicien d'Oz*. (*NdT*)

— Eh ! regardez ça !

Je me retournai. Les clients qui avaient fui au premier soupçon de problème avaient fait marche arrière pour assister au spectacle.

— Tirez-vous ! aboyai-je.

Ils ne firent pas attention à moi. Connards de témoins innocents.

La bouche de la Servante s'ouvrit et la voix du Berger en sortit, sèche et sibylline, pleine d'échos de feuilles mortes écrasées sous un pied.

— Rendez-vous, humains !

— Bolgor le Berger, je présume ? demanda le vampire.

Un spasme déchira la Servante. Elle tomba à genoux, les épaules tremblantes. Le Berger grinça :

— Vous ne pouvez pas nous arrêter. Le portail de l'Autremonde est béant. Le Grand Corbeau dirige les armées. Regardez les ténèbres, humains, et vous verrez la mort chevauchant pour vous accueillir.

— C'est un joli discours. Presque shakespearien.

Le vampire de Ghastek se lança en avant, la Servante fit de même.

La magie nous inonda. Aussitôt, les cadavres jonchant le sol fondirent.

La masse noire des cheveux de la Servante claqua. Des cordes épaisses s'enroulèrent autour du vampire, le serrant à la gorge. Le suceur de sang n'esquissa aucun geste de défense. J'y étais presque.

La flaque de vase à ma gauche s'évapora à une vitesse record, mais juste avant qu'elle disparaisse, elle trembla et le sol me frappa la plante des pieds.

Au croisement nord, une vieille carriole de bois oscilla et s'écrasa sur le flanc, en morceaux. Une silhouette voûtée émergea de l'épave : deux mètres cinquante, verte, bougeant lentement sur des jambes épaisses comme des colonnes, la tête couverte d'un casque à cornes. Il y avait au moins cinquante kilos de cotte de mailles enroulés autour de son torse. Ses épaules auraient fait pleurer André le Géant. Une longue queue épaisse dépassait de la maille, vibrant dans sa course.

— À genoux devant Ugad, le marteau du Grand Corbeau ! siffla le Berger triomphant.

Ugad le marteau, hein ?

— Tu as la folie des grandeurs ! Bubba lui irait tout aussi bien !

Le juggernaute avançait vers nous d'un pas lourd. Les spectateurs s'enfuirent comme autant de souris. Muet de stupeur horrifiée, le vendeur de fétiches, la bouche béante, regardait approcher la monstruosité. Il fouilla dans ses charmes et secoua un petit cercle de rubans devant le monstre. Ugad n'y fit pas attention. Sa hanche droite frôla la charrette, la renversant sur le trottoir. Les fétiches colorés versèrent sur le pavé.

Le monstre accéléra. Sous le choc, je me rendis compte qu'il ne portait pas de casque. C'étaient ses propres cornes qui sortaient de son crâne couvert de tatouages.

Derrière moi, le vampire siffla. Je lui jetai un œil. La Servante s'était écartée. Le vampire était seul. Ses yeux rubis me mataient, affamés, libérés. Il n'y avait plus de navigateur dans son esprit.

— Ghastek ?

Pas de réponse. Ghastek l'avait perdu.

Le vamp se tendit comme un serpent et se jeta sur moi toutes griffes dehors.

Un corps hirsute percuta le vampire à mi-saut. Dans un grognement, Derek tira le suceur de sang vers le sol. Le vampire enfonça ses crocs dans son épaule.

Ugad s'approchait de moi.

Je bondis sur la gauche et tranchai le tendon derrière un de ses genoux. Cela aurait dû le faire tomber, mais il fit volte-face et son énorme queue fouetta l'air dans ma direction. Sautant sur le côté, j'évitai la proéminence épaisse qui sifflait comme une massue au bout de cette queue et plongeai ma lame dedans. Le monstre hurla, et me frappa du dos de la main.

Le coup me coupa le souffle. Je volai et atterris durement sur une épaule, avant de glisser sur l'asphalte.

Je roulai, juste au moment où la queue passait au-dessus de ma tête. Un énorme pied me poursuivit et frappa l'asphalte là où mon crâne se trouvait un instant plus tôt. Ugad hurla de frustration, gonflant le réseau de veines sur son cou. Il y avait tant d'endroits où enfoncer ma lame… si seulement je pouvais réduire la taille du juggernaute pour les atteindre !

Un autre pas assourdissant. Je me redressai et bondis en arrière.

Ugad me gifla. Je restai immobile. Tout faire pour atteindre la cible. Une main de la taille d'une pelle se ferma sur moi, coinçant mon bras d'épée, et m'arracha du sol, vers les yeux porcins du monstre. Mes os émirent des craquements de protestation.

Le visage du monstre se rapprocha. Ses yeux éteints s'allumèrent de joie cruelle sous le fouillis de tatouages sur son front. Les tatouages…

Les lignes inégales gravées sur son scalp avaient soudain un sens, se transformaient en mot de pouvoir. La douleur explosa à la base de mon crâne et noya le monde dans une explosion de feu. Je ne pouvais pas respirer, je ne pouvais pas hurler. Je ne sentais plus rien. Prise dans un typhon de douleur, je luttai avec le mot. Je devais me l'approprier pour qu'il ne me grille pas le cerveau. Je devais le prononcer.

Une boule bloquait ma gorge. Ma voix refusait d'obéir. La douleur se diffusait à tout mon corps, perçant chacune de mes cellules de minuscules aiguilles. Quand elle explosa, je hurlai le mot pour lui échapper.

— *Osanda !*

Ça faisait trop mal.

J'étais en train de mourir.

La réalité me pénétra avec le tranchant du cristal. Les genoux du monstre frappaient l'asphalte. Des échardes blanches d'os brisés jaillissaient des muscles éclatés. Ugad gémissait, de douleur et d'incrédulité.

À genoux!

Le mot ordonnait à la cible de s'agenouiller. J'avais espéré un: « Crève charogne! »

Ugad m'écrasait, me secouait avec ce qui lui restait de force. Comparé à la douleur du mot de pouvoir, l'étau d'acier de ses doigts paraissait ténu.

Nul besoin de comparer: tuer maintenant, comparer plus tard.

Je passai Slayer dans ma main gauche et glissai la lame le long du cou épais d'Ugad, ouvrant une deuxième bouche rouge sous son menton. Le sang jaillit. La gueule du monstre s'ouvrit dans un dernier cri. Il me libéra et s'effondra vers l'avant, se liquéfiant en touchant le sol. Un fluide graisseux m'éclaboussa. Mes lèvres brûlaient du contact avec la magie étrangère.

Je crachai, essayai d'essuyer suffisamment de matière poisseuse pour ouvrir les yeux, ne parvenant qu'à en étaler encore plus sur mon visage. Je sentis le goût du sang teinté de ma magie sur mes lèvres. Je saignais du nez. Merde. Je tirai aveuglément de la gaze de ma poche et m'essuyai pour ne pas avoir à brûler toute la scène afin de cacher ma magie, et pour pouvoir ouvrir enfin les yeux.

Le suceur de sang était étalé, brisé, sur le sol, sa poitrine était un fouillis de côtes écrasées, une traînée de morceaux ensanglantés de ce qui avait été son cœur menait à Derek qui était affalé sur le dos et ne bougeait pas.

La Servante se tenait au-dessus de Derek. Ses cheveux agrippaient sa gorge. Douze mètres nous séparaient. Je ne les comblerais pas à temps.

Le murmure du Berger sortit de la bouche de la Servante.

—Rendez-vous ou il meurt.

Je laissai tomber la gaze et fis glisser ma main le long de ma cuisse pour attraper un couteau de lancer à ma ceinture.

—Il meurt ! siffla le Berger.

Je lançai la dague dent de requin. La lame mordit la tête de la Servante, faisant exploser son œil comme un raisin trop mûr. L'impact la fit partir en arrière et je lançai un autre couteau, puis un autre. Les courtes lames triangulaires percèrent sa gorge et ses joues. Elle se balança en avant, fixa sur moi le trou béant de son orbite et se liquéfia.

Je courus vers Derek et mis ma tête sur sa poitrine. Le cœur battait, fort, solidement.

Le sang du vamp était étalé sur toute sa tête. Je ne pouvais pas voir s'il était blessé.

—Derek, Derek !

Dieu, qui que vous soyez, je ferai n'importe quoi, je vous en prie, ne le laissez pas mourir !

Ses paupières tremblèrent. La bouche monstrueuse s'ouvrit. Il se redressa et s'assit.

—Où as-tu mal ?

Je faillis me gifler. Seuls les plus accomplis des Changeformes étaient capables de parler à mi-forme. Derek n'en faisait pas partie.

—Paaaaaaaaaarchout.

Le mot était estropié mais reconnaissable.

—Partout ?

Il hocha la tête.

—Aaaaaaava.

—Ça va ?

Il acquiesça de nouveau.

J'avais envie de pleurer de soulagement. Ma poitrine me semblait lourde, comme si elle était remplie de plomb.

—Tu peux parler à mi-forme ?

— Ouais. M'chuiiiiiiii entainnnnné

— Tu t'es entraîné. C'est génial. (Je riais un peu.) C'est vraiment génial.

Il sourit de tous ses crocs. Des fragments sanglants de chair vampirique étaient coincés entre ses dents courbées, mouillés de bave. Je faillis perdre mon déjeuner.

— Allez ! viens mon joli, avant que cet endroit soit envahi par le Peuple, sinon on n'en sortira jamais.

Je retrouvai mon morceau de gaze et attrapai les chevaux. Nous levâmes le camp au moment où la première bouffée de magie nécro annonçait l'arrivée des éclaireurs vamps.

Chapitre 18

Derek boitait du côté droit. Son cheval refusait de le porter. Je ne pouvais le blâmer. Je ne voudrais pas avoir son cul démoniaque couvert de sang non-mort et puant le loup sur mon dos non plus. Mais ça nous ralentissait.

Trois pâtés de maisons plus loin, je réquisitionnai un buggy branlant à une vieille femme. « Réquisitionner » était un bien grand mot : je lui avais montré mon badge et lui avais promis bien plus d'argent que j'en avais à ma disposition. Vu que j'avais toujours mon sabre en main et que mon visage et mes cheveux étaient décorés de sang séché, elle décida que discuter n'était pas dans son intérêt. En fait, elle me dit que je pouvais avoir le buggy si je ne lui faisais aucun mal.

Je lui dis d'envoyer la facture à l'Ordre, installai Derek dans le buggy, attachai les chevaux à l'arrière et conduisis l'attelage conscrit au siège de l'Ordre.

Dans les cinq minutes, Derek s'endormit. Sa peau se déchira, frémit et un immense loup gris prit sa place. La forme-bête demandait beaucoup de concentration. Laissé à lui-même, le corps d'un Métamorphe devenait très vite soit humain soit animal. J'imaginais qu'avec le tsunami, l'animal prenait moins d'énergie. C'était le problème avec les Changeformes. Ils étaient psychotiques, loyaux à la Meute jusqu'au fanatisme, et ils avaient besoin d'une sieste et d'un dîner chaque fois qu'ils se fatiguaient.

Mais bon ! si j'avais dû affronter un vieux vampire rendu berserk, j'aurais eu moi aussi envie d'une sieste. Il avait tué un vamp. Tout seul. Sans aide, sans magie, juste ses crocs et ses griffes, et une détermination farouche. C'était foutrement extraordinaire. J'avais le prochain loup alpha dans mon buggy. Il ne me restait plus qu'à espérer qu'il se souviendrait de moi quand il atteindrait ses hautes fonctions.

Le coucher du soleil fit place à l'obscurité. La magie s'effondra de nouveau, totalement. Il n'en restait plus une trace et pourtant la ville savait qu'elle était là, attendant comme un prédateur affamé dans la nuit, prête à bondir.

J'avais mal à la tête. Mes côtes me déchiraient de douleur à chaque respiration mais rien ne semblait brisé. Merci à l'Univers.

Petit à petit, mon cerveau se remit en branle, d'abord lentement, comme un vieux moulin à eau, puis plus vite, essayant de trier dans les conneries qu'avait débitées le Berger. Il avait parlé du Grand Corbeau conduisant une armée. Une armée de Servantes pouvait causer pas mal de dommages. Je ne voulais pas y penser.

Donc une armée de Servantes avec le Grand Corbeau à leur tête. Le Grand Corbeau pouvait représenter la Morrigan, sauf que Bran avait transformé la Servante du puits sans fond en porc-épic et que Bran servait la Morrigan. Seul un homme inquiet d'offenser sa déesse tutélaire aurait renâclé comme il l'avait fait à l'idée de jurer sur son nom.

Alors, la Morrigan et Bran d'un côté, les Fomoriens et le Grand Corbeau de l'autre. Jusqu'à présent nous restions dans le domaine de la mythologie celtique. Je ne me souvenais d'aucun Grand Corbeau dans cette mythologie, à part la Morrigan. Les livres d'Esmeralda étaient chez moi… Peut-être que l'un d'entre eux mentionnait ce Grand Corbeau.

Le détour par mon appartement ne prendrait qu'un quart d'heure. La respiration de Derek était normale, il ne saignait pas et ne semblait pas en détresse. Je voulais voir comment allait Julie mais quinze minutes ne feraient pas beaucoup de différence.

Pourquoi les Fomoriens m'avaient-ils attaquée ? C'était la question à soixante-quatre mille dollars. D'abord ils avaient attaqué Red qui était tombé sur eux par hasard, d'après ce qu'il disait. Ensuite ils s'étaient attaqués à Julie. Maintenant moi. Pourquoi ? Qu'est-ce qui pouvait leur faire risquer la confrontation avec un vampire et un loup-garou, sans compter que j'avais déjà transformé trois Servantes en flaques puantes ? La vengeance ? Le Berger ne me semblait pas être du genre soupe au lait « la vengeance à tout prix ». Il était plutôt un ennemi calculateur au sang de glace.

Je rejouai la chronologie des événements dans ma tête, essayant de trouver un lien. D'abord Red et les Servantes qui lui griffaient le cou. Ensuite, lui et Julie partaient à la recherche de la mère de cette dernière au lieu de réunion des Sœurs. De là, j'avais ramené Julie à la maison. Red nous avait suivies et avait offert le monisto à Julie. Les Servantes avaient attaqué Julie. Puis j'avais laissé Julie dans la chambre forte et les Servantes m'avaient attaquée.

La dernière partie n'avait aucun sens. L'attaque contre Julie et moi à mon appartement, je pouvais comprendre. À ce moment, la chance était du côté du Berger. Mais m'attaquer une deuxième fois quand j'avais un vampire et un loup-garou à mes côtés ? à découvert ? Ça semblait presque désespéré.

Et comment m'avait-il retrouvée ? Il ne m'avait pas suivie à l'odeur. Les rues d'Atlanta sont trop polluées pour permettre de pister une trace olfactive. Il ne m'avait pas traquée à vue non plus. Ses gorgones auraient dû être trop proches pour ça et Derek les aurait senties.

La seule manière de me retrouver était par magie.

Red avait dit que les cheveux de la Servante l'avaient attrapé comme un lasso. Les cheveux n'étaient actifs que pendant une vague magique. Puis les Servantes avaient attaqué mon appartement, toujours pendant une vague magique. Et finalement, elles avaient frappé alors que la magie était à plat. C'était comme si une odeur magique invisible avait contaminé Red, puis Julie, puis moi, et les Servantes nous avaient suivis à la trace comme des chiens.

Red, Julie, moi. Où était le lien ? Qu'est-ce qui nous connectait ? Peut-être Red avait-il été contaminé par une étrange magie résiduelle. Julie avait touché Red et j'avais touché Julie, transférant les traces sur moi. Mais la magie résiduelle ne survivait généralement pas à la technologie et la magie changeait sans arrêt.

Peut-être étais-je en train de rater une marche. Peut-être les Servantes traquaient-elles quelque chose en particulier. Quelque chose qui produisait une signature magique particulière. Quelque chose qui ne fonctionnait que pendant les vagues magiques, un signal comme Poomper. Quelque chose qui était passé de Red à Julie et de Julie à moi. Mais quoi ?

Le monisto ! Red l'avait donné à Julie et Julie me l'avait confié.

Je tirai le collier de ma poche et essayai de l'examiner tout en surveillant la route. Un cordon tout simple, noué à partir de lacets sales de chaussures. Il devait y avoir deux dizaines de pièces dessus. Voyons voir. Un demi-dollar Kennedy, un quarter, une pièce de vingt pesos, un quarter pêche de Géorgie – waow ! très rare. Un jeton de manège du centre commercial avec un petit cheval, une pièce chinoise avec un trou carré – où avait-il trouvé celle-ci ? Un CD miniature de la taille d'une pièce de un dollar marqué Axe Grinder III, peut-être un jeu vidéo ? Un disque rugueux avec un trou au milieu pour laisser passer le lacet. Une pièce Republica NC Philipinas, des Philippines ? Un petit charme triangulaire avec un anneau et un symbole égyptien. Une pièce ronde, trop usée pour qu'on détermine ce qui y avait été gravé à l'origine. Un charme carré avec une rune. Un nickel Jefferson…

Il devait y en avoir une de spéciale. Mais, laquelle ? Ce devait être l'une des plus anciennes. Bien entendu, avec ma chance, le Berger était un numismate fou qui mourait d'envie d'un demi-dollar Kennedy. Peut-être devrais-je préparer un piège avec une poignée de pièces de monnaie. *Hé ! Berger, regarde, j'ai un dollar Susan B. Anthony, je suis sûre que tu en as envie !*

Je rangeai le monisto. Je pouvais le regarder toute la nuit en essayant de trouver l'aimant à Servantes ou je pouvais simplement demander à Julie, l'extraordinaire scanner-m humain, laquelle lui semblait bizarre. Si j'avais raison.

Je ne sentais aucun sort de protection sur le monisto. Peut-être Red avait-il trouvé quelque chose qui appartenait au Berger, un charme, un bibelot magique. Il l'avait plus probablement volé et l'avait ajouté au collier pour le cacher. Malheureusement, l'objet irradiait de magie et quiconque le portait devenait la cible des Servantes. Si je ne me trompais pas, Red s'était rendu compte qu'il était traqué et avait donné ce truc à Julie en sachant très bien que les Servantes allaient revenir pour le récupérer. Il ne le lui avait pas donné pour la protéger. Il le lui avait donné pour ne plus être une cible, pour leur en désigner une nouvelle. Gamin ou pas, c'était vraiment dégueulasse.

Lorsque j'arrivai au pied de mon immeuble, j'étais suffisamment furieuse pour le frapper. Red était un problème. Julie l'aimait au-delà de toute raison et il l'utilisait comme il l'entendait. J'attachai les rênes à l'un des poteaux de métal prévus à cet effet. Il y avait quelque chose de foncièrement mauvais chez Red. Je comprenais pourquoi : il était à la rue, seul, affamé, torturé, abandonné à lui-même. Mais j'avais connu des gosses des rues qui étaient devenus des types bien en grandissant avec un code moral décent. J'avais l'intuition que le code moral de Red se résumait à une ligne, Red faisait ce qui était le mieux pour Red.

Je grimpai les deux étages en courant, jusqu'à l'appartement, et me retrouvai devant une porte toute neuve dont je n'avais pas la clé.

Je dévalai les marches de l'escalier quatre à quatre et frappai comme une brute sur la porte du concierge.

— Monsieur Patel ?

M. Patel était le meilleur concierge que j'aie jamais rencontré… mais aussi le plus mou. Aussi brun qu'une noix, avec des yeux endormis sous des paupières lourdes, il bougeait avec une lenteur sensuelle. Tenter de le houspiller pour l'accélérer ne faisait que le ralentir à la vitesse de la mélasse froide. Il lui fallut cinq minutes pour trouver le porte-clés, après quoi il monta l'escalier avec un décorum vénérable. Quand il m'eut ouvert la porte et remis la bonne clé, je dansai sur place de frustration.

Je courus dans l'appartement, attrapai les livres d'Esmeralda, me ruai vers la sortie, claquai la porte et descendis les marches à toute vitesse, dépassant un M. Patel perplexe.

La porte de la chambre forte était grande ouverte.

Une ampoule solitaire éclairait ses contours arrondis et la porte brillait au pied de l'escalier étroit comme une immense pièce de monnaie.

Elle aurait dû être verrouillée.

Je descendis les marches dans le noir, l'une après l'autre, sabre à la main. J'avais senti l'odeur de l'aconit. On l'utilisait pour embrouiller les sens des Changeformes[1]. Quelqu'un savait que j'avais Derek avec moi. Si c'était dirigé contre moi.

Derek dormait tranquillement sur le palier. J'aurais voulu le porter à mon bureau mais j'étais fatiguée et il avait mangé

1. L'aconit porte le nom de wolfsbane en anglais, soit « fléau du loup ». (*NdT*)

beaucoup de soupe. Il devait bien peser dans les soixante-quinze kilos sous forme loup. J'abandonnai à mi-chemin.

Deux gouttes de sang tachaient la marche devant moi. Une autre brillait deux marches plus bas. Je sentais l'odeur de la poudre. Andrea avait tiré. Sa balle n'avait dû que frôler sa cible, sinon il y aurait un corps, pas seulement des gouttes de sang. Andrea ne manquait jamais son coup.

Je conquis les dernières marches sur la pointe des pieds et m'arrêtai dos au mur. Un étrange souffle enroué se répercutait dans la chambre forte, comme une scie émoussée tirée contre du bois.

Je me penchai et jetai un œil par la porte.

Un corps mutilé était roulé en boule sur le sol au milieu de vêtements déchirés. Déformé ou estropié, il était jeté sur le sol comme un tas grotesque de membres mal assortis, un patchwork de bœuf cru, rouge et brun boue. Une autre respiration enrouée envoya des échos dans les coins. Julie n'était pas là.

Tandis que je me tenais là, le corps tourna la tête et je vis une mèche de cheveux blonds et un unique œil bleu, l'autre était caché par un morceau de peau décollé.

Andrea.

Je fus près d'elle en un pas. Les morceaux sales sur ses membres n'étaient pas de la crasse. C'était de la fourrure. Une fourrure courte et brune avec des taches.

Sa poitrine était déformée, trop plate. La peau de son ventre s'arrêtait brusquement, ni tordue ni coupée, elle s'arrêtait simplement comme s'il n'y en avait pas assez. Les anneaux de ses intestins scintillaient dans l'ouverture. Sa jambe gauche avait fondu en patte tandis que la droite restait trop longue, tordue à l'envers. Ses mâchoires étaient proéminentes, mal ajustées, ses lèvres étaient trop courtes, ses crocs perçaient ses joues.

Mon Dieu ! le V-Lyc avait fini par l'avoir.

L'œil gauche d'Andrea se riva sur moi, bleu layette. Un bruit gargouillant se libéra de sa gorge :

—À l'aiiiiiiide.

C'était trop pour moi. Je n'avais jamais vu un Métamorphe coincé entre deux formes.

Il fallait que je trouve quelqu'un pour l'aider. Doolittle. Mais il était rentré au donjon de la Meute. Il me faudrait des heures pour l'atteindre. La peau d'Andrea avait pris une couleur cireuse, grise, qui signifiait que le corps du Changeforme utilisait ses dernières réserves d'énergie. Elle n'avait pas des heures devant elle.

Attends ! Doolittle était loyal à Curran. Il la dénoncerait immédiatement. Et alors la Meute la testerait pour vérifier qu'elle n'était pas Wolf et elle devrait affronter Curran. On ne peut être loyal à Curran et à l'Ordre en même temps. À la seconde où son statut de Métamorphe serait découvert, elle serait exclue de l'Ordre. Andrea vivait pour l'Ordre. Je pouvais aussi bien la laisser mourir.

Mais si je ne faisais rien, elle mourrait de toute façon.

Doolittle était hors de question. Comme Derek. À qui pouvais-je la confier ?

Un tremblement traversa les membres d'Andrea. Son pied droit s'allongea. Les os avançaient avec une lenteur atroce. Elle gémit. Sa voix était chargée de tant de douleur que mon cœur s'emballa. Son ventre se contracta, ses fesses se serrèrent puis les convulsions prirent fin et elle retomba sur le sol.

Une puanteur âcre envahit la pièce, reconnaissable entre toutes, je l'avais déjà sentie. Une hyène.

Le donjon était partagé par tous les Changeformes mais chaque clan avait son lieu de réunion, comme chaque clan avait sa paire d'alphas. Les hyènes devaient avoir leur tanière. Elles n'étaient pas aussi nombreuses que les loups ou les rats mais il y en avait assez pour former une petite meute. J'avais rencontré leur chef, une femme plus toute jeune qu'on appelait Tante B. J'aurais préféré combattre une meute de loups plutôt que la mettre en colère. Elle avait un chignon et un sourire doux, mais j'étais certaine qu'elle sourirait avec la même douceur en chatouillant mon foie avec ses griffes. Les hyènes et les lions ne s'entendaient pas. Curran reconnaissait cela. Il les dirigeait tout de même, mais il leur laissait suffisamment d'autonomie pour régler leurs propres problèmes.

Je devais la conduire à Tante B. C'était une salope effrayante mais je préférais discuter avec elle plutôt qu'avec Curran.

Je me penchai sur Andrea.

— Je vais t'amener à la meute des hyènes.

Ses yeux s'agrandirent. Elle frémit et gémit :

— Non, peux pas.

— Ne discute pas. On n'a pas le choix.

Je glissai mon bras sous elle. La lymphe mouilla mes mains. Je sentis l'odeur forte de l'urine. Elle devait peser dans les soixante-cinq kilos. Je serrai les dents et soulevai. Ses bras déformés s'accrochèrent à moi.

Dieu qu'elle était lourde.

Je me dirigeai vers la porte de la chambre forte.

Quand j'étais enfant, mon père me faisait courir des marathons éreintants avec un sac à dos plein de pierres. À l'époque, la seule chose qui me permettait de continuer était de savoir que la douleur s'arrêterait. Donc je murmurai en montant les marches lentement.

— La douleur est bonne. La douleur a une fin.

Je mis Andrea dans le buggy.

— Julie, chuchotai-je.

— Garçon. Garçon chaman, emmené Julie.

Sa voix mourut dans un gargouillis.

Putain ! Red ! Au moins, sans le monisto, les Servantes ne devraient pas la trouver.

— Tiens le coup, Andrea, fais-le pour moi, reste en vie !

Je courus à l'intérieur, montant les marches quatre à quatre. Derek était toujours endormi. Je le secouai.

— Réveille-toi !

Il claqua les dents vers moi, ses griffes s'accrochèrent à ma main et il fut instantanément debout, gémissant de honte.

— Pas grave. J'ai besoin d'aide.

Il me suivit en bas et s'arrêta à mi-chemin dans l'escalier, ses poils se dressèrent, son dos s'arrondit et il commença de grogner et de feuler.

— Derek, s'il te plaît, je sais que ça sent bizarre mais j'ai besoin de ton nez. Maintenant, s'il te plaît.

Je le poussai vers le bas. Il évita le buggy et me regarda.

— Peux-tu sentir l'odeur de Julie ?

Il rapprocha son nez du sol et recula d'un bond comme s'il avait été frappé. Il s'éloigna, marcha en cercle autour du buggy, puis en cercle plus large, renifla le sol, recula de nouveau avec répugnance et gémit.

Red avait bien couvert ses traces. Trop d'aconit.

Un léger gémissement vint de la carriole. Julie devrait attendre, Andrea ne le pouvait pas. Au moins, j'avais toujours le collier. Si j'avais raison, les Servantes me pourchasseraient et laisseraient Julie tranquille. Elles étaient les bienvenues. Furieuse comme je l'étais, j'accueillerais un nouvel assaut à bras ouverts.

— Changement de programme. Emmène-moi chez les hyènes. On n'a pas beaucoup de temps, fais au plus vite.

Derek trotta dans la rue. Je grimpai sur le siège du cocher. Nous nous mîmes en route. Si lentement que je devais lutter contre l'envie de grincer des dents.

Tout n'allait pas très bien à Atlanta. La magie chantait dans mes os alors que je pilotai le buggy dans les rues couvertes de gravats, aussi rapidement que le cheval de trait me le permettait. Des choses étranges voletaient dans la nuit, des formes sombres glissant sans bruit. Nous dûmes nous arrêter deux fois – la première pour éviter une patrouille de vampires, quatre suceurs de sang en formation en diamant, et la deuxième pour laisser passer un ours fantôme translucide. La tête de l'ours était couronnée de cornes. Il regarda le buggy avec des yeux tristes tandis que des sillons de feu transparent cascadaient le long de son dos, puis reprit son chemin.

Une rivière fantôme courait parallèlement à la route, son eau était noire comme de l'encre, comme du goudron liquide. J'essayai de rester le plus loin possible. Les choses qui hurlaient et pleuraient dans la nuit restaient silencieuses. Écoutant, attendant. Si, par miracle, le pouls de la ville pouvait être enregistré et reproduit, une simple phrase ferait écho : « Un tsunami arrive. Un tsunami arrive. Un tsunami arrive. »

Les convulsions d'Andrea se rapprochaient, une toutes les quinze minutes environ. Je savais quand elle en subissait une parce qu'elle ne pouvait s'empêcher d'avoir un petit cri de douleur qui me faisait grimacer.

Finalement, nous quittâmes la ville, suivant la route familière, passant devant la zone industrielle en ruine puis le long d'une autoroute envahie de verdure. La nuit s'installait, le ciel noir percé de minuscules étoiles semblait terriblement haut. Les couleurs étaient assourdies, les ombres plus profondes ; les arbres ordinaires, si prosaïques et pleins de vie à la lumière du jour, se tordaient pour ressembler à des monstres noueux guettant leur proie. C'était le chemin du donjon, la forteresse où la Meute se rassemblait en cas de troubles.

Nous dépassâmes une station-service abandonnée, sombre, sans porte, les vitres cassées. De petites créatures émaciées rampaient sur les appuis de fenêtre et gardaient le seuil. D'un jaune maladif, comme le pus d'une blessure infectée, elles allongeaient leurs griffes noueuses dans notre direction comme si elles essayaient de nous écorcher à distance.

Derek trottinait à une allure paresseuse de loup qui mangeait les kilomètres sans effort. Nous atteignîmes la rangée d'arbres. D'énormes chênes embrassaient la route, s'étendant pour se tenir par les branches. Derek s'arrêta, leva la tête vers le ciel étoilé et hurla. Son cri flotta dans la nuit, longuement, obsédant, plein de tristesse et terriblement effrayant. Il nous annonçait. Il attendit un long moment, pencha les oreilles et se remit en mouvement le long de la route envahie de mauvaises herbes sous l'ombre des arbres. Je le suivis.

Le buggy grinçait, le pas des chevaux était mesuré et régulier.

Un caquètement sinistre stria la nuit. Un son haut perché, fou, aussi tendu qu'une corde de guitare prête à casser. Des formes agiles surgirent, glissant à travers les buissons de part et d'autre de la route, des silhouettes grises qui couraient dans l'obscurité, trop grandes et trop rapides pour être humaines.

Une forme bondit dans le buggy et atterrit à côté de moi. Ses yeux rouges brillaient dans le noir comme deux étincelles. Une hyène-garou à mi-forme était une chose terrible à voir.

— Salut ma jolie.

Sa bouche monstrueuse avait un accent traînant.

Devant nous, trois hyènes, deux en formes-bêtes et une humaine encerclaient Derek, huant et riant avec une joie démente.

Le mâle plongea sur moi. Je me déhanchai, lui fis une clé de bras et pressai la carotide palpitant à son cou.

— Je n'ai pas envie de jouer. Amène-moi à Tante B.

Ses doigts griffus m'agrippèrent le bras.

— Hmm ! la douleur est si douce. Fais-moi mal encore.

Putain de hyène !

Devant nous, Derek claqua des mâchoires face à une des femelles.

— Tu devrais apprendre l'humilité. (La hyène sous forme humaine déroula un fouet.) Viens, laisse-moi te caresser, petit loup.

Merde. Je tirai violemment sur le mâle dans le buggy pour le mettre nez à nez avec Andrea. Un cri faible s'échappa de ses lèvres que le mâle reçut en pleine face.

— Elle est mourante.

Je pressai les mots à travers mes dents serrées.

La hyène-garou me repoussa et hurla :

— Dégagez le passage !

La femelle sous forme humaine mit son poing sur sa bouche.

— Tu oublies qui tu es !

— Elle a besoin de Mère, maintenant !

Il grogna, elle recula. Il se tourna vers moi, les yeux brillants.

— Conduis !

Je fis passer le buggy entre les hyènes qui fermèrent les rangs derrière moi, bloquant la route à Derek.

— Le loup ne peut pas passer, c'est la loi.

La voix de la hyène-garou était sinistre.

— Il ne lui arrivera rien !

Je mis dans ma voix autant d'acier que je le pouvais.

— Rien.

Les hyènes suivirent le buggy. Aiguillonné par leur odeur, le cheval de trait prit de la vitesse. Grondant et craquant, nous allions de plus en plus vite jusqu'à ce que le buggy bute sur une bosse et vole au-dessus de tous les cahots de la route. Les arbres s'écartèrent, révélant une grande maison de style ranch. Je tirai sur les rênes et faillis y perdre un bras. Incapable de s'arrêter, le cheval de trait fit le tour de la maison dans un vacarme assourdissant et stoppa enfin. Le mâle bondit sur le sol, attrapa Andrea dans ses bras et courut vers le porche.

La lumière du porche se déclencha et Tante B ouvrit la porte en grand. D'âge moyen et ronde, avec des cheveux grisonnants retenus en chignon, elle avait l'air de quelqu'un qui devrait faire cuire des cookies plutôt que commander à une nichée de déviants sociaux ayant un fort penchant pour le rire hystérique et le sexe tordu.

Elle jeta un œil à Andrea et releva violemment la tête.

— À l'intérieur. Toi aussi.

Je me précipitai à la suite du mâle. Une femelle sous forme humaine nous suivit. En tout cas je pensais qu'elle était femelle. Tante B épia la nuit et referma la porte.

Le mâle courut dans le couloir jusqu'à une immense salle de bains. Une baignoire énorme était enfoncée dans une plate-forme de marbre, il y avait assez de place pour que six à huit personnes s'y installent confortablement. Il se fraya un chemin entre les jouets sexuels et les fruits qui recouvraient le sol et sauta dans la baignoire, tenant Andrea au-dessus de la surface.

Tante B vira un engin de cuir et de métal du marbre et s'assit sur le bord.

— Qui d'autre est au courant ?

— Elle avait un loup avec elle, dit la femelle.

— Qui ?

— Derek, lui dis-je.

Tante B hocha la tête.

— Bien, il ira directement voir Curran. Je peux raisonner Curran. Nous avons de la chance que l'Ours ne soit pas là. Tant que personne de la vieille garde ne découvre ce qui se passe, on est tranquilles.

Qu'est-ce qui la rendait tellement heureuse ? Curran était à peu près aussi raisonnable qu'un éléphant fou.

Elle se pencha sur Andrea.

— Stupide, stupide enfant. Tu sais ce que tu es ?

Andrea hocha la tête. L'effort fit osciller son corps tordu.

— Ce sera plus facile, alors. Déshabillez-la.

La femelle bondit dans la baignoire et brossa les restes de tissu qui restaient collés à la chair d'Andrea. Mon estomac se serra, l'acide envahit ma langue.

— Si tu dois vomir, sors.

Tante B se tourna vers Andrea.

— Je vais te guider vers ta forme naturelle. Ton visage devient gris. Tu sais ce que ça signifie, alors concentre-toi si tu veux vivre. D'abord la poitrine. Imagine deux ailes dans ton dos. De grandes ailes. Ouvre-les, mon enfant, ouvre-les en grand.

Les os de la poitrine d'Andrea rampèrent vers le bas. Ses épaules s'affaissèrent, élargissant le torse…

Je courus hors de la maison.

Chapitre 19

J'étais assise sous le porche, la porte claqua, une hyène femelle s'assit à côté de moi. Ou peut-être était-ce un mâle. Difficile à dire avec les hyènes, c'étaient des bêtes étranges et androgynes. À l'état sauvage, les femelles étaient dominantes et les mâles n'arrivaient qu'après les petits dans la hiérarchie. Peut-être parce que les femelles, tachetées, étaient plus grandes que les mâles et leur clitoris très érectile rivalisait en taille avec la plupart des pénis.

Cette hyène-ci était petite et avait des poils bleus hérissés sur la tête. Elle vit que je l'observais.

— Tu aimes ma coiffure ? Je te dirai qui me l'a faite. Bien sûr ça n'en jettera pas autant sur toi.

Elle me fit un clin d'œil.

— Je ne suis pas sûre. Combien ça coûte de se faire installer un brûleur à gaz sur la tête ?

Elle s'esclaffa et me tendit un sandwich.

— T'es sympa ! Tiens, je t'ai apporté de la bouffe.

Je reniflai le sandwich.

— Il y a quoi là-dedans ? Du sperme ? Des testicules de tigre écrasés ?

— Du salami. Mange. C'est bon et tu as l'air d'en avoir besoin.

Je n'étais pas certaine de pouvoir le garder dans mon estomac mais, dès la première bouchée, je sus que j'en redemanderais.

— Comment va-t-elle ? demandai-je.

— Elle va bien. (La hyène-garou leva les sourcils et opina.) C'est une sacrée bouda !

— Bouddha ?

— Bouda[1]. Hyène-garou. Bien qu'en termes techniques ta copine est… (Elle s'interrompit.) En termes techniques, ce n'est pas à moi de te le dire. Appelle-nous « boudas ». C'est la bonne manière de nous désigner. (La bouda renifla.) Quelqu'un vient. J'adore quand on a des visiteurs pour le dîner.

Un homme familier sortit des arbres d'un pas décidé. Un mètre quatre-vingt-cinq, la peau de la couleur des grains de café, il avait l'air de vouloir frapper quelqu'un. Un long manteau en cuir cachait l'essentiel de son corps mais le peu qu'on voyait de sa poitrine sous un tee-shirt noir suggérait qu'il était tout en muscles. Sa démarche arrogante annonçait qu'il était très sérieux. À la lumière du jour dans une rue encombrée, les foules s'écartaient sur son passage comme la mer Rouge devant Moïse.

Il s'arrêta à quelques mètres du porche.

— Waow ! pincez-moi ! L'espion en chef lui-même sur le pas de notre porte.

La bouda sourit, son sourire n'était pas amical.

— Salut Jim, dis-je.

Il ne me regarda pas.

— L'homme veut savoir ce qui se passe. Et il la veut au donjon. Tout de suite.

— Tu parles à la troisième personne, maintenant ? sourit la bouda.

Jim se pencha en arrière, leva le menton.

— Curran veut des informations. Ne me forcez pas à entrer sans invitation !

Les yeux de la bouda étincelèrent d'écarlate. Elle laissa échapper une série de caquètements hystériques et se pencha

1. Nom éthiopien des hyènes-garous. (*NdT*)

en avant, montrant les dents. Son visage se tordit en une grimace affamée.

— Vas-y, chat. Enfreins la loi. Teste les dents de la fille de Kuri si tu l'oses. J'aurai un grand sourire quand tes os se briseront entre mes mâchoires.

Elle claqua des dents et se lécha les lèvres. Le visage de Jim se fronça tandis qu'il feulait. Deux hyènes surgirent de derrière la maison et entreprirent de tourner autour de lui comme des requins autour de leur proie.

Je me levai et m'adressai à Jim.

— Donne-moi une minute. C'est un service que je te demande.

Son visage demeura impassible. Lentement, délibérément, il fit deux pas en arrière et se mit en posture d'attente.

Dans la salle de bains, Andrea était assise sur le marbre, à moitié cachée par Tante B et une femelle. Le bouda mâle fit courir ses doigts dans la masse mouillée de ses cheveux blonds, cherchant quelque chose.

— Je dois y aller.

Les boudas s'écartèrent, me révélant Andrea. Elle était couverte d'une fourrure rase, la peau tavelée de taches noires uniformes. Je n'avais jamais vu un corps aussi bien proportionné sous forme-bête, à part Curran, bien que ses bras pendent, touchant presque ses genoux. Je remarquai qu'elle avait des seins humains parfaits. La plupart des Changeformes femelles à mi-forme avaient des seins minuscules ou des rangées de tétons.

Elle se tourna vers moi. Ses yeux bleus et son front disaient « humaine ». Son museau sombre et sa mâchoire disaient « hyène ». Les deux origines se mélangeaient uniformément mais l'effet était révoltant.

— Je l'ai trouvé !

Le mâle accrocha quelque chose avec ses griffes.

Tante B prit la tête d'Andrea entre ses mains.

— Vas-y !

Le mâle tira un petit objet sombre du crâne d'Andrea, envoyant voler quelques gouttes de sang. Elle grogna calmement. Tante B la lâcha, le mâle se pencha et lécha doucement le cou d'Andrea.

La hyène femelle sourit.

— Je crois bien que Raphaël est amoureux !

Andrea entoura sa tête d'une serviette et me regarda.

— Kate ? Où vas-tu ?

Ses mots étaient étonnamment clairs, sa voix n'avait pas changé du tout.

— Curran veut me parler. Il a envoyé Jim et je ferais mieux d'y aller.

Andrea inspira profondément.

— Je suis Animale.

À sa manière de le prononcer, je compris que le mot devait avoir une signification profonde mais cela me dépassait complètement. Mon visage dut me trahir, car Tante B croisa les mains dans son giron.

— Tu te souviens de Corwin ?

— Le garou-chat. Il est mort en protégeant Derek.

Le V-Lyc était un virus opportuniste. Il infectait aussi bien les humains que les animaux et volait des fragments de l'ADN de ses victimes, insérant parfois du code génétique humain dans un animal. Très rarement, le résultat était une garou-bête, un animal qui se changeait en humain. La plupart étaient idiots et mouraient rapidement mais quelques-uns, comme Corwin, apprenaient à parler et devenaient des individus à part entière.

Tante B hocha la tête.

— Corwin était quelqu'un de bien. Il venait souvent ici.

— Il aimait jouer, ajouta la femelle bouda.

— Oui. Il tirait à blanc, ça ne faisait aucun mal.

Tante B me regardait.

— C'est sûr, les garous-bêtes sont stériles, commentai-je pour dire quelque chose.

Le visage de Tante B. s'élargit.

— Pas toujours.

— Oh ?

— Rarement, très, très rarement, ils sont féconds.

— Oh ?

Andrea soupira.

— Parfois leur progéniture survit.

— Tu es la fille d'un garou-hyène ?

C'était sorti tout seul. Tout le monde grimaça.

— Oui, dit Andrea. Je suis Animale. Mon père est né hyène.

Tout s'éclairait. Elle n'avait pas attrapé le V-Lyc, elle était née avec.

— Ted est au courant ?

— Il le soupçonne, je suppose, mais il n'a aucune preuve.

Je haussai les épaules.

— Je ne lui dirai rien si tu le souhaites. Qu'est-il arrivé à Julie ?

— C'est tout ? m'interrompit la femelle bouda. Ça ne te dérange pas que son père soit un animal ?

— Non. Pourquoi ? Bon ! qu'est-il arrivé à Julie ?

Les boudas regardaient Tante B. Tante B me dévisageait.

— Le Code dit que nous sommes avant tout humains. Nous naissons humains, nous mourons humains. C'est la forme naturelle, la forme dominante. Nous devons la situer au-dessus de la bête, parce que c'est la voie naturelle.

— Les Animaux naissent bêtes, dit doucement Andrea. Notre forme naturelle est la bête, mais nous perdons la faculté de nous transformer, parce que nous sommes hybrides. Ainsi, je suis une Animale estropiée dès la naissance. Pas naturelle.

Quelle connerie !

— Andrea, tu es mon amie. Je n'en ai pas beaucoup. Comment tu es née, ce à quoi tu ressembles, ce que les autres en pensent n'a aucune importance. Quand j'ai eu besoin d'aide, tu m'as aidée et c'est tout ce qui compte. Maintenant peux-tu enfin me dire ce qui est arrivé à ma gosse ?

Andrea fronça le nez. Un caquètement nerveux lui échappa, elle le ravala.

— Un garçon sans-abri est venu à la chambre forte.

— Red.

— Oui. Julie m'a dit que c'était son petit ami. Il s'est effondré sur le sol couvert de sang. Julie est devenue hystérique. J'ai ouvert la porte, il m'a jeté une poudre. (Elle fronça les sourcils, montrant ses dents blanches.) J'avais un charme chamanique dans mon crâne pour m'empêcher de changer pendant le tsunami. Généralement, je n'ai pas de problèmes mais la magie était trop forte. Quoi qu'il ait fait (elle leva les mains), ça a interféré avec le charme. J'ai commencé à changer mais je n'ai pas pu aller jusqu'au bout. Il a attrapé Julie et l'a entraînée avec lui.

Red me mit très très en colère.

— Ton sabre fume, dit la femelle bouda.

— Il fait ça de temps en temps.

Ma voix semblait plate. *Cette petite merde*. Qu'est-ce qu'il foutait ? Et où allais-je bien pouvoir le chercher ? La ville était pleine de coins et de recoins où deux gamins des rues pouvaient se terrer. Dix millions contre un que les Servantes les retrouveraient avant moi.

Tante B se pencha en avant.

— Selon la tradition, tous les Animaux sont éliminés à la naissance. Si l'un des Métamorphes plus âgés la trouve ici, j'aurai une émeute sur les bras.

Le bouda mâle se lécha les lèvres.

— Ça pourrait être drôle.

Tante B le frappa calmement sur la nuque.

—Aïe.

—C'est le chat de Curran devant ma porte ?

—Oui.

—Il a dû renifler l'odeur d'Andrea à présent, et il va rapporter. Il faudra que tu dises quelque chose à Curran. Et pas un mensonge.

—J'en tiendrai compte.

Je sortis.

Chapitre 20

Les cheveux de Curran tombaient jusqu'à ses épaules. Longs, blonds, richement ondulés, ils encadraient son visage comme une crinière. Il était assis dans une pièce du donjon de la Meute à lire un vieux livre de poche écorné sous le cône d'une lampe électrique. Il ne leva pas la tête quand Jim me fit entrer avant de s'éclipser en refermant la porte derrière lui.

J'étais seule avec le Seigneur des Bêtes, et la nuit qui se déversait par la fenêtre grande ouverte.

Jim ne m'avait pas dit un mot. Je marchais sur de la glace fine.

— C'est quoi le truc avec les cheveux ?

Curran s'arracha à son livre et fit la grimace.

— Ils poussent à chaque tsunami. Je ne peux rien y faire.

Nous nous toisâmes.

— J'attends la blague sur Fabio [1], dit-il.

La fatigue m'envahit comme une vague molle. Quand j'ouvris la bouche, ma voix sortit étouffée, sans vie, sans inflexion.

— J'ai conduit une Animale malade à la maison des boudas. C'est mon amie. Si tu veux la tuer, il faudra me passer sur le corps.

Il ferma les yeux, les plissa, et les frotta. Je restai immobile

1. Fabio est un mannequin italien dont les photos ont illustré un grand nombre de romans à l'eau de rose américains. (*NdT*)

sur ma chaise en fermant ma gueule, le laissant dépasser sa douleur.

— Pourquoi moi ? dit-il finalement. Ta mission dans la vie est de foutre la mienne en l'air ?

— Je fais de mon mieux pour t'éviter.

— Tu te débrouilles sacrément bien !

— Je ne veux honnêtement pas causer de problèmes.

— Tu ne causes pas de problèmes. Un vampire sans pilote cause des problèmes. Tu causes des catastrophes.

Vas-y, retourne le couteau dans la plaie !

— Écoute, après ça, je te promets que je ferai de mon mieux pour ne pas te croiser. Vas-tu assassiner mon amie ?

Il soupira.

— Non. Je n'ai jamais tué d'Animaux et je ne vais pas commencer. C'est une vieille coutume élitiste que je croyais avoir totalement sabordée quand Corwin nous a trouvés. Ça a été un boulot long et épuisant, parce que je n'ai pas manqué d'oppositions, mais je pensais qu'on en avait fini. Si ton amie veut rejoindre la Meute, je crois bien que je vais devoir en remettre une couche.

Le sabre dans son fourreau empêcha ma colonne de plier pour que je m'effondre tranquillement. Même mes vertèbres étaient épuisées. J'ouvris ma veste en cuir, l'ôtai, détachai le sabre et le posai dans son fourreau à mes pieds.

— Elle veut rester cachée. Elle appartient à l'Ordre. (Il s'en rendrait compte un jour ou l'autre de toute manière.) Dès que j'aurai trouvé Julie, je l'aiderai à se couvrir.

— Tu as perdu la fille ?

— Ouais.

— Comment ?

Je me penchai en arrière.

— Son petit copain le chaman l'a arrachée à mon amie. Il lui a jeté une poudre qui a provoqué le changement qu'elle n'a pas su mener à terme.

— Continue.

— Je l'ai trouvée, je l'ai mise dans une carriole et je l'ai conduite chez les hyènes.

Il me regarda étrangement.

— Tu as fait tout ce chemin en pleine magie profonde ?

— Ouais. On s'est assez bien débrouillés sauf des trucs étranges à la station d'essence.

Il réfléchit.

— Ça s'est passé il y a combien de temps ?

— Quelques heures.

— Et Derek n'a pas pu renifler Julie ?

Une légère trace de déception voilait sa voix. Je secouai la tête.

— Le gamin chaman a utilisé trop d'aconit. Mais je vais la dénicher. C'est juste que je ne sais pas encore comment.

— Y a-t-il quelque chose que je puisse faire ? Ne t'excite pas, ce n'est pas pour toi. C'est pour la gosse. Sans elle et le tsunami, je te jetterais par la fenêtre.

— Qu'est-ce que le tsunami a à voir dans cette histoire ?

— Je ne veux pas que ce soit interprété comme une perte de contrôle. Quand je te jetterai par la fenêtre, je veux qu'il n'y ait aucun doute sur l'aspect délibéré de mon acte.

Putain, il était furax !

Désormais, la pièce neutre, le livre, la lumière tamisée avaient un sens. La magie profonde nourrissait la bête en lui. Il fallait un effort monumental de sa volonté pour la contrôler. Avec le tsunami qui approchait, Curran était un bâton de dynamite avec une mèche très courte. Je devais prendre garde à ne pas faire d'étincelles. Personne en dehors de la Meute, à part Andrea, ne savait que j'étais ici. Il pouvait me tuer tout de suite, on ne retrouverait jamais mon corps.

Nous partageâmes un long silence. La magie fleurit, me remplissant d'une énergie étourdissante. Les vagues courtes frappaient de nouveau. Elles reflueraient une minute plus tard et je replongerais dans l'épuisement.

La culpabilité me grignotait. Il ne pouvait pas se contrôler en ma présence mais, manifestement, je ne me débrouillais pas mieux.

— Curran, sur le toit… je veux dire… parfois mes freins ne fonctionnent pas bien.

Il se pencha vers moi, soudain plus animé.

— Seraient-ce des excuses ?

— Oui. J'ai dit des choses que je n'aurais pas dû. Je regrette.

— Cela veut-il dire que tu te jettes à mes pieds ?

— Non. Ça, je le pensais. J'aurais juste dû l'exprimer en termes moins agressifs.

Je lui jetai un œil et découvris un lion. Il ne changea pas, son visage était toujours totalement humain mais il y avait quelque chose de très félin dans son attitude, totalement concentré sur moi comme s'il était prêt à bondir, c'était dérangeant. Il me surveillait sans bouger un muscle. L'envie primale de me figer me traversa comme un frisson. Je restai assise, incapable de regarder ailleurs.

Un sourire lent, carnivore, naquit sur les lèvres de Curran.

— Non seulement tu coucheras avec moi mais tu diras « s'il te plaît ».

Je lui décochai un regard outré.

Le sourire s'élargit.

— Tu diras « s'il te plaît » avant et « merci » après.

Un rire nerveux me secoua.

— Tu es devenu fou. Tout ce peroxyde dans tes cheveux a atteint ton cerveau, boucle d'or.

— Tu as peur ?

Je suis terrifiée.

— De toi ? Non ! Si tu laisses pousser tes griffes, je dégainerai peut-être mon sabre, mais je me suis déjà battue contre toi sous forme humaine. (Il me fallut toute ma volonté pour hausser les épaules.) Tu n'es pas si impressionnant.

Il couvrit la distance qui nous séparait d'un seul bond. J'eus à peine le temps de me mettre debout. Des doigts d'acier se refermèrent sur mon poignet gauche. Son bras entoura ma taille. Je me débattis, mais il était beaucoup plus fort que moi. Il me serra comme pour un tango.

— Curran, laisse…

Je reconnus l'angle de sa hanche mais je n'étais pas en mesure de le contrer. Il me bascula vers l'avant d'une prise rudimentaire. Parfait. Guidée par ses mains, je fis un cent quatre-vingts, pieds par-dessus tête, et m'affalai sur le dos. L'air quitta mes poumons d'un seul hoquet. Aïe.

— Alors, impressionnée ? demanda-t-il avec un grand sourire.

Il jouait ! Ce n'était pas un vrai combat. Il aurait pu me projeter suffisamment fort pour me briser la nuque, mais il m'avait tenue jusqu'au bout pour s'assurer que je tombe bien.

Il se pencha légèrement en avant.

— La grande méchante merc abattue par un simple coup de hanche. À ta place, je rougirais.

Je hoquetai toujours, tentant de respirer.

— Je pourrais te tuer là, tout de suite. Il ne m'en faudrait pas beaucoup. Je crois bien que j'ai honte pour toi. Au moins, essaie un coup de magie ou d'autre chose, pour compenser…

Comme tu veux. Je pris une inspiration et crachai mon nouveau mot de pouvoir.

— *Osanda !*

À genoux, Ta Majesté.

Il grogna comme un homme qui essaie de soulever un poids écrasant sur ses épaules. Son visage trembla sous l'effort. Ha ! ha ! Il n'était pas le seul à voir ses pouvoirs augmentés par le tsunami.

Je me relevai à mon aise. Curran était coincé, les muscles de ses jambes gonflaient son pantalon de survêtement. Il ne s'agenouillait pas. Il ne s'agenouillerait pas. Je l'avais frappé avec un mot de pouvoir en plein foutu tsunami et ça ne marchait pas. Quand il réussirait à lui échapper, il me tuerait probablement.

Une pléthore d'alarmes carillonnèrent dans ma tête. Mon bon sens hurlait : *Sors de là, idiote !* À la place, je m'approchai et murmurai dans son oreille :

— Toujours pas impressionnée.

Ses sourcils se rejoignirent, il fit la grimace. Ses muscles tremblaient sous l'effort. Avec un soupir guttural, il se redressa.

Je reculai rapidement vers le fond de la pièce, passant à côté de Slayer. J'avais tellement envie de le ramasser que ma paume me chatouillait. Mais les règles du jeu étaient claires : pas de griffes, pas de sabre. À la seconde où je soulèverais la lame, je signerais mon propre certificat de décès.

Il fit rouler ses épaules.

— On continue ?

— Avec plaisir.

Il s'avança. J'attendis, légère sur mes pieds, prête à bondir de côté. Il était plus fort qu'une paire de bœufs, s'il parvenait à me saisir, ce serait fini. Si tout le reste ne fonctionnait pas, je pouvais toujours essayer la fenêtre. Une chute de douze mètres était un faible prix à payer pour lui échapper.

Curran essaya donc de m'attraper. Je me tordis pour l'éviter et frappai son genou du pied. C'était un coup qui aurait brisé la jambe de n'importe qui d'humain.

— Mignon, dit Curran en accrochant mon bras pour m'envoyant bouler à l'autre bout de la pièce.

Je volai une bonne seconde, tombai, roulai et me retrouvai debout pour faire face à son visage amusé.

— C'est génial de jouer avec toi. Tu fais très bien la souris.

La souris ?

— J'ai toujours aimé les jouets en forme de souris. (Il souriait.) Parfois, elles sont fourrées à l'herbe à chat. C'est un bonus agréable.

— Je ne suis pas fourrée à l'herbe à chat.

— Voyons voir.

Il carra les épaules. *Houston, nous avons un problème.* À en juger par son regard, un coup de pied à la tête ne l'arrêterait pas.

— Je peux t'arrêter d'un seul mot, dis-je.

Il me souleva, m'écrasa contre lui et j'eus la vision intime de ce que devait ressentir une noix juste avant que le casse-noix se referme.

— Vas-y !

— Mariage.

Tout humour quitta son visage. Il me lâcha, le jeu avait pris fin.

— Tu n'abandonnes jamais, n'est-ce pas ?

— Non.

La magie se vida de nouveau. Une douleur sourde se répandit dans mon dos – j'avais dû tomber plus durement que je l'avais pensé. La douleur atteignit mes biceps. Merci pour la pression de la mort, Votre Majesté. Je me laissai couler contre le mur.

— Pourquoi es-tu tellement obsédée par ce mariage ?

Je me frottai le front, essayant d'éloigner la fatigue et la conversation.

— Tu veux vraiment savoir ?

— Oui. C'est quoi ? Culpabilité ? Vengeance ? Amour ? Quoi ?

Je déglutis.

— Je vis seule.

— Et ?

— Tu as la Meute. Tu es entouré de gens qui seraient capables de n'importe quoi pour le plaisir de ta compagnie.

Je n'ai personne. Mes parents sont morts, toute ma famille est morte. Je n'ai pas d'amis. À part Jim, mais c'est plus une relation de travail qu'autre chose. Je n'ai pas d'amant. Je ne peux même pas avoir d'animal domestique parce que je ne suis pas assez souvent à la maison pour le nourrir. Quand je rentre chez moi en rampant, blessée, épuisée, sale, il fait noir et toutes les pièces sont vides. Personne ne laisse la lumière du porche allumée pour moi. Personne ne me serre dans ses bras et ne me dit « Eh ! je suis content que tu t'en sois sortie, je suis content que tu ailles bien. J'étais inquiet. » Tout le monde se fout que je vive ou que je meure. Personne ne me fait du café, personne ne m'étreins avant que j'aille me coucher, personne ne s'occupe de moi quand je suis malade. Je suis seule.

Je haussai les épaules, avec une nonchalance désespérément feinte.

— La plupart du temps, j'aime être seule. Mais quand je regarde mon avenir, je ne vois ni mari, ni enfants, ni chaleur. Je me vois simplement vieillir, avec de plus en plus de cicatrices. Dans quinze ans, je traînerai toujours ma foutue carcasse jusque dans mon antre pour lécher mes blessures, seule dans une maison vide. Voilà, je ne peux avoir ni amour ni famille, alors que Myong et Crest ont la possibilité d'être heureux. Je ne me mettrai pas en travers de leur chemin.

J'aperçus quelque chose dans les yeux de Curran – compréhension ? sympathie ? je ne pouvais le dire. Ce fut bref. Il remit son masque pour ne plus afficher que le visage impénétrable de l'alpha.

Je détournai le regard. Je n'avais pas tout dit. Je n'avais pas dit que me côtoyer signifiait se mettre en péril, parce que mon sang faisait de moi une cible. Faire l'amour avec moi signifiait partager un peu de mon encombrante magie. Et je n'avais pas la possibilité de protéger qui que ce soit de normal si on me découvrait. Putain ! j'étais même incapable de me protéger moi-même !

Quant à quelqu'un de pouvoir, inutile d'y songer. Dès qu'il se rendrait compte de ce que j'étais, il essaierait soit de me tuer, soit de m'utiliser. Je me souvenais distinctement de ma première expérience. Il s'appelait Derin, il était sorcier. J'avais dix-sept ans, je rêvais de me jeter dans un lit avec quelqu'un et son lit avait l'air très bien. Des années plus tard, en y repensant, je devais admettre que Derin n'était pas si bien que ça mais, pour ma première fois, j'aurais pu tomber sur pis.

Greg avait fait ce qu'un bon tuteur devait faire, il m'avait gentiment expliqué que je ne pouvais pas revoir Derin. Et que la meilleure option pour moi était les coups d'un soir, de préférence dans une autre ville. « Cache ton sang. Attends d'être suffisamment forte. » Je n'avais pas immédiatement compris ce que cela impliquait. Greg me l'avait expliqué. Je l'avais tellement détesté pour cela que j'avais accepté d'entrer à l'Académie de l'Ordre rien que pour m'éloigner.

La magie nous éclaboussa, puissante, enivrante. Les cheveux de Curran poussèrent de quelques centimètres de plus.

Je savais très bien ce qui m'attirait chez lui : si nous nous battions – vraiment – je n'étais pas sûre de gagner. Non, ce n'était pas vrai, j'étais sûre que je ne pouvais pas gagner. Il me tuerait. Sans sourciller. Il me faisait peur et, plus j'avais peur, plus j'ouvrais ma grande gueule.

— Ton tour, dis-je.

— Quoi ?

— Ton tour. Je t'ai dit pourquoi je les voulais ensemble. Maintenant, dis-moi pourquoi tu veux les séparer.

La jalousie, l'orgueil, l'amour sont autant de bonnes raisons pour un « égomaniaque » dans ton genre. Choisis.

Il soupira.

— Elle est faible et c'est un connard égoïste. Il va l'utiliser. Elle fait une erreur.

Je ne m'attendais pas à ça.

— C'est son erreur à elle.

— Je sais. Je passe mon temps à attendre qu'elle s'en rende compte.

Je secouai la tête.

— Curran, elle a supplié l'ex-petite amie de son fiancé d'arranger son mariage ! Si elle est capable de s'humilier ainsi, elle est d'autant plus capable de n'importe quoi qu'elle ne supporte pas la pression. Si tu continues à retarder ce mariage, tu vas la pousser une nouvelle fois au suicide.

— Tu as vu les cicatrices ?

Je hochai la tête.

— Les gens doivent faire leurs propres choix, même si ce sont de mauvais choix. Sinon, ils ne peuvent pas être libres.

Quelqu'un frappa prudemment à la porte.

— Entrez ! cria Curran.

Un jeune homme passa la tête par l'entrebâillement.

— C'est réveillé.

Curran se leva.

— J'ai quelque chose à te montrer.

Tandis que nous suivions le Changeforme dans le couloir, Curran me demanda doucement :

— Comment vont tes bras ? Ça fait mal ?

— Non, mentis-je. Comment va ton genou ?

Quelques pas plus tard, je décidai de calmer mes inquiétudes.

— Tu blaguais avec cette histoire de « s'il te plaît » et « merci », n'est-ce pas ?

— Pas le moins du monde. (Une petite lumière dansa dans ses yeux et il ajouta, très délibérément :) Baby.

Non !

Il éclata de rire.

— Tu devrais voir ta tête !

— Ne m'appelle pas comme ça.

— Tu préférerais « chérie » ? ou peut-être « mon canard en sucre » ?

Il me fit un clin d'œil.

Je serrai les dents.

Nous descendîmes l'escalier en colimaçon jusqu'à la cour intérieure du donjon. La forteresse de la Meute avait du mal à décider si elle voulait être un château médiéval ou une prison du XXIe siècle. La tour principale se dressait, menaçante, énorme et carrée, utilitaire au point de paraître grossière. Jim m'avait dit un jour qu'elle avait été construite à la main avec le minimum de technologie et que cela avait pris au moins dix ans. Sans doute plus. Le donjon s'enfonçait de nombreux étages dans le sous-sol.

Un mur de pierre entourait la tour principale, taillant dans la clairière. Je n'étais jamais venue dans la cour intérieure. Elle était spacieuse et vide, à part quelques équipements de sport sur un mur, un cabanon et un petit château d'eau. À droite, un groupe de Métamorphes se tenait à côté d'une cuve pleine de liquide. La dernière fois que j'avais vu une cuve de ce genre, elle contenait une solution de soin d'un vert foncé que Doolittle avait enchantée et Curran y flottait, nu.

Cette cuve n'était pleine que d'eau claire. Dans l'eau, il y avait une cage à Wolf munie de barreaux aussi épais que mes poignets, enrichis d'argent. Dedans quelque chose remuait. Les Changeformes couraient dans tous les sens, sauf trois d'entre eux, trois monstruosités de deux mètres en forme-bête dont les têtes hirsutes me cachaient la vue.

— C'est quoi ? demandai-je.

— Tu vas voir.

Curran avait l'air satisfait, comme un chat qui viendrait de voler le lait sans se faire prendre.

Une forme sombre masqua les étoiles. La longue silhouette d'un corps colossal armé d'immenses ailes membraneuses nous survola de très haut et en silence avant de disparaître.

Ce n'était pas possible. Même pendant un tsunami, la probabilité qu'une telle créature existe était trop minime.

Les Métamorphes s'écartèrent devant Curran. Un corps scintillant et familier se tordait dans la cage. Une Servante.

— Comment avez-vous…

Curran haussa les épaules.

— Elle est venue renifler ta trace après ton départ. Nous avons eu un léger désaccord, je lui ai arraché un bras. Elle n'est pas morte, alors on l'a enfermée dans une cage à Wolf qu'on a portée ici.

La Servante flottait dans l'eau, les yeux grands ouverts. De minuscules branchies palpitaient sur son cou. Ses deux bras étaient présents et parfaitement fonctionnels. Elle s'était régénérée.

Ses cheveux s'agrippèrent aux barreaux et s'en détachèrent immédiatement.

Jim apparut comme par magie.

— Elle n'aime pas l'argent.

Curran hocha la tête.

— La cage à Wolf était une bonne idée. Je n'y aurais jamais pensé moi-même. Ça a l'air de bien fonctionner.

Si j'étais de nouveau missionnée par la Guilde, je remplacerais les barreaux de mon appartement par le même alliage. Mes barreaux actuels étaient supposés avoir un pourcentage décent d'argent mais ce n'était apparemment pas suffisant pour empêcher les Servantes de s'y accrocher.

Je tirai le monisto de mon cuir. La Servante s'approcha des barreaux, ses yeux lavande concentrés sur le collier.

— C'est ça que tu veux, hein ?

Je bougeai le monisto vers la gauche, le regard de la Servante suivit.

Je défis un des nombreux nœuds, fis glisser la première pièce du cordonnet et la fis tomber dans l'herbe à quelques mètres. La Servante n'éloigna pas les yeux du collier. Je fis glisser la deuxième pièce et la jetai près de l'autre. Pas de réaction.

— Un de ces trucs est spécial ? demanda Curran.

— Ouais. Je ne sais pas lequel.

Troisième pièce. Quatrième.

— Hé ! les gars !

Je reconnaîtrais cette voix n'importe où. Je tournoyai. Bran se tenait sur le mur à plus de vingt mètres de nous. Il agita son arbalète.

— C'est une chouette fête et on ne m'a même pas invité !

— Descendez-le de là, dit doucement Curran.

Deux Changeformes en forme-bête se détachèrent du groupe et s'approchèrent du mur.

Bran sourit.

— C'est toi le grand chef, hein ? Je te croyais plus grand.

— Assez grand pour te casser le dos. (Son visage avait pris l'expression « Curran est furax » : plat et à peu près aussi expressif qu'un morceau de granit.) Descends de ce mur si tu veux te joindre à nous.

— Non merci.

Le regard de Bran accrocha le monisto dans ma main puis s'attarda sur les Métamorphes qui m'entouraient. Il avait très envie du collier mais le nombre était contre lui.

Il haussa les épaules et, enfin, aperçut la Servante.

— C'est quoi ça ? Allez ! laissez-moi vous aider.

L'arbalète claqua, deux carreaux percèrent la nuque de la Servante, les têtes de trait émergeant précisément de ses yeux. La Servante se liquéfia.

La porte menant à la tour s'ouvrit à toute volée, un groupe de Changeformes chargea dans la cour. Quelqu'un hurla :

— Il a les cartes !

— Je dois y aller. (Bran agita la liasse.) Merci pour les cartes.

La brume apparut, il disparut.

Curran rugit.

Chapitre 21

C'était un lion qui rugissait à côté de moi, ç'aurait pu être le tonnerre. Le premier son fut tellement profond, tellement effrayant qu'il ne pouvait pas émaner d'une créature vivante. Il explosait les nerfs, il glaçait le sang. Toute pensée, toute raison quitta les esprits et, tous autour de lui, nous nous retrouvâmes pathétiques, sans griffes, sans crocs, sans voix.

Le grondement mourut, soulageant nos nerfs, puis le rugissement frappa de nouveau, comme une toux épouvantable, une fois, deux fois, prenant de la vitesse et roulant finalement, sans fin, étourdissant. Je luttai contre l'envie de fermer les yeux et je tournai la tête avec les dernières forces qu'il me restait.

Je vis un monstre de deux mètres de haut. Il avait la tête et la gorge d'un lion. Il était gris et velu. Des rayures sombres dessinées au fouet se croisaient sur des membres épais comme des troncs d'arbre. Ses griffes auraient éventré n'importe qui d'un mouvement nonchalant. Ses yeux écorchaient la nuit d'un feu d'or. Son rugissement faisait trembler le sol. Dans la cour, les plus petits monstres se recroquevillaient, dégageant une puissante odeur d'urine. Mais me boucher le nez était moins urgent que plaquer mes mains sur mes oreilles pour ne pas devenir sourde.

Finalement, le roulement du rugissement de Curran prit fin. Dieu merci. Je pensai lui signaler que Bran ne pouvait pas l'entendre et que, s'il avait pu, il ne se serait pas évanoui de terreur, mais l'intuition féminine me souffla que ce n'était pas le moment. La gueule de lion pur frémit et changea, devenant cette chimère familière de félin et d'humain que je connaissais de mieux en mieux. Sa voix se répercuta sur les murs de la cour.

— Fouillez le donjon. Trouvez comment il est entré et ce qu'il a pris d'autre.

Les Changeformes s'égaillèrent à une vitesse record, tous sauf Jim.

Il fallait que je trouve Bran. Je n'avais pas beaucoup de temps, le tsunami était presque sur nous et il fallait récupérer Julie et sa mère avant qu'il frappe à pleine force. Mais il n'y avait aucun moyen de pénétrer la brume avec le monisto. Le Chien de la Morrigan le voulait. Je ne pouvais pas non plus le laisser derrière moi, car les Fomoriens le voulaient aussi et ils viendraient le chercher.

Que faire ?

Jim dit à Curran :

— Nous avons un appât. Il l'aime bien. Il pourrait venir lui rendre visite.

Connard. Il m'avait baisée une fois de plus. Comment pouvais-je encore en être surprise ? J'observai Curran. Il y réfléchissait. Je pouvais presque voir les rouages tourner sous sa crinière.

— Laissez tomber. Je dois retrouver Julie. Je ne peux pas rester ici à attendre qu'un imbécile apparaisse par magie.

Jim tendit la main vers moi.

— Baisse ta main ou tu la perds. (Je ne pris pas la peine de le regarder.) Tu me connais. Tu sais que je le ferai.

— Nous n'avons besoin de l'aide de personne, dit Curran.

Jim retira sa main.

Je pris une profonde inspiration. Je voyais un moyen de sortir de ce bordel mais c'était un moyen que n'emploierait qu'une folle désespérée. C'était soit incroyablement intelligent, soit incroyablement stupide.

Je montrai le monisto.

— L'arbalétrier veut ça. J'ai vu son regard. J'ai confiance en la Meute. Gardez-le jusqu'à ce que j'en aie besoin. (Je le posai dans la main de Curran.) C'est surtout en *toi* que j'ai confiance. Je ne sais pas pourquoi mais ce truc est important, donc je ne peux pas me permettre de le perdre. L'arbalétrier et les Servantes vont revenir le chercher. Tu promets de le conserver ?

C'était un geste de foi pure. Bran avait passé les sécurités de la Meute trois fois. La confiance que j'accordais néanmoins à Curran aurait plus de valeur à ses yeux que n'importe quelle revanche. J'en avais fait quelque chose de personnel. S'il acceptait, il mourrait en le protégeant.

Les yeux d'or plongèrent dans les miens.

— Tu as ma parole, dit-il.

— C'est tout ce dont j'ai besoin.

J'étais libre de faire ce que je devais. Je pouvais garder Bran occupé, si je le trouvais, et aucune Servante n'arrivait à la cheville de Curran.

— Je passe chez les boudas pour rassurer mon amie et je pars à la recherche de Julie.

— Je te donne une escorte pour t'accompagner jusqu'au territoire des hyènes.

— Je peux trouver le chemin.

Curran secoua la tête.

— Ce n'est pas le moment de discuter !

Deux minutes plus tard j'étais sur un cheval, en direction de la maison des boudas, accompagnée de quatre loups-garous à la mine sombre. Ils me laissèrent à la frontière invisible. Comme l'un d'eux eut la gentillesse de me l'expliquer, chaque clan de la Meute attendait des autres qu'ils respectent l'intimité de son lieu de réunion.

La même bouda qui avait promis de sourire en brisant les os de Jim attendait sur le porche. Elle me regarda descendre de cheval et attraper les livres d'Esmeralda dans le buggy abandonné.

—Tu es revenue, dit-elle. J'ai jeté un œil à ta copine pendant ton absence. Elle est chaude. Elle aime les filles ?

—Je n'en sais honnêtement rien.

—Alors, c'est quoi son truc ? Les bonbons ? La musique ? Qu'est-ce qu'elle aime ?

—Les flingues.

—Les flingues ?

—Ouais.

La bouda fronça les sourcils.

—Je n'y connais rien en flingues. Ça ne va pas marcher, hein ? Merde ! Maintenant je ne suis plus sûre de vouloir essayer.

Elle me fit penser à Curran.

—Les mecs sont des connards stupides ! dis-je.

Elle hocha la tête.

—Les femmes ne sont pas mieux. Des chiennes geignardes, pour la plupart. (Elle réfléchit une seconde.) Les mecs peuvent être amusants. Je recommande Raphaël. C'est le plus patient, alors il a plus de chance que les autres. Mais je crois que ta copine a toute son attention pour le moment.

Je trouvai Andrea et Tante B prenant le thé dans la cuisine autour d'une petite table ronde. La vue d'Andrea portant une tasse de thé à son museau de hyène me parut hilarante. Je serrai les lèvres et les dents pour ne pas rire. Ce devaient être les nerfs. Mais si elle demandait des biscuits, je ne pourrais pas résister.

Andrea m'aperçut.

—Comment ça s'est passé ? s'enquit-elle.

—Quoi ?

Tante B soupira.

—Elle veut savoir si Curran va venir la tuer.

—Oh non ! ça ne l'intéresse pas. Crois-moi, tu es le dernier de ses soucis.

Andrea soupira.

— S'il vous plaît, dites-moi qu'il y a du café !

Tante B fit la grimace.

— Ils sont déjà complètement fous, si je les laissais boire du café, ils grimperaient aux murs. Nous avons de la tisane.

Je laissai tomber mes livres sur la table. Andrea posa une tasse fumante devant moi.

— Tu as l'air d'avoir besoin de sommeil.

J'avais besoin de trouver Julie, de trouver sa mère, de convaincre un sociopathe de donner son sang pour le bien de l'humanité et de me débrouiller avec une atrocité à tentacules et ses sirènes enragées. J'avais besoin de café.

Un bouda mâle entra dans la cuisine d'un air dégagé. Il portait un pantalon et un gilet de cuir ouvert sur une poitrine nue et ciselée. Il n'était pas beau d'une manière conventionnelle, plutôt le contraire : son nez était trop long et son visage trop étroit, mais il avait des yeux bleu intense et des cheveux noirs brillants et peignés à la perfection. Il savait se montrer à son avantage. Un instinct féminin me soufflait qu'il était bon amant. D'ailleurs, en le voyant, on pensait au sexe.

Il jeta un œil plein d'envie à Andrea, puis porta son attention sur moi et m'offrit sa main.

— Désolé pour notre… altercation dans le buggy. Je ne faisais que jouer. Je suis Raphaël.

— Celui qui aime la douleur.

Je fis un geste pour lui serrer la main mais il la retourna et baisa mes doigts, me brûlant d'un regard qui était pur désir.

Je récupérai ma main.

— Ça m'a réveillée.

Il me dédia un sourire parfait.

— Ça fait longtemps ?

Pour je ne sais quelle raison, j'eus envie de répondre.

— Deux ans. Et j'apprécierais si tu pouvais enlever ce sourire, ça me liquéfie les genoux.

Raphaël recula d'un pas. Son visage prit la même expression inquiète que j'avais vue sur Doolittle quand je lui avais assuré que j'allais bien.

— Deux ans ? On peut s'en occuper, si tu veux. Après deux ans, c'est de l'ordre de la thérapie.

— Non merci. Curran s'est déjà proposé et, comme j'ai refusé, je ne voudrais pas causer de frictions entre vous.

La dernière chose dont j'avais besoin était de déclencher une bagarre entre Curran et les hyènes.

Raphaël recula en levant les mains, se positionnant stratégiquement derrière Andrea.

— Pas d'offense.

— Aucune.

— Curran est sérieux ? demanda Tante B.

Elle voulait savoir si elle devait marcher sur des œufs avec moi. Pour une fois, j'étais ravie de décevoir.

— Non, il se comporte seulement comme un queutard. Apparemment, chaque fois qu'il m'appelle « baby », j'ai l'air d'avoir un tisonnier chauffé à blanc dans le cul. Ça le fait marrer.

Je bus ma tisane.

Tante B me regarda étrangement.

— Tu sais, dit-elle en remuant sa tisane, le plus simple pour t'en débarrasser c'est de coucher avec lui et de lui dire que tu l'aimes, si possible au lit.

Je ris stupidement et la tisane faillit me sortir par le nez.

— Il fuirait comme s'il était en feu.

Raphaël posa ses mains sur les épaules d'Andrea.

— Toujours un peu tendue.

Il commença de la masser doucement du bout des doigts.

— Tu vas le faire ? demanda Tante B par-dessus le rebord de sa tasse.

— Pas tant que je suis vivante… Non, attends, je voulais dire surtout pas !

— T'a-t-il déjà invitée à dîner, ma chère ? Des cadeaux, des fleurs, ce genre de choses ?

Je reposai ma tasse, ma main tremblait trop. Quand j'eus fini de rire je dis :

— Curran ? Ce n'est pas vraiment Monsieur Cool. Il m'a tendu un bol de soupe, il n'a pas été plus loin que ça.

Raphaël cessa de masser les épaules d'Andrea.

— Il t'a nourrie ?

— Comment est-ce arrivé ? (Tante B me regardait.) Sois précise, c'est important.

— Il ne m'a pas exactement nourrie. J'étais blessée et il m'a donné un bol de bouillon de poule. En fait, je crois qu'il m'en a donné deux ou trois. Et il m'a traitée d'idiote.

— Tu as accepté ? demanda Tante B.

— Oui. Je mourais de faim. Pourquoi me regardez-vous comme ça tous les trois ?

— Putain ! (Andrea fit claquer sa tasse sur la table, renversant de la tisane.) Le Seigneur des Bêtes te nourrit. Réfléchis une seconde !

Raphaël toussa. Tante B demanda :

— Y avait-il quelqu'un d'autre dans la pièce ?

— Non. Il avait chassé tout le monde.

Raphaël hocha la tête.

— Au moins ce n'est pas encore public.

— Ça ne le sera peut-être jamais, dit Andrea. Ça pourrait compromettre sa position avec l'Ordre.

Le visage de Tante B était grave.

— Ça ne quitte pas cette pièce. Tu m'entends, Raphaël ? Pas de ragots, pas de discussions sur l'oreiller, pas un mot. Je ne veux pas de problèmes avec Curran.

— Si vous ne m'expliquez pas ce qui se passe, je vais étrangler l'un d'entre vous.

Bien sûr, Raphaël pourrait aimer ça…

— La nourriture a une signification particulière, commença Tante B.

Je hochai la tête.

— La nourriture reflète la hiérarchie. Personne ne mange avant l'alpha, à moins qu'il en ait donné la permission, et aucun alpha ne mange en présence de Curran tant qu'il n'a pas avalé une bouchée, dis-je.

— Et il y a plus, continua Tante B. Les animaux expriment leur amour avec la nourriture. Quand un chat t'aime, il laissera des souris mortes sur ton porche parce que tu es une mauvaise chasseuse et qu'il veut s'occuper de toi. Quand un garçon Changeforme aime une fille, il lui apporte de la nourriture et, si elle l'aime aussi, elle lui fera à déjeuner. Quand Curran veut montrer son intérêt pour une femme, il lui paie à dîner.

— En public, ajouta Raphaël, les pères Métamorphes mettent toujours les premières bouchées dans l'assiette de leur femme et de leurs enfants pour rappeler que quiconque veut défier sa compagne ou leurs mômes devra d'abord le défier lui.

— Si tu mets ensemble toutes les nanas de Curran, tu pourras organiser une parade, reprit Tante B. Mais je ne l'ai jamais vu mettre physiquement de la nourriture dans la main de l'une d'entre elles. C'est un homme très secret, il a pu le faire dans l'intimité mais j'aurais fini par l'apprendre. Ce genre de truc ne reste jamais secret dans le donjon. Tu comprends maintenant ? C'est le signe d'un intérêt très sérieux, ma chère.

— Mais, je ne savais pas ce que ça voulait dire !

Tante B fronça les sourcils.

— Ça n'a pas d'importance. Dorénavant, il faut que tu fasses très attention. Quand Curran veut quelque chose, rien ne le distrait. Il part en chasse et ne s'arrête que satisfait, quel qu'en soit le prix. Cette ténacité est ce qui fait de lui un alpha.

— Tu me fais peur!

— La peur est un peu exagérée mais, à ta place, je serais certainement inquiète.

J'avais envie de rentrer chez moi pour retrouver ma bouteille de Sangria. C'était une urgence.

Comme si elle lisait dans mes pensées, Tante B se leva, prit une petite bouteille dans un bar et me versa un verre. Je le descendis cul sec, laissant la tequila glisser dans ma gorge comme du feu liquide.

— Ça va mieux?

— Ça aide.

Curran me poussait à boire. Au moins je ne pensais pas au suicide.

Je fis glisser le livre de mythes et légendes tout écorné vers moi et feuilletai l'index. Si je devais voir Bran, il valait mieux m'y préparer. J'avais besoin de mieux appréhender la situation. Malheureusement, mon cerveau insistait pour me rejouer Curran en train de m'offrir de la soupe.

Raphaël fronça le nez.

— Tes livres sentent le poulet.

— Ils ne sont pas à moi.

— Si tu pars à la recherche de Julie, je t'aiderai. (Andrea éloigna les mains de Raphaël de ses épaules.) C'est ma responsabilité.

Je secouai la tête.

— Non. C'est mon fardeau. De toute façon, il n'y a rien que je puisse faire pour elle dans l'immédiat. Mais je peux retrouver l'arbalétrier de la Morrigan. (Je leur expliquai le convent et les livres d'Esmeralda, les Servantes et la nécessité d'obtenir le sang de Bran, même si je ne leur dis pas pourquoi j'en avais besoin.) Quand les Servantes nous ont attaquées, le Berger a mentionné le Grand Corbeau. Voyons voir…

Je fis courir mon doigt sur l'index. Pas de Grand Corbeau. Des tonnes de Fomoriens mais aucun Bolgor le Berger. Quoi d'autre ? Quelque chose qui les connecterait. Qu'avais-je dans ma besace ? Un Chien de la Morrigan, une arbalète, des convents, un chaudron disparu…

Je trouvai une entrée sur les chaudrons. « Chaudron d'abondance, voir Dagda ». Dagda avait été le mec de la Morrigan pendant un temps. « Chaudron de renaissance, voir Branwen ». Je feuilletai jusqu'à la bonne page. « Je te donnerai un chaudron qui, si l'un de tes hommes est tué aujourd'hui et que tu le places dans le chaudron, le ramènera à la vie demain, il aura seulement perdu l'usage de la parole. »

— Tu trouves quelque chose ? demanda Raphaël.

— Pas encore.

C'était intéressant, en tout cas. Les Servantes étaient partiellement non-mortes… Peut-être sortaient-elles du chaudron de renaissance ? Je retournai à l'index. « Chaudron de la sagesse, voir Naissance de Taliesin ». Quiconque connaissait quelque chose de la mythologie celtique avait entendu parler de Taliesin, le grand barde de l'Irlande ancienne, le druide qui avait succédé à Merlin. Je connaissais le mythe aussi bien qu'un autre mais me rendis à la page le concernant par souci de minutie. Blah ! blah ! blah ! La déesse Ceridwen, blah ! blah !…

Si ça avait été un cobra, il m'aurait mordu.

— Quoi ? voulu savoir Andrea.

Je tournai la page et leur montrai l'illustration. « Naissance de Taliesin. La déesse Ceridwen avait un fils d'une incroyable laideur. Désolée pour lui, elle prépara une potion de sagesse dans un immense chaudron. Un serviteur touillait la potion et la goûta accidentellement, volant le don de Sagesse. Ceridwen le prit en chasse. Il se transforma en grain de blé pour se cacher, alors Ceridwen se transforma en poulet, l'avala et donna naissance à Taliesin, le plus grand poète, barde et druide de son époque. »

Andrea fronça les sourcils.

— Oui, je vois que le garçon est né de nouveau dans le chaudron, et alors ?

— Le nom du fils si laid de la Déesse. Morfran : du gallois Mawr, grand et Bran, corbeau. Le Grand Corbeau.

— C'est lui ? demanda Raphaël, le type responsable des Fomoriens ?

— On dirait. En plus, c'est un corbeau, comme la Morrigan, et leurs noms se ressemblent. Des noms similaires et des sorcières sans éducation donnent…

— Un désastre, proposa Raphaël.

Les Sœurs du Corbeau. C'était un très mauvais nom pour un convent.

Andrea secoua la tête.

— Ces idiotes de Sœurs n'étaient tout de même pas si ignorantes que ça ? Se tromper dans un sort, c'est une chose, mais être assez conne pour adorer la mauvaise divinité par accident ? Morfran et la Morrigan ne sont même pas du même sexe !

— Peut-être ont-elles commencé par adorer la Morrigan avant de déconner suffisamment pour donner une ouverture à Morfran. Peut-être Morfran est-il parvenu à passer un marché avec Esmeralda. Elle voulait la connaissance et il la lui a offerte. Taliesin, le demi-frère de Morfran, a été le druide du roi Arthur après Merlin. Ce qui veut dire que Morfran était probablement druide lui aussi. Qui d'autre aurait pu enseigner les rituels à Esmeralda ?

— D'accord, dit Andrea. Mais pour quoi faire ? Pourquoi faire tout ça ?

— Je ne sais pas. Si tu étais un dieu, qu'est-ce que tu voudrais ?

Je remplis la tasse de Tante B et la mienne.

— La vie, dit Raphaël.

— Comment ?

— Je voudrais la vie. Tout ce qu'ils font c'est nous regarder d'en haut, d'où qu'ils soient, mais ils ne peuvent pas vraiment participer. Ils ne peuvent jamais jouer.

— Ça ne marche pas comme ça, dit Andrea. La théorie postchangement dit que les vraies divinités ne peuvent se manifester sur notre monde.

— On voit des reportages sur les divinités tout le temps, dit Raphaël, il avait recommencé à lui masser les épaules.

Elle secoua la tête.

— Ce ne sont pas de vraies divinités. Ce sont des constructions de sorciers, des hommes de paille issus de leur imagination. En quelque sorte, ce n'est que de la magie. Ils n'ont aucun sens de leur identité.

Mon cerveau avait du mal à s'ajuster au fait que les divinités puissent exister réellement. Je connaissais la théorie aussi bien qu'une autre : la magie avait le potentiel de donner de la substance à la volonté comme à la pensée. La foi était à la fois de la pensée et de la volonté, et la prière servait de mécanisme pour les mélanger et catalyser la magie, lui donnait une forme comme une incantation parlée donne forme à la volonté de celui qui incante. Pratiquement, cela signifiait que, si un tas de gens avaient une image assez spécifique de leur divinité et priaient assez fort, la magie pouvait leur répondre et donner vie à cette divinité. Le Dieu chrétien et la déesse néowiccanne ne se matérialiseraient probablement jamais, parce que les croyances de leurs fidèles étaient trop variées et leurs pouvoirs trop nébuleux, trop englobants. Mais quelque chose de plus spécifique comme Thor ou Pan pouvait théoriquement prendre vie.

Je tenais ce « théoriquement » comme un bouclier entre moi, la Morrigan et Morfran. Peu de chose est aussi effrayante que l'idée d'un dieu qui prend vie. Il n'y a aucune intimité entre un dieu et son fidèle. Il n'y a pas de secrets, pas d'erreurs cachées. Rien que des promesses tenues et abandonnées, des péchés commis ou imaginés, et de l'émotion brute. L'amour, la peur, la révérence. Combien d'entre nous étaient prêts à soumettre leur existence au jugement, au risque d'être déclarés coupables ?

La voix d'Andrea interrompit mes pensées.

— La plupart des gens imaginent leur divinité dans un quelconque royaume magique. Je veux dire : quel fidèle imaginerait Zeus se promenant dans la rue avec un éclair sous le bras ? Pour se manifester sur Terre, les divinités devraient avoir une volonté indépendante. C'est un sacré obstacle. Par ailleurs, les divinités ont besoin de la foi de leurs fidèles comme les voitures ont besoin d'essence. Dès que la magie reflue, le flux de foi s'amenuise. Pas de carburant, pas de pouvoir. Que pourrait-il arriver à un dieu ? Il pourrait hiberner, il pourrait mourir, il pourrait disparaître complètement.

Dans ma tête, la voix de Saiman disait : « *C'est le temps de la magie, le temps des dieux.* »

— La magie n'est simplement pas assez puissante et les changements sont trop fréquents pour qu'une divinité apparaisse.

— À moins que ça se passe pendant un tsunami ? demandai-je.

Andrea ouvrit la bouche et la referma dans un clic.

— Pendant un tsunami, quand la magie est à son maximum pendant plusieurs heures, une divinité pourrait se manifester et disparaître dans sa cachette avant que la technologie frappe.

Tante B se débarrassa de sa tasse.

— Si c'est ce qui se passe, rien de bon n'en sortira. Les dieux ne sont pas conçus pour se mêler de nos affaires. Bons ou mauvais, nous faisons les choses à notre manière.

Je regardai Andrea.

— Tu as dit quelque chose de vraiment malin tout à l'heure à propos d'un garçon qui renaît dans un chaudron. La manifestation est une renaissance, dans un sens. Et si le chaudron était l'ouverture de la Morrigan sur notre monde ? Il manque un chaudron sur le lieu de réunion des Sœurs du Corbeau. J'ai vu les empreintes de ses pieds, elles étaient énormes. Je ne crois pas que même Curran puisse le soulever. Qui emporterait un chaudron géant si ce n'est pas très important ?

Andrea soupira.

— Ça a du sens, j'imagine.

— Il y a un gros problème avec cette théorie. Je n'ai aucune idée de comment le Berger et le collier de Red entrent en compte dans cette histoire. Tout le monde veut le collier mais personne ne veut me dire pourquoi.

— Où est-il ? demanda Tante B.

— Je l'ai remis à Curran. Il a promis de le garder en sécurité. (Je me levai.) Je vais discuter avec l'arbalétrier de la Morrigan. Andrea, tu veux bien surveiller mes affaires pendant que je fais ma petite danse ?

Elle se leva, faisant glisser bruyamment sa chaise.

— Tu n'as même pas besoin de demander.

— Pourquoi tu ne poserais pas la question à l'arbalétrier ? demanda Raphaël.

Je souris.

— Parce que c'est un voleur et un menteur. L'Oracle des Sorcières est neutre et me dira la vérité.

Il y avait, derrière la maison des boudas, un grand champ. Au milieu de ce champ poussait un vieux chêne. Il était massif, ses branches s'étalaient tellement qu'elles touchaient presque le sol. Il projetait une ombre bien sombre sous la lune. Parfait.

— Ce n'est pas compliqué. (Je me dirigeai vers le chêne avec un grand bol en céramique et un pichet d'eau.) Je vais exécuter une danse bizarre. Si tout se passe bien, je devrais disparaître.

— Qu'est-ce que tu veux dire, disparaître ?

Andrea me suivait et Raphaël suivait Andrea.

— Je vais entrer dans la brume. Un Appel est un très vieux sort. Il est utilisé par les sorcières pour trouver leur familier. Normalement, on fait ça dans les bois. La sorcière danse et sa magie attire l'animal le plus compatible avec elle. Il y a des variantes. Certains sorts sont conçus pour attirer un homme mais, selon mon expérience, il n'y a rien de bon à en espérer. Certains conduisent le lanceur de sort à une personne spécifique. Ça ne fonctionne pas avec un humain « normal » sinon je serais déjà aux côtés de Julie, mais Bran est tellement saturé de magie qu'il devrait m'attirer à lui.

J'ouvris mon gilet en cuir et le déposai sous le chêne. Puis je détachai le fourreau de Slayer et le tendis à Andrea. Mes bottines et mes chaussettes rejoignirent le cuir. En principe, la danse fonctionnait mieux pour un sujet nu, mais je n'avais pas envie de danser à poil jusque dans les bras du Chien de la Morrigan. J'étais sûre qu'il serait ravi de me voir débouler en tenue d'Ève.

Je me redressai, les pieds dans l'herbe fraîche et luisante, et pris une profonde inspiration. Je savais comment procéder pour un Appel. Quelqu'un me l'avait enseigné très longtemps auparavant, tellement longtemps que je ne me souvenais ni qui ni quand. Si j'avais été témoin d'un ou deux Appels, je ne l'avais jamais pratiqué moi-même.

Andrea s'assit dans l'herbe. Raphaël atterrit à côté d'elle.

Je versai de l'eau dans le bol, détachai ma ceinture et saupoudrai l'eau d'herbes que je trouvai dans ses compartiments : fougère et sorbier pour la clairvoyance, une pincée d'armoise pour minimiser les interférences, un peu de chêne pour la référence masculine. Je n'avais pas été très minutieuse en râpant le chêne, quelques morceaux de feuille flottaient sur la mixture.

Je n'avais pas mon rouet mais, quelques semaines auparavant, j'avais trouvé un très beau bâton de frêne et je l'avais immédiatement abîmé en y creusant des copeaux que j'avais rangés dans ma ceinture. Le frêne était l'un des meilleurs bois pour maintenir un enchantement. Je fis tomber un des copeaux dans l'eau et murmurai l'incantation.

Le rouet de fortune frissonna. Il trembla comme une mouche de pêche quand le poisson grignote l'appât et se mit à tourner, d'abord lentement puis de plus en plus vite.

—Ça sert à quoi ?

—Ça sert de connexion entre les herbes et la magie. (Je retirai ma dague de lancer et la lui tendis.) Si quelque chose déconne, laisse tomber la dague dans le bol. N'essaie pas de renverser le bol ou d'en retirer le rouet.

—Comment je sais que quelque chose déconne ?

—Je commencerai de hurler.

Je retirai le bracelet de force que je portais au bras gauche, plus d'aiguilles d'argent. L'autre couteau de lancer, les trois couteaux dent de requin, le kit-r…

Raphaël leva les sourcils.

—Combien de matos transportes-tu ?

Je haussai les épaules.

—Je crois que c'est tout.

Je fis un pas dans l'ombre du chêne. Je ne portais plus que mon tee-shirt et mon pantalon, pas de ceinture, pas de sabre, pas de couteau. Je n'avais que le kit de prise de sang et le carré tricoté de cheveux et d'orties. J'imaginai un large cercle dans l'ombre de l'arbre et laissai tomber le tricot au centre.

Je retournai au bord du cercle imaginaire et commençai à danser.

Pas à pas, je fis le tour du cercle, pliant mon corps, suivant la danse. À la moitié du second tour, une ligne tendue de magie s'échappa du petit carré tricoté et s'accrocha à moi. Elle glissa de ma tête à mes pieds, se divisant en plus petits courants là où ma peau touchait la terre, comme si j'étais devenue un arbre. Elle me poussait et me tirait.

Vaguement, je vis les boudas se rassembler dans l'ombre, attirés vers moi comme des papillons vers la flamme. Ils me regardaient de leurs yeux rouges, oscillant doucement avec la musique silencieuse de ma danse. Puis je l'entendis, une simple mélodie distante. Elle devenait plus forte à chaque seconde, déchirant le cœur, triste mais sauvage, pure mais imparfaite. Elle m'attrapa et se fraya un chemin dans ma poitrine, emplissant mon cœur de ce que mon père russe appelait « toska », un désir si intense et si douloureux qu'il me rendait physiquement malade. Elle affaiblit mes genoux et sapa ma volonté jusqu'à ce que seule la mélancolie m'emplisse, quelque chose me manquait, j'ignorais quoi mais je savais que cela me manquait au point de ne plus pouvoir respirer sans.

Je dansai et dansai et dansai. Les boudas « enchantés » disparurent. La brume naquit et tourbillonna avec moi. Un chien sombre trotta à mes côtés dans l'obscurité. Lentement, le brouillard s'affaiblit. À travers son opacité, je vis une douce lueur jaune qui m'appelait.

Mes pieds tâtèrent une herbe mouillée et des cailloux. J'entendis des éclaboussures et les éclats du bois qui brûle dans le feu. Une fumée âcre, salée, m'appelait.

Quelques pas de plus et je me trouvai au bord d'un lac. Il était noir, luisant et placide dans la lumière de la lune, comme la surface d'une pièce trempée dans le goudron. Un petit feu brûlait dans un creuset de pierre près de l'eau. Au-dessus du feu, sur une broche, il y avait la carcasse d'un petit animal, un lapin peut-être.

Je me tournai. Derrière moi, la forêt était sombre et crénelée. La brume s'éloignait vers les bois, comme aspirée par les arbres.

L'attaque vint si soudainement que je réagis par pur instinct. Bran se jetait sur moi. Je fis un pas de côté, prolongeant son élan de la main et lui faisant un croche-pied, sans y penser. Je m'étais tellement entraînée à cette prise que je ne me rendis compte de l'avoir exécutée qu'en le voyant voler et plonger dans le lac dans une grande éclaboussure.

Il se redressa dans l'eau et me sourit. Putain ! il était vraiment beau ! Et à moitié nu. Un tatouage de spirales bleues couvrait sa poitrine. Quand Dieu avait créé cette poitrine, il l'avait fait pour tenter les femmes.

— Pas d'épée, cette fois.

Je haussai les épaules.

— Non, mais tu ne peux pas disparaître.

— Je n'en ai pas besoin.

Il jaillit du lac, ses cheveux noirs trempés, et courut de nouveau sur moi.

J'évitai ses mains, lui donnai un coup de pied dans le genou et m'écartai d'un pas chassé. Son coup de pied frôla ma joue. Je me coulai autour de lui et enfonçai mon coude dans son flanc.

Il me toucha à l'épaule d'un crochet rapide. Douloureux. Je balayai en pivot ses deux jambes. Il se remit immédiatement debout et s'éloigna en sautillant. Il gambadait comme un grand chiot. Courir, faire semblant de mordre, se laisser attraper.

— Ce n'est pas une manière de traiter un amant.

— Je ne suis pas venue pour coucher avec toi.

— Alors pourquoi prendre toute cette peine ?

— J'ai besoin d'un peu de ton sang pour sauver une jeune fille.

Il plia le bras, faisant rouler ses veines.

— Un peu de *ce* sang ?

— Oui.

Il me fit un clin d'œil.

— Je suis sûr qu'on peut trouver un accord.

— Pas de marché. Le sang doit être offert, sinon ça ne fonctionne pas.

— Tiens-moi chaud ce soir et peut-être me sentirai-je généreux demain matin.

Je secouai la tête.

— Pas de marché.

Il leva les yeux au ciel.

— Tu ne veux vraiment pas coucher avec moi ?

— Non.

Il y réfléchit.

— Tu penses à me violer ? Es-tu tellement désespéré ?

Il tourna violemment la tête, rejetant ses cheveux loin de ses yeux.

— Je n'ai jamais forcé une femme. Je n'en ai pas besoin. Elles se jettent sur moi.

Aïe.

— C'est merveilleux de savoir que tu es un gentleman.

— Pourquoi te donnerais-je de mon sang ? Qu'y gagnerais-je ?

— Rien. Sauf peut-être d'avoir fait quelque chose de bien. Tu m'as dit que tu étais un héros. Fais quelque chose d'héroïque.

Il rejoignit le feu et s'assit.

— Tu penses à un héros chrétien, ma colombe, et je ne suis pas chrétien.

Un vent froid rida le lac. Je serrai mes bras contre moi. Je voulais lui poser des questions sur Julie et sur d'autres choses mais, venant de lui, aucune information n'était fiable. *Prends le sang et tire-toi.*

— Par pure curiosité, qu'est-ce qui t'évoque en moi une colombe ?

— Je parie que tu roucoules au lit. (Ses yeux noirs brillaient, réfléchissant les flammes.) Viens t'asseoir près de moi.

— On ne joue pas ?

— Je ne promets rien.

Je n'avais pas le choix. Je le rejoignis, me baignant dans la chaleur du feu.

Il se coucha sur le dos, les bras sous la tête. Il était musclé comme un artiste martial ou un soldat habitué à courir : sec et dur. Et il avait l'odeur… Il avait l'odeur d'un homme, à la manière de certains jeunes hommes qui sentent la sueur, les vestiaires et le soleil.

Loin, quelque part, une chouette ulula. Son cri resta longtemps sur l'eau noire.

— Où sommes-nous ?

— Au refuge de la Morrigan. Sa maison.

— Elle est là ?

Il hocha la tête.

— Elle ne regarde pas pour l'instant, elle dort.

— La Morrigan va-t-elle jamais sur Terre ?

— Pourquoi ne veux-tu pas coucher avec moi ? Tu as peur de ton petit ami Rambo ?

— Rambo est un personnage de fiction. Il n'est pas réel. Tu n'as pas répondu à ma question.

Il glissa son bras autour de moi.

— Embrasse-moi, et je te promets de parler.

J'éloignai son bras.

— Je ne crois pas. Ce serait dangereux.

Sa main caressait mon bras.

— Ah ! alors tu as envie de moi ?

— Peut-être un peu.

Il sourit.

— Mais je ne coucherai pas avec toi.

— Pourquoi ?

Je pensai à Saiman qui dansait dans la neige.

— J'ai un ami qui peut changer de forme. Imagine n'importe quel corps et il peut en prendre la forme. Il m'a invitée dans son lit.

Il fronça les sourcils.

— Il peut faire les filles ?

— Oui.

— J'aimerais voir ça.

Les hommes restent des hommes, même quand ils vivent dans la brume.

Bran se redressa, tira la carcasse du feu et enfonça la broche dans le sol. Un couteau étincela, il m'offrit une cuisse à moitié calcinée.

— Tiens, je peux quand même te nourrir puisque tu me racontes une histoire. Je ne voudrais pas être inhospitalier.

— Merci.

Je tirai un morceau de viande de la cuisse et mâchai. Arrière-goût sucré, du lapin.

— Alors c'est quoi ? Tu te préserves pour le mariage ?

J'éclatai de rire.

— Trop tard pour ça.

— Pourquoi n'es-tu pas gentille avec ton ami, alors ? Il me semble que le mec fait de son mieux pour te plaire. Ça fait combien de temps qu'il essaie ?

— À peu près un an. Il continue à changer de corps comme s'il changeait de vêtements mais quelle que soit son apparence, je sais que c'est lui.

— Tu ne l'aimes pas tant que ça, hein ?

Je haussai les épaules.

— Il me laisse froide. Il y a eu des moments où il a trouvé des trucs qui auraient pu être amusants, si ce n'avait pas été lui. Je finis toujours par me souvenir que je ne l'intéresse pas. Si ça m'excitait, il ne serait pas satisfait. Si j'étais au bord du suicide, il n'en aurait rien à foutre. Je pourrais aussi bien coucher avec une poupée gonflable. Il n'insiste que parce que j'ai dit « non » la première fois.

— C'est pour ça que tous les hommes insistent.

— C'est vrai, mais pour lui, ça se limite à mon corps. Les hommes normaux finissent par rechercher une compagnie.

Il secoua la tête.

— Non. Les femmes cherchent ça. Les hommes cherchent à coucher.

Je souris.

— Dans ce cas, pourquoi m'as-tu invitée à m'asseoir avec toi ?

— Je me suis dit que tu changerais d'avis.

— Ça ne marchera pas.

— C'est ce que tu dis.

— C'était quand la dernière fois que tu as dîné avec quelqu'un comme ça ?

Il haussa les épaules.

— Je ne m'en souviens pas.

— Alors tu manges toujours seul ?

— Qu'est-ce que ça peut te faire ?

Sa voix avait un tranchant hostile.

— Rien, je suis juste curieuse.

Il fouilla dans les braises avec un long bâton.

Je terminai ma viande et me couchai sur le dos, étirant mes pieds vers le feu. La journée avait été longue. J'avais perdu Julie et je n'avais toujours aucune idée d'où pouvait être sa mère. Au moins Andrea n'était pas morte.

Je me rendis compte que Bran me regardait. Nos yeux se rencontrèrent. Il se pencha pour m'embrasser mais j'interceptai ses lèvres de la main.

— Je ne veux pas te repousser une troisième fois. Crois-moi, si je change d'avis, tu seras le premier à le savoir.

Il se redressa, ramassa une branche morte et la cassa en petits morceaux qu'il jeta dans le feu, un à un.

— Je ne comprends pas. J'étais plutôt doué avant. Je veux dire : avec les femmes… Maintenant… Tu as des manières directes.

Je fronçai les sourcils.

— Je ne pense pas être directe.

— Tu l'es. La plupart des femmes le sont aujourd'hui. Dans le temps, si une femme s'asseyait à côté de toi et que tu la nourrisses, il était convenu qu'elle s'allongerait. Sinon, pourquoi faire l'effort ? Les femmes aujourd'hui sont effrontées, directes. Elles vont s'asseoir là, dans leurs vêtements moulants, mais elles ne coucheront pas. Elles veulent parler. Qu'est-ce qu'il y a à dire ?

Je me redressai et croisai les bras autour de mes genoux.

— Bran, je ne te plais pas tant que ça, n'est-ce pas ? Un peu comme mon ami ne me plaît pas.

Il me regardait.

— Pourquoi penses-tu ça ?

— Une sensation que j'ai. Comme si tu essayais de m'attirer dans ton lit parce que je suis une femme et que tu ne sais pas quoi faire d'autre avec moi. Tu ne me trouves pas si chaude que ça.

Il soupira et me regarda, vraiment.

— Non, c'est vrai. Comprends-moi bien, tu as un beau corps et tout. Je ne te repousserais pas si tu voulais écarter les jambes, mais non, j'ai couché avec mieux.

Je hochai la tête.

— C'est bien ce que je pensais.

— Qu'est-ce qui m'a trahi ?

— Le baiser.

Il recula.

— J'embrasse comme un fou ?

— C'était le baiser d'un homme frustré à la fierté blessée. Il n'y avait pas de feu. (Je lui tendis une branche morte.) Parle-moi, simplement. Fais comme si j'étais un voyageur qui s'est arrêté près de ton feu. Je parie que tu n'as pas souvent de visiteurs. Tu restes tout le temps dans la brume ?

— Je viens jouer pendant les tsunamis. (Il désigna le lac et la forêt d'un large geste de la main.) Je pêche, je chasse. Il y a toujours du gibier. C'est une bonne vie.

— Donc tu ne peux pénétrer le vrai monde que pendant un tsunami ?

— Ouais.

— Mais les tsunamis n'arrivent que tous les sept ans. Le reste du temps tu es ici, tout seul, sans personne ?

Il siffla. Une forme hirsute sortit de l'ombre et trotta jusqu'à ses pieds. Un énorme chien noir.

— J'ai Conri.

Le chien leva ses pattes en l'air, offrant son ventre aux caresses de son maître.

— Et si je m'ennuie, je dors. Parfois pendant des années, jusqu'à ce qu'elle me réveille.

J'offris mon os au chien. Il le prit de mes mains très doucement et s'installa pour le ronger à mes pieds. Moi qui me croyais seule. Au moins je pouvais sortir et parler avec d'autres gens.

— Ça doit faire longtemps que tu es ici. Pourtant tu n'as pas d'accent.

— Le Don du Bagout. L'un des trois dons qu'elle m'a fait. Le Don du Bagout : je parle toutes les langues que je veux. Le Don de la Santé : mes blessures guérissent vite. Le Don du Visé : je touche ce que je vois. Le quatrième don est à moi, je suis né avec.

— C'est quoi ?

— Admets que c'était le meilleur baiser que tu aies jamais reçu et je te le dirai.

— Désolée, j'ai le souvenir d'un ou deux qui étaient meilleurs.

Au moins un.

— Alors, pourquoi je perds mon temps avec toi ?

Je secouai la tête. Il n'était pas une vraie personne. Simplement l'ombre d'une personne, sans souvenirs, sans liens, rien d'autre qu'une libido, un don pour le tir et des yeux sauvages.

— D'où viens-tu ?

Il haussa les épaules.

— Je ne me souviens pas.

— D'accord. De quand viens-tu ? Ça fait combien de temps que tu es ici ?

— Je ne me souviens pas.

Je cherchai quelque chose, une espèce de jalon dont toute personne se souviendrait.

— Quel était le nom de ta mère ?

— Je ne me souviens pas.

Je regardai les étoiles. Cette mission était fichue depuis le départ. Qui voulais-je tromper ?

— Blathin ! dit-il. Son nom était Blathin.

Il attrapa ma main et me tira pour me relever.

— Viens, je vais te montrer quelque chose.

Nous courûmes le long des berges du lac jusqu'à la forêt. Devant nous, une cabane en bois se dressait, nichée dans la verdure, liée au lac par un long appontement. Bran me tira à l'intérieur.

Un feu brûlait dans la cheminée. À droite, un lit simple flanquait le mur ; à gauche, une rangée de coffres. Les murs étaient décorés de gravures : un arbre, des runes et des guerriers. Beaucoup, beaucoup de combattants tordus par le spasme de combat, gravés avec des détails exquis. En dessous, sur une table, il y avait un parchemin représentant un homme avec un long bâton portant une longue soutane. Il était assis sur un rocher. À ses côtés des sirènes jouaient dans les vagues. Le Berger…

Bran attrapa ma main, me tira vers un coffre et l'ouvrit

violemment. Un tissu blanc masquait son contenu. Il le souleva. Des têtes humaines remplissaient le coffre.

— Oh ! mon Dieu !

Il ramassa une tête momifiée, la tira par les cheveux et me la tendit.

— Elles sont toutes à moi.

C'était officiellement la version la plus bizarre de « viens chez moi, je te montrerai mes estampes japonaises » que j'aie jamais rencontrée.

Il ouvrit un autre coffre qui recelait un casque allemand de la Première Guerre mondiale à côté d'un casque de moto décoré de flammes peintes. Quel âge avait-il, exactement ?

Dans le troisième coffre : des lames. Yatagan turc, katana, sabre d'officier des marines avec le *Semper Fi* gravé en vieil anglais…

— Ce n'est encore rien !

Il jeta la tête dans le coffre, attrapa ma main et me tira vers la porte de derrière. Il l'ouvrit d'un coup de pied et m'attira sous le porche.

Derrière la maison s'élevait une pile de crânes. Plus haute que moi, blanchie par les éléments, elle scintillait de lances enfoncées dans les os.

— Tu vois (Il désigna le tas du bras, triomphant.) Tout ça c'est moi. Personne n'en a autant ! Mon père se chierait dessus s'il voyait cela !

Sans déconner !

— Je suis un grand guerrier. Un héros. Chacun d'entre eux représente une bataille que j'ai gagnée. (Son visage brillait de fierté.) Tu es une guerrière. Tu comprends, non ?

Tant de vies… L'amoncellement de crânes me dominait.

— Quel âge as-tu ? murmurai-je.

Il sauta par-dessus la rambarde et prit un crâne qu'il plaça devant moi.

— Mon premier.

Le crâne portait un casque romain.

Je m'assis, c'était trop.

Il vint s'asseoir près de moi. Nous regardâmes les crânes. Bran baissa la tête.

Je touchai son avant-bras.

— Qu'y a-t-il ?

— Personne ne saura jamais. Personne d'autre que toi n'a vu cela. Personne ne saura jamais tout ce que j'ai accompli. Quand je mourrai enfin, la seule personne qui se souviendra de moi et de tout ça c'est la Morrigan.

— Elle n'est pas du genre sentimental ? devinai-je.

Il secoua la tête.

— C'était un marché de dupes. J'ai sauvé son oiseau et elle m'a dit de choisir ma récompense.

— Qu'as-tu demandé ?

— Certains auraient demandé une longue vie, des fils solides. J'ai demandé à être un héros. J'ai demandé à toujours avoir à boire à profusion, des batailles à profusion, des femmes à profusion.

Les crânes nous regardaient de leurs orbites vides dans le silence lugubre.

— Si tu avais demandé des fils solides, elle se serait arrangée pour qu'ils finissent par te tuer, dis-je. Tu ne pouvais pas gagner.

— Maigre consolation.

— Ouais.

Je touchai le casque romain. Le métal était glacial sous mes doigts.

— La magie avait quitté le monde quand ils étaient là.

— Elle était en train de mourir. Il n'en restait qu'une goutte. J'ai dormi pendant sa mort. Quand je me suis réveillé et que je suis tombé dans la brume, le monde était en flammes.

Le premier tsunami… Tant de gens étaient morts cette semaine-là.

— La petite fille. Tu l'as appelée « souris ». J'essaie de la protéger et de trouver sa mère. Les sorcières m'ont dit qu'elles allaient m'aider mais leur oracle a besoin de ton sang pour soigner l'une d'entre elles. Ce serait vraiment bien qu'elle survive. Elle est très importante pour des tas de gens.

Il me prit le crâne et l'approcha de son visage, les yeux face aux orbites, dents contre dents.

— Qu'est-ce que j'en ai à faire ?

— L'Oracle des Sorcières survit au temps, ses membres renaissent encore et encore. Si tu me donnais un peu de ton sang, les convents chériraient ton souvenir. Pour toujours. Tu survivrais. Tu serais un héros et tu serais reconnu.

Il se tourna vers moi, ses yeux comme des puits sans fond.

— Ça ne te coûterait rien. Ça signifierait tout.

Chapitre 22

La brume se dissipa. Bran et moi nous retrouvâmes sur le sol de pierre de la maison de l'Oracle. La téléportation était surfaite. Bien sûr, elle vous portait où vous vouliez instantanément, mais pendre sans poids dans le brouillard m'avait filé un sacré vertige. En prime, je devais me tenir à Bran et il avait les mains baladeuses.

Des torches et des lanternes fae éclairaient le dôme. Je ne m'attendais pas qu'il y ait qui que ce soit mais, malgré l'heure tardive, les trois sorcières de l'Oracle attendaient sur la plate-forme, alertes et éveillées. Elles ne cillèrent pas quand nous nous matérialisâmes au milieu de la pièce. Apparemment, nous étions attendus.

À la gauche de la triade se tenaient quatre autres sorcières, deux avaient mon âge, les autres étaient plus âgées. Certaines étaient tatouées à la manière de Bran. Des sorcières des convents de la Morrigan ?

Bran se plia en deux et éternua.

— Je hais cette putain de tortue ! (Il leva la tête et sourit au groupe sur le côté.) Mesdames.

Les deux plus jeunes passèrent de l'étonnement au flirt en un clin d'œil.

Je m'avançai vers la plate-forme et tendis le tube encore chaud à la sorcière Mère. Elle le prit.

— Il donne ce sang de bonne foi, dis-je. Il n'attend rien. Mais j'espère que le souvenir de son don restera.

L'Oracle se leva. Comme une seule femme, les trois sorcières s'inclinèrent.

— Tu vois ? (Bran tendit le pouce vers les trois femmes.) C'est comme ça qu'une femme devrait traiter un homme. La prochaine fois que tu me vois, je veux que tu fasses comme elles.

— Les poules auront des dents.

Les sorcières retombèrent sur leurs sièges.

— Nous avions un marché, dis-je.

La Vieille me regarda avec furie.

— Un marché avec quelqu'un comme toi ne vaut rien.

— C'est peut-être une intuition mais j'ai l'impression que vous ne m'aimez pas.

Ses doigts se courbèrent comme des griffes sur les accoudoirs du fauteuil.

— Maria, chuchota la plus jeune. La violence n'est pas nécessaire. L'Oracle ne revient jamais sur sa parole.

— Je me le demandais…

Elle désigna les quatre sorcières sur le côté.

— Elles parlent pour les anciens convents de la Morrigan. Elles sont là en tant que témoins. Dis-nous ce que tu veux savoir, et je t'ouvrirai les yeux.

— Voici ce que je suspecte : Esmeralda voulait plus de pouvoir et a formé son propre convent, mais il lui manquait la formation et la connaissance. Le convent a probablement commencé par adorer la Morrigan mais, soit par accident, soit par un fait exprès, Esmeralda a permis à Morfran de s'inviter dans leurs rites pour prendre le pouvoir.

Les sept sorcières me regardaient. L'atmosphère sous le dôme était tendue. Je continuai.

— Je pense que la Morrigan a la possibilité de se manifester pendant un tsunami, quand la magie est la plus puissante. Elle le fait en utilisant un chaudron magique. Morfran désirait tout autant *vivre*. Soit il a enseigné à Esmeralda comment reproduire le chaudron, soit il lui a fait voler celui de la Morrigan qui était gardé par les convents légitimes de la Déesse.

J'avais dû frapper juste, à moins que les quatre représentantes de la Morrigan aient eu une crise de constipation simultanée, car leurs visages se tendirent et rougirent.

— Je crois que Morfran est en cheville avec les Fomoriens, mais j'ignore pourquoi. J'ai besoin de savoir ce qui s'est produit après le rite et ce qui est arrivé à la mère de Julie, et j'ai besoin de connaître la signification du collier que le petit chaman, Red, portait.

Bran revint subitement à la vie.

— Où est le collier ?

— Je ne te le dirai pas.

Il écarta les bras.

— Pourquoi ? Je suis le gentil !

— Je n'en suis pas sûre. C'est une question de confiance. Tant que personne ne m'a expliqué ce qui se passe, personne n'aura le collier.

La sorcière Mère se pencha en arrière.

— Je vais t'expliquer.

Au-dessus d'elle, la fresque changea. Les lignes noires se tordirent. La silhouette d'Hécate s'affaiblit tandis que le chaudron se solidifiait.

— Il y a deux générations, au début du changement, la Morrigan a confié un chaudron magique à ses convents.

— Elles ont sacrément merdé, dit Bran.

La sorcière Mère l'arrêta du regard.

— Chut !

— Nous ne savions pas, dit l'une des sorcières de la Morrigan. Elle ne nous avait plus parlé depuis le dernier tsunami.

La Mère imposa le silence d'un geste de la main.

— Donc, le chaudron était son moyen de pénétrer notre monde. Sa magie ne se manifeste que pendant un tsunami. Morfran voulait le chaudron pour faire lui aussi l'expérience de la vie. Il fit un marché avec les ennemis de la Morrigan, les Fomoriens, les démons marins. En échange de leur aide, il les libérerait de l'Autremonde par l'intermédiaire du chaudron. Ce ne sont pas des dieux, ils ont besoin de peu de magie pour exister ici. Ils deviendront ses premiers fidèles en ce monde.

—J'ai tué au moins dix d'entre eux. Combien sont passés?

—Tu ne les as pas tués, dit Bran. Ils ne restent pas morts si je ne laisse pas un de mes carreaux dans leur corps. Tant que le chaudron se nourrit de la magie du tsunami, ils continuent à revenir à la vie. Plus ils sont près du chaudron, plus il est difficile de s'en débarrasser.

Génial! Fantastique!

—Tu n'aurais pas pu me dire ça plus tôt?

—C'est une question de confiance, dit-il en imitant ma voix.

J'eus envie de le gifler.

—D'accord. Mais comment les Fomoriens ont-ils eu le chaudron?

La sorcière soupira, croisant les mains sur son ventre.

—À travers les âges, les Chiens de la Morrigan ont protégé le chaudron et ils sont seuls à en avoir le pouvoir.

Sur les murs, les chiens levèrent le museau dans un hurlement silencieux. Des hommes, comme Bran, volés à l'humanité par un marché de dupes.

—Les convents de la Morrigan pensaient que le chaudron était en sécurité parce que seul un Chien pouvait le déplacer de leur lieu de réunion. Mais ils ne savaient pas qu'un des Chiens de la Morrigan s'était égaré.

Sur la gauche du dessin, un chien se métamorphosa en homme.

—Il avait quitté la Morrigan pour une femme et les termes de leur marché la forcèrent à les laisser vivre, lui et sa progéniture.

Le puzzle se mit en place dans ma tête.

— Red ! Ce petit bâtard est le descendant du Chien qui s'est échappé.

La sorcière hocha la tête.

— Ce qui signifie qu'il peut porter le chaudron. Il l'a volé ?

Les quatre sorcières de la Morrigan s'efforçaient d'être invisibles.

— J'ai vu les marques des pieds du chaudron. Il est énorme. Les bras de Red ne sont pas assez grands. (Je touchai mon index avec mon pouce.) Comment a-t-il fait pour le porter ? Et comment avez vous fait pour ne pas remarquer qu'il avait disparu ?

— Nous étions tellement habituées à le voir là qu'il nous a fallu du temps pour comprendre qu'il n'y était plus, dit l'une des sorcières.

— On peut le rétrécir, dit Bran, le rendre suffisamment petit pour le mettre en poche.

— Ou le glisser sur un collier. Et merde ! Attends, tu as dit que le chaudron garde les Fomoriens en vie, donc ils ont le chaudron. Qu'est-ce qu'il y a sur le collier ?

Bran haussa les épaules.

— Le couvercle. Le garçon a volé le chaudron pour la sorcière mais je me suis invité à la fête au moment où elles terminaient le rite, quand les premiers Fomoriens en sortaient. Pendant que j'étais occupé à faire le héros, il s'est enfui avec le couvercle.

— Et il fait quoi, le couvercle ?

— Il contrôle le chaudron.

Je luttai contre l'envie de l'attraper et de le secouer pour que toute l'histoire sorte.

— Comment ?

— Tu mets le couvercle dans un sens, et c'est le chaudron d'abondance. Tu le mets dans un autre, et c'est le portail du monde des morts. Juste après le passage des premiers Fomoriens, j'ai fermé le chaudron, le transformant en chaudron d'abondance. Il continue à les garder en vie mais, à moins qu'ils arrivent à mettre la main sur le couvercle, ils ne peuvent pas rouvrir le portail pour laisser entrer Morfran.

— Qu'est-ce qui se passera si Morfran apparaît à la place de la Morrigan ?

Il fit la grimace.

— C'est un marché assez simple, femme. Il aura la vie et le chaudron. Ils auront la vie et la liberté. S'il apparaît, il libérera une horde de démons marins dans ta ville. Ils veulent leur revanche sur l'humanité. Utilise ta tête et imagine la suite.

Je regardai l'Oracle.

— Dit-il la vérité ?

La plus jeune hocha la tête.

— Oui.

— Une dernière chose : pourquoi continues-tu à voler les cartes ?

Il soupira.

— Le chaudron doit être placé au croisement de trois routes. Il ne rétrécira pas pour les Fomoriens, ils doivent le traîner physiquement quelque part. Il n'y a pas beaucoup d'endroits où trois routes se croisent. Le chaudron d'abondance ne brille pas de magie comme le chaudron de renaissance. Il est difficile de « sentir » où il se trouve. Je brumais vers chaque croisement de routes autour du puits en essayant de le trouver.

Logique.

— OK. C'est la Meute qui a le couvercle.

Il sourit.

— Ça ne devrait pas être difficile.

De fines langues de brume encerclèrent ses pieds et se dissipèrent, le laissant au même endroit.

— Tu es toujours là.

— Je sais. (Il oscilla en avant. La brume apparut puis disparut. Encore. Encore.) Il y a quelque chose qui ne va pas.

Toi! (Bran désigna la plus jeune des sorcières de l'Oracle.) Trouve le Berger.

Un léger sourire éclaira le visage de la Vierge, soulignant sa fragilité. Au début, je crus qu'elle riait de l'absurdité de l'ordre de Bran, mais ses yeux devinrent vitreux, elle regardait au loin, au-delà de nous, vers un horizon qu'elle seule pouvait voir, et je compris que son don la remplissait de joie. Elle se pencha en avant, concentrée, souriant de plus en plus largement, jusqu'à éclater de rire. La musique de sa voix emplit le dôme, exubérante et douce.

— Je l'ai trouvé.

Le dôme trembla. Une fumée s'éleva et le mur lointain s'effaça devant l'aube. Sous un ciel gris, la brume coulait, prisonnière de pics d'acier familiers qui jaillissaient du sol recouvert de débris métalliques. Un oiseau du Stymphale était perché sur une avancée tordue de rails écrasés, comme si un géant avait essayé de faire un nœud de pêcheur. La Trouée de la Ruche.

La brume s'écarta, je vis Bolgor le Berger droit sur un tas de fûts rouillés. Un vent léger jouait avec le tissu de sa soutane. Une silhouette massive dépassait derrière lui, toujours cachée par la brume, elle tenait une croix. Ugad, totalement régénéré. Merveilleux! Je pouvais le tuer de nouveau.

Un monstre à la stature impressionnante traversa la brume. Les débris métalliques craquaient et grinçaient, protestant contre le poids. Grand, large d'épaules, couvert de muscles épais et habillé de fourrure grise rayée d'éclairs de gris plus foncé.

Curran.

Qu'est-ce qu'il foutait là?

— Toi d'abord, dit-il.

Ses mâchoires étaient assez grandes pour broyer mon crâne, ses crocs étaient plus longs que mes doigts mais sa diction était parfaite.

Derrière le Berger, Ugad avança la croix dans un bruit assourdissant. Je vis un petit corps maigre étendu sur la perche, les jambes attachées, les bras écartés sur la croix. Julie. Oh ! mon Dieu !

J'agrippai Bran par la chemise et l'attirai à moi.

— Emmène-moi là, maintenant !

— Je ne peux pas, cracha-t-il.

Mon cœur essaya de sortir de ma poitrine. Slayer fumait. Les yeux de Julie étaient fermés, elle était si pâle qu'elle pouvait être déjà morte.

J'aurais donné mon bras droit pour être près d'elle.

Curran leva la main, montrant les charmes et les pièces qui se balançaient entre ses griffes.

Bran hurla.

— Qu'est-ce qu'il fait ? Stop ! fils de pute ! Non !

— L'enfant contre le collier. Comme convenu, dit Curran.

Le murmure du Berger fit se dresser les cheveux sur ma nuque.

— Tu n'aurais pas dû venir seul, Bête !

Les Servantes jaillirent des débris de métal. Elles se jetèrent sur Curran, tombant les unes sur les autres. En un clin d'œil il fut couvert d'une montagne de corps qui se tortillaient.

Je serrai les poings, m'attendant à le voir se libérer. Se battre. Les corps allaient voler d'un instant à l'autre et il sortirait de cette pile de chair. D'un instant à l'autre. Mon cou se tendit comme écrasé par un garrot. Les Servantes sifflaient.

— Non, non, non ! Putain ! fils de pute, fais quelque chose !

Bran tendit son arbalète vers la vision. Le carreau perça l'image et s'écrasa contre le mur.

Un jaguar bondit sur le Berger. Sans prévenir, sans un feulement, sans un bruit. D'énormes crocs scintillèrent. La tête du Berger tomba sur sa poitrine, le cou brisé. Jim s'immobilisa une toute petite seconde, jouissant de la tuerie, et prit Ugad en chasse.

Quatre bêtes surgirent de la brume, claquant des mâchoires et mordant les jambes d'Ugad. Un loup laissa échapper un court grognement.

D'énormes mains émergèrent du tas de Servantes et les écartèrent à coups de griffes. Curran se réveillait. Des entailles rouges marquaient sa fourrure. À ce moment je compris le plan : il s'attendait à être trahi et avait choisi de prendre le gros de l'assaut, gagnant du temps pour que les Changeformes libèrent Julie.

Les Servantes se jetèrent maladroitement sur lui. Il en attrapa une, la déchira en deux et jeta les restes tordus sur le sol. La Servante se liquéfia. La flaque de vase se tordit comme un tire-bouchon et se solidifia. Elle était de nouveau entière.

— Pourquoi ne meurt-elle pas ?

— Le chaudron est trop près, dit Bran entre ses dents.

Les Changeformes ne pouvaient pas gagner. Le mieux qu'ils pouvaient faire était de s'échapper.

Curran balaya une autre Servante, écrasant sa tête comme un œuf. Elle se liquéfia aussi pour se reformer en une seconde.

— Arrête de tuer, imbécile ! Mutile ! Mutile-les, fils de pute ! hurlait Bran.

Vingt mètres plus loin, Ugad frappait le sol et virevoltait, balayant les Métamorphes de ses énormes poings. Ils plongeaient sur ses pieds, le poussant en avant vers les piques de métal. Ugad se retourna. L'énorme queue barbelée s'abattit comme un gourdin sur un corps hirsute. Le Changeforme s'envola et rebondit sur la carcasse d'une voiture en ruine. La bête s'écrasa sur le sol, étourdie.

Ugad sauta. Comme dans un cauchemar, je vis son pied démesuré percuter la bête à terre et entendis le craquement des os brisés. Le sang jaillit. Le monstre se retourna, laissant un corps humain nu et fracassé sur le sol. Je vis une mèche de cheveux bleu électrique tachée d'éclaboussures rouges. Je serrai les poings. Je ne pouvais rien faire. Je ne pouvais pas les arrêter. Je ne pouvais que regarder, désarmée.

Le jaguar bondit sur la tête d'Ugad. Le géant jeta la croix pour pilonner la nouvelle menace. La croix pivota sur sa base, chancela, plongea, Julie y pendait, aussi flasque qu'une poupée de chiffon, prête à s'écraser. Une fine forme couleur sable sauta et attrapa la croix avant qu'elle s'effondre sur les échardes de métal. Andrea arracha Julie de la croix.

Un fouet de tentacules verts la frappa, arrachant fourrure et peau de sa cuisse. Les muscles bruts, rouges et humides, brillaient dans la blessure. Le Berger siffla. Il était de nouveau entier, ses loques s'évasaient autour de son corps maigre. Andrea courut. Les tentacules la fouettèrent. Elle hurla. Je frémis. Andrea continua à courir.

Une foulée.

Deux.

Elle tomba.

Ses mains griffèrent le sol, elle serrait Julie contre elle et rampait pour s'échapper.

Les tentacules la fouaillaient encore et encore. Andrea se roula en boule, essayant de protéger Julie de son corps.

Les loups abandonnèrent Ugad et se jetèrent sur le Berger. Les tentacules s'agitaient comme des rubans verts, déclenchant des gémissements de douleur surpris.

Ugad donnait des coups de tête pour essayer de se débarrasser du jaguar mais frappa sa propre corne. L'énorme chat s'accrochait. Un sang aqueux trempait le front massif d'Ugad. Jim enfonça un peu plus ses griffes, cherchant les yeux. Ugad chargea furieusement vers la forêt de piques métalliques, écrasant l'acier sous ses pieds.

Jim bondit.

Le corps gigantesque du monstre frappa une pique.

Jim atterrit maladroitement, vacilla, roula sur le sol couvert de métal rouillé. Sa fourrure laissa une longue traînée rouge. Il essaya de se relever mais ses pieds glissèrent sous lui.

Du métal émergeait du dos d'Ugad, couvert de sang. Il se dégagea de la pique, se retourna, sans tenir compte du trou dans son torse, se dirigea lourdement vers la forme abattue d'Andrea et la frappa du pied. Elle s'envola sous l'impact et s'écrasa dans les débris. Ugad ramassa Julie, une drôle d'expression imbécile sur le visage, et se retrouva face à Curran.

Petit à petit, luttant pour chaque centimètre, couvert de sang, le Seigneur des Bêtes avait gagné du terrain. Curran propulsa sa main griffue dans le trou de la poitrine d'Ugad et en arracha une motte rouge.

À droite, le Berger écarta les bras. Sa soutane s'ouvrit, révélant son corps maigre et ingrat. Ses tentacules cherchaient à atteindre les piques. Ils se contractèrent dès qu'ils eurent assez de prise et le Berger bondit par-dessus les loups pour s'accrocher au dos de Curran. Toutes ensemble, les Servantes se jetèrent sur les membres du Seigneur des Bêtes, exposant le collier enroulé autour de son avant-bras. Les yeux glacés du Berger brûlèrent de désir. Sa mâchoire s'ouvrit, il planta ses dents dans le monisto sur le bras de Curran. Les pièces s'envolèrent quand le cordon cassa.

Curran hurla et je hurlai avec lui.

Bran se frappa le front de la paume.

—Imbécile!

Les tentacules fouettaient. Il y avait un trou sanglant dans le bras du Seigneur des Bêtes. Le Berger s'échappa vers le hangar. Trois des Servantes suivirent, arrachant Julie des bras d'Ugad tandis que les autres s'accrochaient aux pieds de Curran. Le géant regarda celui-ci d'un air stupide, se tourna et se précipita à la suite de son pilote, éclaboussant de son sang tout ce qui se trouvait sur son passage.

Les loups tombèrent en groupe sur les Servantes. Curran s'ébroua comme un chien.

Le corps d'Ugad enfonça la paroi trop fine de métal. À travers le trou, j'aperçus un tas de caisses.

Bran hurla.

— Non !

Ugad percuta les caisses tête la première. Des échardes volèrent de toutes parts, révélant un chaudron aussi grand que moi. Bran jura, aboyant comme un chien furieux.

La magie frappa. Ce fut une vague époustouflante. Les sorcières tombèrent sur les genoux. Le dôme frémit.

— Le tsunami, murmura la plus jeune, il est là…

La magie me pénétra, mon corps la but avec avidité, encore et encore et encore. Pas de vertige cette fois. Pas de pause. Simplement du pouvoir, du pouvoir pur qui m'imbibait.

Le Berger était suspendu au-dessus du chaudron. Son corps se plia en deux, un flot de liquide jaillit de sa bouche, charriant une étincelle brillante. Lorsque l'étincelle atteignit le chaudron, elle se transforma en couvercle. Il avait dû l'arracher du monisto avec les dents et l'avaler.

Curran était presque sur eux, une traînée de Servantes brisées derrière lui.

Ugad agrippa le couvercle et tira, les muscles de ses bras tendus à craquer. Dans un grondement guttural, il l'arracha du chaudron, ouvrant le portail de l'Autremonde.

Ainsi qu'un nuage d'orage qui aurait pris vie, une tache sombre s'étendit comme un champignon au-dessus du chaudron. Dans cette ombre, une obscurité plus profonde dessina une silhouette humanoïde, énorme et déformée. Deux mains sortirent de la pénombre comme si elles accueillaient une ovation. Des bottes noires se solidifièrent sur le bord du chaudron. D'épais avant-bras couverts de cicatrices et de verrues émergèrent. L'obscurité s'éloigna comme un animal domestique désireux de plaire, révélant une poitrine couverte de plaques émaillées de noir et un visage très pâle.

Son nez proéminent aussi long et plat qu'un caparaçon sur le crâne d'un cheval, comme un énorme bec recouvert d'une maigre couche de chair, se terminait par une pointe cornue. Dessous, une mâchoire massive supportait deux rangées de dents trop longues. Une des incisives jaillissait comme la défense d'un sanglier, touchant presque la joue. Ses yeux, petits et blancs, étaient enfoncés dans des arcades néandertaliennes. Entre ses yeux, du cartilage formait une bosse qui disparaissait dans son front charnu.

C'était comme si le crâne d'un cheval et celui d'un homme avaient été fondus en un ensemble immonde dont la chair et la peau peinaient à couvrir les os. Cette chose ne pouvait être humaine.

Derrière lui, l'obscurité ondulait pour devenir de longs cheveux noirs tombant sur des milliers de plumes de corbeau, étendues comme un manteau autour de lui.

Morfran.

Il leva une main et dit un mot.

Une bulle grise apparut au bout de ses doigts et commença à grandir. Elle avala sa main puis sa tête et ses pieds. Instinctivement je savais que je ne voulais pas que la bulle touche Curran.

Le Seigneur des Bêtes hésita.

Les mots me quittèrent alors même que je savais qu'il ne pouvait m'entendre :

— Cours, Curran !

La bulle avala le chaudron.

Mon cœur se serra.

— Cours !

Curran se retourna et se mit à courir, attrapant le corps de Jim au passage.

— Andrea, hurlai-je, mais il ne pouvait pas m'entendre.

La bulle frappa le Berger. La vision de la Vierge s'interrompit sous nos yeux.

Chapitre 23

Trois heures plus tard, Bran et moi chevauchions vers le donjon de la Meute. Nous avions galopé jusqu'à ce qu'ils soient couverts de sueur. Bran bouillait de rage. Il me maudissait de ne pas lui avoir donné le couvercle à temps. Il maudissait Curran de l'avoir perdu. Il maudissait la Morrigan qui lui interdisait la brume pour le punir de son échec. Il maudissait les Fomoriens, durcissant ses jurons jusqu'à ce qu'ils n'aient plus de sens. Je conservais le silence.

Après une demi-heure, Bran perdit la voix et se renfrogna dans son mutisme.

— La bulle grise que nous avons vue est une garde, finit-il par lâcher. Les Fomoriens ne peuvent ramper qu'un à un hors du chaudron. Morfran gagne du temps pour construire son armée.

— Pouvons-nous briser la garde ?

Il secoua la tête.

— Cú Chulaínn lui-même ne pouvait pas la traverser. Dans quinze heures elle tombera et ta ville pataugera dans le sang. Nous traversons l'Autremonde parce qu'ils sont tous (il désigna les maisons le long des rues), ils sont tous morts ! Nous traversons une ville d'hommes morts. Tout ça parce qu'un fils de pute essayait de sauver une mendiante.

C'était ma mendiante. J'aurais risqué une horde de démons pour la secourir moi aussi.

Les portes de la forteresse s'ouvrirent à notre approche. Un groupe de Changeformes nous attendait dans la cour intérieure. Je cherchai une silhouette familière.

S'il vous plaît. Je vous en prie, faites-le!

Puis je le vis. Ses cheveux tombaient dans son dos comme une crinière. Je l'avais raté parce qu'il n'était plus blond mais gris, le gris de sa fourrure de forme-bête.

Bran sauta de son cheval et traversa la cour, ses traits étaient tordus de fureur.

— Toi! Putain de fils de pute!

Et merde!

— Curran! Ne le tue pas! C'est le Chien de la Morrigan. Nous avons besoin de lui pour le chaudron.

Je suivis Bran.

Les Métamorphes s'écartèrent pour laisser de l'espace à Curran. Un bandage blanc couvrait son bras. C'était une première.

Bran frappa Curran. Le Seigneur des Bêtes ne cilla pas.

— Tu le leur as donné! Pourquoi? Une gamine maigrichonne! Tout le monde se fout qu'elle survive! Vous avez tué des milliers de personnes pour elle! Pourquoi?

Les yeux de Curran étaient d'or.

— Je n'ai pas à m'expliquer.

Il leva le bras et frappa Bran qui tituba vers l'arrière.

Je le rattrapai avant qu'il tombe.

— Ne fais pas ça. Tu vas te blesser.

Bran me repoussa et chargea Curran, qui feula, l'attrapa par un bras et l'expédia de l'autre côté de la cour.

Le Chien de la Morrigan sauta sur ses pieds. Un hurlement inhumain s'échappa de sa gorge et percuta mes oreilles comme un poing d'air.

La chair de Bran bouillait. Ses muscles prenaient des proportions impressionnantes, ses veines saillaient comme des cordes, ses tendons se nouaient en boules de la taille d'une pomme. Il grandit, s'étirant vers le haut, ses coudes et ses genoux noyés dans les muscles engorgés. Avec une souplesse extraordinaire, son corps se tordit, se distendit, coula, fondit et finalement se transforma en une abomination asymétrique. Des billes glissaient sous son torse comme de petites voitures se percutant sous la peau. Son œil gauche gonfla, le droit s'enfonça dans son orbite, son visage se tendit en arrière, dénudant les dents et une énorme bouche caverneuse. De la bave coulait de ses lèvres inégales. L'œil visible tournait dans son orbite.

Spasme de combat. Bien sûr. Le quatrième don, celui de sa naissance. C'était un guerrier du spasme, comme Cú Chulaínn. J'aurais dû m'en douter.

— Jouons, petit homme.

Bran chargea Curran.

Le Seigneur des Bêtes l'évita et frappa le ventre déformé. Bran lui attrapa le poignet et le catapulta contre le mur comme un chaton.

Curran se retourna en plein vol et rebondit sur le mur. Bran avait projeté un être qui avait encore l'apparence d'un homme, ce qui le percuta était un cauchemar halluciné entre le lion et l'humain.

La bête frappa si fort que le Chien de la Morrigan perdit pied. Curran grondait, ses yeux dorés étincelaient de rage. Les crocs de huit centimètres dans sa gueule préhistorique arrachèrent presque le nez de Bran. Le Seigneur des Bêtes était furax.

Bran balaya Curran aux chevilles et se remit debout.

— Viens, princesse, montre-moi ce que tu as dans le ventre.

Curran plongea. Bran envoya une main charnue et manqua son interception. Les griffes félines lacérèrent ses côtes, le pelant comme une poire. Ses blessures saignèrent un peu et se refermèrent.

Autour, les Changeformes s'égaillèrent. Bran empoigna la cage à Wolf dans laquelle avait été enfermée la Servante et l'abattit sur Curran. Le Roi de la Meute bloqua la cage.

La blessure à son bras pissait le sang, le bandage avait disparu. Des muscles impressionnants tendaient son dos. Il arracha la cage des mains de Bran et la jeta de côté.

— Je reste le meilleur ! gronda-t-il.

Ils se déchaînèrent, cognant des poings et des pieds avec la sauvagerie de rivaux en rut. Un pied de Bran franchit la garde de Curran et expédia celui-ci à l'autre bout de la cour. Au rebond, le Seigneur des Bêtes souleva Bran et le balança dans la cabane contre le mur. Le bois explosa, le mur aussi, Bran s'affala sous une pluie d'échardes. Curran plongea dans le trou après lui. Ils disparurent le temps qu'une nouvelle section du mur vole en éclats, recouvrant le sol de débris. Le corps difforme de Bran réapparut titubant. Il saignait de dizaines de blessures mais semblait ne pas s'en rendre compte.

— C'est tout ? (N'obtenant pas de réponse, il passa la tête par le trou.) Où es-tu ?

Le coup l'envoya bouler à travers la cour. Je dus m'écarter pour ne pas être percutée. Il cogna la cage à Wolf de la tête et rebondit.

Curran émergea du trou. Sa crinière était hirsute, ses yeux en feu, ses crocs couverts de bave, il était démoniaque. Son rugissement faisait vibrer les murs.

Bran se releva et chargea encore. Curran le bloqua aux épaules, glissa vers l'arrière et s'immobilisa. Ils se faisaient face, arc-boutés, les bras empoignés, les muscles surtendus, les mâchoires crispées.

J'aurais pu en tuer un sans trop d'effort, vu qu'ils avaient oublié le reste du monde. J'aurais pu hurler à en perdre définitivement la voix sans qu'ils remarquent mon existence. Ils étaient partis pour se taper dessus jusqu'à épuisement. Et, pour l'instant, ils semblaient tous deux supporter sans problème les dommages.

Si Jim et Andrea étaient vivants, ils étaient à l'infirmerie.

« Quand on n'est pas sûr du chemin qu'on emprunte, mieux vaut foncer avec beaucoup de détermination. » C'était une bonne devise qui me conduisit jusqu'à la porte de l'infirmerie, non sans que je prenne le temps de vider ma mémoire et de me perdre dans le labyrinthe de couloirs et d'escaliers du donjon. Trouver la bonne chambre fut plus facile.

La pièce était dans le noir, toutes lampes éteintes à part une petite veilleuse fae bleue. Sa lueur douce laissait voir les contours d'un étrange corps familier, coincé au croisement entre hyène et femme.

Je restai sur le seuil, incapable d'entrer.

— Je peux te sentir, tu sais, dit Andrea. J'ai ton sabre.

Andrea souleva Slayer par la poignée, il était toujours dans son fourreau. Je m'assis à côté d'elle, au bord du lit, et pris le sabre.

— Pas même un merci ?

— Merci, dis-je. Comment vas-tu ?

— J'ai perdu Julie. Je l'avais mais je l'ai perdue.

— J'ai vu. Tu as fait tout ce que tu pouvais.

— Tu as vu ? Comment ?

— Les sorcières nous ont montré une image de la bataille, à Bran et à moi.

Andrea soupira.

— Si j'avais eu mes flingues… Ils n'auraient pas fonctionné. Bon Dieu ! quel bordel on a foutu !

— Tu vas t'en sortir ?

Elle soupira.

— Tu t'inquiètes pour moi ? Pourquoi ? Je suis Animale, je guéris vite. Le tsunami est à pleine force et le docteur a utilisé sa magie. Je serai sur pied demain.

— Et Jim ?

— Lequel est Jim ?

— Le jaguar.

— Dommages musculaires graves et de nombreux ligaments sont en lambeaux. Il est dans la chambre voisine.

J'avais l'impression d'être une merde. Si je restais une seconde de plus, je me mettrais à hurler.

Andrea me regarda de sous les draps.

— C'était un bon plan. Curran fait diversion, les occupe tant qu'ils se concentrent sur lui, nous attrapons la fille. Sauf que ces salopes ne voulaient pas mourir et qu'on s'est plantés.

— Vous avez essayé.

Ce qui était plus que ce que j'avais fait.

— Kate, je sais à quoi tu penses. Tu penses que, si tu étais restée avec Julie, elle n'aurait pas suivi Red et que nous ne serions pas dans cette merde.

Quoi ?

— Non, pas du tout.

— Je veux que tu saches, quand je l'ai détachée de cette croix, elle criait son nom. Ni toi ni moi ne pouvons briser ce qu'il y a entre eux.

— Andrea ! Je ne te rends pas responsable. Je ne rends personne responsable. (Sauf moi-même.) Tu as essayé et tu as failli y arriver, pendant que je jouais avec Bran dans la brume.

Je quittai le lit.

— Je vais saluer Jim et chercher comment envoyer un coursier à l'Ordre, puisque les téléphones ne fonctionnent pas.

Elle leva la tête de son oreiller, les yeux écarquillés.

— Pourquoi ?

Bran avait condescendu à me donner quelques informations.

— La bulle grise de Morfran est une sorte d'ancienne garde druidique. Morfran gagne du temps pour faire fonctionner le chaudron, remplissant sa bulle de démons marins. Quand elle éclatera, ils envahiront la Ruche puis le Dédale. Nous aurons besoin des Chevaliers et des UMDP.

Son visage perdit toute couleur.

— Personne ne pourra t'aider, Kate. Il n'y a personne. Même Maxine est partie.

— Où sont-ils allés, putain ?

— Il y a une urgence, dit-elle doucement. Tous les Chevaliers et toutes les Unités Militaires de Défense du Paranormal ont été dépêchés pour s'en occuper.

— Andrea, dans moins de douze heures, Atlanta croulera sous les démons. Ils vont tuer et bouffer de l'humain, et libérer encore plus de démons. Que peut-il y avoir de plus urgent que ça ?

Elle hésita.

— Je ne suis pas censée le révéler. Il y a un homme. Son nom est Roland…

Je faillis donner un coup de poing dans le mur.

— Qu'a-t-il encore foutu de si terrible ? Il construit une nouvelle tour ? Elle tombera comme toutes les autres. À moins que son œil ait finalement repoussé et qu'il ait décidé d'organiser une bataille rangée pour arroser ça ?

Andrea tiqua.

— Kate ? Comment tu sais ça ?

Merde !

— Même moi je n'ai pas le rang suffisant pour connaître ces infos. On ne m'en a parlé que parce que je devais rester seule en arrière. Tu n'es pas Chevalier. Comment tu sais ça ?

Comment je répare ma gaffe sans tuer une amie ?

— Après le tsunami, tu as l'intention de révéler à Ted que tu es Animale ?

Elle frémit.

— Sûrement pas ! Il me jetterait dehors et l'Ordre est tout ce que j'ai.

Je hochai la tête.

— Tu as tes secrets, j'ai les miens. Je n'ai rien dit à propos de Roland et tu n'as rien entendu. (Je lui tendis la main.) D'accord ?

Elle hésita un court instant. Ses doigts claquèrent les miens.

— Et je ne suis pas Animale. D'accord.

Je trouvai Jim dans la chambre attenante. Il était assis dans son lit, soutenu par un oreiller, et aiguisait un couteau court avec une pierre.

— Tu m'en dois une, putain ! (Il me montra ses dents dans une vilaine grimace.) Tu avais une copine Animale. Tu m'as rien dit. J'ai eu l'air d'un con qui ne connaît pas son boulot.

Je me posai sur le bord du lit.

— Tire-toi de ma couverture !

Je soupirai.

— Comment vont tes jambes ?

— Le doc dit que je marcherai demain. (Il pointa le couteau vers moi.) Ne change pas de sujet.

La même blessure ne guérissait pas en moins de deux semaines lorsque la magie était normale.

— Tu te souviens de la fois où tu as placé un éclaireur rat dans un appartement au-dessus de chez moi ?

L'éclaireur qui avait tout entendu de ce qui se passait entre Crest et moi.

— Ouais, et alors ?

— Nous sommes à égalité.

Il secoua la tête et recommença à aiguiser son couteau.

— T'es toujours là ? demanda-t-il après quelques secondes.

— Je m'en vais. (Je me levai.) Jim… Pourquoi y es-tu allé ?

Il me regarda d'un air dur.

— Il avait promis à la gosse qu'elle serait en sécurité.

L'alpha tient sa parole et la Meute soutient l'alpha. C'est comme ça que ça marche.

Il retourna à son couteau, me signifiant la fin de la conversation.

J'avais besoin de trouver un lavabo pour m'asperger le visage. Une petite pièce sur la gauche semblait prometteuse. J'entrai. Pas de salle de bains. Pas de meubles non plus. Juste un balcon carré qui donnait sur un escalier extérieur.

La porte n'eut pas le temps de se refermer derrière moi avant de claquer sur le mur. Curran était sur le seuil, de nouveau humain mais pas très en forme. La sueur baignait son visage. Ses mains agrippaient le chambranle comme s'il avait encore des griffes. Ses yeux jaunes brillaient de désir sauvage. Il feula, son visage se fronça et il me dépassa pour rejoindre le balcon. Il se pencha sur la balustrade de pierre et regarda vers le bas.

OK.

Je le suivis et m'appuyai sur la balustrade à ses côtés. L'escalier conduisait à un parapet qui reliait le donjon à une tour à moitié construite. Quand ils auraient finalement achevé la construction, ils devraient changer de nom. « Donjon » faisait un peu étriqué. Un truc comme « Bastion de la Mort et de la Supériorité Changeforme » serait plus approprié. Ils ajouteraient probablement une enseigne au cas où le message échappe à un abruti. « La Meute au reste du monde : nous ne vous aimons pas, tirez-vous. »

Et Curran ferait la gueule en arpentant sa forteresse.

— Qui a gagné ?

Je savais ce qu'il allait répondre.

— Moi.

— Comment ?

— Je l'ai balancé dans le petit château d'eau. Il n'aime pas l'eau. Il a rétréci.

En dessous de nous, les arbres frémissaient dans la bise du matin.

— Tu veux prendre ton tour maintenant en m'expliquant à quel point j'ai été con ?

La violence dans sa voix envoya des frissons le long de ma colonne.

— Attends, laisse-moi vérifier qu'il n'y a pas de château d'eau dans le coin.

Il traîna ses doigts sur la balustrade. S'il avait encore eu des griffes, il aurait laissé des marques blanches.

— Tu m'as confié ce putain de truc et je l'ai abandonné. Je n'ai plus de collier, plus de gosse, deux des miens sont morts, trois sont à l'infirmerie. Il y a une garde sur la Trouée de la Ruche et les éclaireurs me disent qu'elle est pleine de monstres. Vas-y, dis-le !

— J'aurais échangé le collier pour Julie sans une hésitation.

Il me dévisagea avant de m'immobiliser contre le mur, ses dents à quelques centimètres de ma carotide. Il respirait mon odeur, ses yeux toujours noyés d'or fondu. Sa voix ressemblait à un orage contenu.

— Sachant ce que je sais maintenant, je le ferais encore.

— Moi aussi. Lâche-moi !

Il me libéra et recula.

— Si on ne secourt pas une enfant, qui sommes-nous ? demandai-je. Julie vaut n'importe quelle peine et je n'achèterais pas ma sécurité avec son sang. Plutôt crever.

Je m'appuyai contre le mur.

— J'aurais dû comprendre plus tôt. Mieux, j'aurais dû te la laisser. Cette petite merde de Red n'aurait pas pu la sortir du donjon. J'en ai marre d'avoir toujours un wagon de retard !

Nos regards se croisèrent. Nous restâmes silencieux une longue minute, unis dans notre désespoir. Au moins il me comprenait et je le comprenais.

— On fait bien la paire ! dit-il.

— Ouais.

Dans la cour, j'aperçus une petite silhouette s'extirper tant bien que mal des ruines du château d'eau. Je le désignai.

— Il a merdé, lui aussi. Il s'est téléporté comme un idiot dans tous les sens à la recherche du chaudron, et celui-ci n'était caché que par un tas de caisses dans le premier endroit qu'il aurait dû fouiller. Nous nous sommes tous fait rouler par un mec à tentacules et sa bande de sirènes puantes.

Curran haussa ses épaules massives.

— Ce n'est jamais foutrement simple. Mais, juste une fois, j'aimerais que les choses soient évidentes et propres. Or il n'y a pas de bonne décision, seulement celles avec lesquelles je peux vivre.

Il se rendait responsable de chaque estafilade subie par les siens.

Le soleil apparut au-dessus des arbres, inondant le monde de lumière, mais nous restâmes dans l'ombre fraîche et bleue de l'escalier. Curran s'écarta de la balustrade.

— Si j'ai bien compris, cette bulle grise dans la Trouée va bientôt éclater ?

— Quinze heures après son apparition, d'après Bran.

— Donc vers 19 heures. Le voleur…

— Bran.

— Je n'ai rien à foutre de son nom. Il peut refermer le chaudron d'après toi ? Qu'est-ce que ça fera ?

— Que sais-tu déjà ?

— Tout ce que tu as raconté à Andrea.

Je hochai la tête.

— Le chaudron appartient à la Morrigan. Morfran le laid l'a volé pour y renaître. La créature avec les tentacules, les Servantes et le géant servent tous Morfran. Ils sont l'avant-garde des Fomoriens, les démons marins, qui sortent en ce moment du chaudron. Fermer le chaudron empêchera les démons marins de renaître. Ceux qui sont déjà passés deviendront mortels. La Morrigan récupérera le chaudron déclenchant la chute de Morfran et la fin de son putain de festival religieux.

Curran réfléchit.

—Les gens de la Ruche bougent leurs mobil-homes pour empêcher les démons de sortir par là de la Trouée. Les démons n'ont qu'une échappatoire : le Sud-Ouest, par le fond de la Trouée. La Meute bloquera le passage. Nous prendrons le gros de l'assaut. Jim dit qu'il y a un tunnel qui mène du Dédale à la Trouée.

—Je le connais.

—Ce con (il parlait évidemment de Bran) et un petit groupe de mes gens peuvent emprunter le tunnel pendant que nous occupons les démons. Ça les mènera derrière les Fomoriens. Avec de la chance, les démons ne le remarqueront même pas. Est-ce qu'il peut s'empêcher de piquer une crise jusqu'au moment où il atteindra le chaudron ?

—Je ne sais pas. Tu n'es pas impressionné par son spasme de combat, hein ?

Il fit la grimace.

—C'est ignoble. Perte totale de contrôle. Aucune beauté, aucune symétrie. Son œil pendant sur sa joue comme de la morve. Non, ça ne m'impressionne pas.

—Je peux lui mettre le couvercle jusqu'à ce qu'on arrive au chaudron.

Il n'était pas d'humeur à remarquer mon trait d'humour.

—Non.

—Qu'est-ce que tu veux dire par « non » ?

—Non, tu ne vas pas avec lui.

Je croisai les bras.

— Qui a décidé ça ?

Il prit son expression « je suis l'alpha et je frappe du poing sur la table ».

— J'ai décidé.

— Ce n'est pas à toi de décider. Je ne suis pas sous ton autorité.

— Si, tu l'es. Sans toi, la bataille aura lieu mais, sans moi et la Meute, il n'y aura pas de bataille. Je commande la force supérieure, donc c'est moi qui décide. Toi et ton armée d'une personne pouvez vous mettre sous mon autorité… ou tu peux aller faire une promenade.

— Tu penses que je ne suis pas de taille, c'est ça ?

— Non. Je veux que tu sois là où je peux te voir.

— Pourquoi ?

Sa lèvre trembla le temps d'un feulement, puis ses traits se détendirent.

— Parce que c'est comme ça.

Son ton était celui qu'on prenait pour s'adresser à un enfant dissipé ou à un malade mental désagréable. Furieuse, j'eus envie de le frapper.

— Juste par curiosité, comment penses-tu m'empêcher d'accompagner Bran ?

— Je te ficellerai comme un rosbif, je te bâillonnerai et j'intimerai à trois Métamorphes de s'asseoir sur toi pendant la durée de la bataille.

Ses yeux assuraient qu'il en était tout à fait capable. Je n'aurais pas ce que je voulais. Pas cette fois. Il était temps d'user d'une nouvelle stratégie.

— D'accord, je serai sage mais à une condition. Je veux disposer de quinze secondes avant l'engagement. Juste moi entre les rangs des Fomoriens et ton armée.

— Pourquoi ?

Parce que j'avais une idée folle. Je voulais faire quelque chose qui ferait se retourner Greg et mon père dans leurs tombes. Puisque nous risquions tous d'y laisser la vie, je n'avais rien à perdre.

Je ne répondis pas. C'était à lui de me faire confiance ou non.

— Tu les auras, dit Curran.

Chapitre 24

La Meute avait des armes de merde. C'était normal, elle n'en avait pas besoin. Je fouillai leur armurerie et ne trouvai rien. Je voulais une épée pour épauler Slayer et Curran m'avait dit que je pouvais emprunter ce que je voulais.

C'était un peu mieux du côté des armures. Je trouvai une bonne tunique de cuir, cloutée de diamants d'acier aux endroits stratégiques. Elle était noire, elle m'allait et, surtout, elle se laçait pour s'ajuster. J'aurais besoin d'aide pour la passer et l'ôter. Je n'avais jamais participé à une vraie grande bataille, mais j'avais survécu à de grosses bagarres vicieuses et à quelques émeutes. J'avais la malheureuse habitude de me laisser emporter par le combat et d'enlever mon armure sans même m'en rendre compte pour avoir une meilleure liberté de mouvement. J'avais besoin d'une protection dont il était difficile de se débarrasser. Le Velcro était hors de question.

J'étais prête à abandonner l'armurerie mais il y avait cette lame à un seul tranchant, longue de cinquante centimètres, légèrement plus large mais très similaire à Slayer. Parfaitement équilibrée, avec une pointe bien effilée, l'épée avait été forgée d'un seul morceau d'acier-ressort. La poignée était en bois et, à l'image de la lame, sans décorations, fonctionnelle. Une arme moderne pratique, pas une réplique médiévale. Elle était parfaite.

Je la testai une ou deux fois pour m'habituer à son poids.

— Deux lames, dit Bran depuis le seuil.

Son spasme de combat avait déchiré ses vêtements et il avait coupé et noué les restes de sa chemise et de son pantalon pour en faire un kilt, montrant le plus beau torse du monde. Dommage que le kilt m'ait rappelé l'assassin de Greg. Il portait le kilt, lui aussi.

— Tu peux te battre avec un sabre et une épée ?

Je tirai Slayer du fourreau, plongeai vers Bran, dessinant un huit classique autour de son corps, et bloquai son bras avec le plat de l'épée courte quand il essaya de contrer.

— Super ! s'exclama-t-il. Mais tu as manqué ton premier coup.

— Tu veux quelque chose ?

— Je me disais que, comme on va peut-être mourir tous les deux demain, tu serais d'accord pour un petit tour amical dans le foin.

— Je peux mourir. Tu guériras.

— Je ne suis pas immortel, ma colombe. Trop de blessures dans un délai trop court, et je crève comme tout le monde.

Je me désengageai et me dirigeai vers la porte.

Son kilt tomba.

— Il m'a fallu des heures pour attacher ce truc !

Quand il essaya de le remonter, le kilt tomba en morceaux. Je l'avais sectionné en trois endroits.

— Non, Bran, je n'ai pas manqué mon premier coup.

Je sortis dans le couloir et faillis me cogner à Curran, accompagné d'un groupe de Changeformes. Bran me suivit, complètement à poil.

— Hé ! ça veut dire pas de sexe ?

Le visage de Curran perdit toute expression. Je l'évitai et continuai mon chemin.

Bran me poursuivit, s'insinuant entre les Métamorphes.

— Bougez de mon chemin, vous ne voyez pas que j'essaie de parler à une femme ?

Je fis l'erreur de regarder en arrière pour voir Curran tendre la main vers le cou de Bran qui passait près de lui. Avec un effort de volonté qui dut lui coûter une année d'espérance de vie, il se contenta de serrer le poing et baissa le bras.

Je ris sous cape. L'Univers avait démontré que Curran avait tort, il existait bien quelqu'un qui l'énervait plus que moi.

Bran me rattrapa dans l'escalier.

— Où vas-tu ?

— Sur un balcon, j'ai besoin d'air frais.

Et peut-être de me reposer un peu. Même si je ne me sentais plus ensommeillée. La magie chantait en moi, prête à être utilisée. Est-ce que ce serait comme ça quand la tech s'effondrerait pour de bon ? Je n'étais pas sûre de pouvoir contrôler autant de pouvoir brut. Il fallait que je fasse attention, comme si je montais un cheval au galop et que les rênes ne cessaient de m'échapper.

Bran marchait à côté de moi, totalement indifférent à sa nudité. J'entrai dans la première pièce, attrapai une paire de pantalons de survêtement dans une commode – la plupart des pièces du donjon en disposaient, vu que les gens qui changeaient de forme trouvaient pratique d'avoir toujours des vêtements à portée de main – et la lui tendis.

Il l'enfila.

— Tu ne peux pas te contrôler ?

— Ça y est, j'en ai marre, murmurai-je en emportant une couverture et un oreiller hors de la pièce.

Il me suivit jusqu'au balcon où je m'installai un lit de fortune et me roulai en boule. La pierre me protégeait du soleil mais je voyais le ciel ensoleillé avec quelques nuages légers, la verdure des arbres qui bruissaient dans le vent, les murs de pierre, lisses et chauds au toucher. Je sentais le parfum de miel des fleurs et l'odeur légère des loups. Je m'en gorgeai.

Bran se percha sur la balustrade.

— Une gamine maigrichonne à la rue. Un rebut humain. Et vous entrez en guerre à cause d'elle.

— Des guerres ont commencé pour de pires raisons.

Il me regarda.

— Je ne comprends pas.

Comment expliquer l'humanité à quelqu'un qui n'a aucune grille de référence ?

— Ça concerne le bien et le mal. Chacun doit décider de ce qu'ils sont. Pour moi, le mal c'est de tout faire pour une fin sans regarder aux moyens.

Il secoua la tête.

— Si une petite chose mauvaise peut en empêcher une grosse…

— Mais comment décide-t-on ce qu'est une « petite chose mauvaise » ? Disons que tu achètes la sécurité de beaucoup de gens avec la vie d'un enfant. Cet enfant est tout pour ses parents. Tu les désespères. Tu ne peux rien leur faire de pis. Pourquoi serait-ce une « petite chose mauvaise » ?

— Parce que à présent vous allez tous mourir.

— Nous sommes volontaires. Nous avons notre libre arbitre. Je me bats pour sauver Julie et pour tuer autant de ces bâtards que je peux. Ils sont entrés dans ma maison, ils ont essayé de me tuer et ils ont crucifié une gosse. J'ai envie de les punir. Et je veux que cette punition soit si dure, si cruelle que le prochain connard qui voudra leur succéder se pisse dessus à l'idée de m'affronter.

Slayer fumait dans son fourreau, sentant ma colère. En temps normal, je devrais le nourrir pour que la lame ne devienne pas trop fragile et friable mais, avec la magie au plus haut, le sabre tiendrait pendant la bataille et sans doute après.

Je désignai la cour.

— Les Changeformes se battent pour éliminer une menace et pour venger leurs morts. Ils se battent pour protéger leurs enfants parce que, sans eux, il n'y a pas d'avenir. Et toi, pourquoi te bats-tu ?

Il se passa la main dans les cheveux.

— Je n'ai pas d'avenir de toute façon. Je me bats parce que j'ai fait un marché avec la Morrigan. Sans la brume, je vieillis et je meurs.

— Ce serait si terrible de vieillir ? Tu n'as pas envie d'une vie ? une vraie vie ?

Il renifla de dédain.

— Si j'avais voulu une vraie vie, je n'aurais pas demandé à être un héros. Quand je mourrai, je veux mourir fort, une épée à la main s'enfonçant dans le corps de mes ennemis. C'est comme ça qu'un homme doit mourir.

Je soupirai.

— Mon père a servi de chef de guerre à un homme aux pouvoirs inégalés. Cet homme appelait mon père Voron, ce qui signifie « corbeau », parce que la mort le suivait. Voron n'a jamais été défait par l'épée. S'il était resté chef de guerre pour conduire l'armée qu'il avait constituée et entraînée, le monde serait très différent.

— Où veux-tu en venir ?

— Il a tout laissé tomber pour moi.

Et il l'a fait pour un enfant qui n'était pas de son sang.

— Alors ton père était un idiot et maintenant je sais pourquoi tu en es une.

Je fermai les yeux.

— Il n'y a pas moyen de discuter avec toi. Laisse-moi dormir.

Je l'entendis sauter de la balustrade et se poser près de moi. Il enfonça son doigt dans mon épaule.

— J'essaie de comprendre.

J'ouvris les yeux. Expliquer mon code moral n'était pas mon fort.

— Imagine que tu es poursuivi par des loups. Tu cours dans les bois, il n'y a pas d'habitations en vue et tu tombes sur un bébé abandonné. Tu sauves le bébé ou tu le laisses aux loups ?

Je vis l'hésitation dans ses yeux sombres.

— Je laisse le petit bâtard, déclara-t-il un peu trop fort. Ça ralentira les loups.

— Tu as eu un doute.

Il leva la main mais je secouai la tête.

— Je l'ai vu, tu as eu un doute. Tu as hésité l'espace d'une seconde. La force qui était derrière ce doute est la même qui nous pousse à nous battre. Maintenant, laisse-moi tranquille.

Je me roulai en boule sur ma couverture et fermai les yeux. Le vent caressait doucement mon visage et me berçait.

Derek me réveilla quelques heures plus tard. Le soleil était haut dans le ciel – il était juste après midi.

Je n'avais pas envie de mourir.

Le visage de Derek était sombre.

— Jim a quelque chose pour toi en bas.

Il m'accompagna au rez-de-chaussée et me tint une porte ouverte. J'entrai dans une petite pièce, Jim était assis dans un fauteuil, testant le tranchant du couteau que je l'avais vu aiguiser. Devant lui, sur le sol, Red était assis. Il était sale. Son œil gauche était gonflé, à moitié fermé par un superbe coquard. Une longue chaîne de métal s'étirait du mur à un collier autour de son cou. Dieu vous aide si vous offensez la Meute, elle n'a pas besoin d'unité canine pour vous retrouver.

Je croisai les bras et l'observai. Il n'avait que quinze ans. Cela n'excusait pas sa trahison envers Julie, mais cela m'empêchait de lui faire subir ce qui paraissait normal dans ces circonstances.

Red plissa son œil valide pour me défier.

— Si vous voulez me tabasser, allez-y.

Je m'appuyai contre le mur. Quand j'avais bougé, il s'était recroquevillé et avait baissé la tête.

— Pourquoi ne m'as-tu pas parlé du collier ?

— Parce que vous l'auriez volé. (Il montra les dents.) Il était à moi. Mon pouvoir. Ma chance.

— Sais-tu ce qui est arrivé à Julie ?

— Il le sait, intervint Jim.

— Est-ce que tu te sens le moins du monde responsable ?

Il recula.

— Putain ! qu'est-ce que vous voulez que je dise ? Je suis supposé faire le gentil, pleurer et vous dire à quel point je suis désolé ? Je me suis occupé de Julie. Je l'ai protégée pendant deux ans. Elle devrait être reconnaissante, d'accord ? Ils avaient leurs griffes sur ma gorge, juste là ! (Il toucha son cou de ses doigts sales.) Ils ont dit : « Tu nous donnes la fille ou tu meurs. » Alors je leur ai donné la fille. N'importe lequel d'entre vous, connards, aurait fait la même chose. Et plutôt que me regarder de haut comme ça, allez vous faire enculer !

Il cracha sur le sol.

— Si tu ne ressentais rien pour elle, pourquoi m'as-tu demandé de m'occuper d'elle ?

— Parce que c'est un investissement, stupide pute !

Ce n'était pas un être humain, juste une boule de haine. Nous pouvions le battre comme plâtre, le laisser mourir de faim, lui faire la leçon, mais aucune punition, aucune éducation ne lui ferait comprendre qu'il se trompait de voie. Il était perdu.

— Que vas-tu faire de lui ? demandai-je à Jim.

Il haussa les épaules.

— Je vais lui donner une lame et le mettre sur le champ de bataille. Il pourra me montrer quel dur il est.

— Il te poignardera dans le dos.

— J'aurai des gens pour le surveiller. Nous l'avons trouvé une fois, nous le trouverons encore. Il poignarde quelqu'un, et je l'écorche vif. Morceau par morceau.

La plupart des gens ne voyaient Jim qu'une seule fois

avant qu'il les tue. Son sourire eut l'effet désiré : Red se racornit et blêmit si intensément que je pouvais le voir sous la couche de crasse qui recouvrait sa peau.

— Une objection ? demanda Jim.

— Fais ce que tu veux.

Dans la cour, deux énormes bus rugissaient, leur moteur carburait à l'eau infusée de magie. Le problème avec ce genre de véhicules était leur lenteur – pas plus de 70/80 kilomètres à l'heure – et ils étaient assez bruyants pour réveiller les morts et leur faire appeler les flics. J'allais à la bataille en bus… L'Univers avait un sens de l'humour caustique.

Je remarquai une silhouette fluette et familière. Myong. Et, à côté d'elle, Crest. Il avait l'air bien : mêmes yeux sombres, mêmes vêtements, immaculés et parfaitement repassés. C'était toujours un très bel homme, cheveux auburn et des yeux chaleureux. Je le regardai et ne ressentis rien. L'embarras avait disparu. J'étais libre.

— Curran les a laissé partir. Il a libéré Myong de ses devoirs envers la Meute. Elle n'aura pas à se battre. (Derek fronça les lèvres.) Si ça avait été moi, je l'aurais fait combattre. Et si elle s'était bien débrouillée, je l'aurais libérée.

Crest tenait la portière d'un véhicule étroit et gris pour Myong.

— Là, ils s'en vont, l'heureux couple qui n'aura pas à participer à la vengeance et au sauvetage du monde. Ça te dérange ?

Je souris.

— Derek, dans la vie, il te faudra apprendre à laisser couler certaines choses.

Nous contournâmes le bus. Une vague de magie vampirique me frappa. Huit vampires étaient perchés comme des statues devant une Jeep. Près du véhicule, Curran tenait une conversation animée avec un neuvième vampire. Ce dernier me vit.

— Kate, dit-il avec la voix de Ghastek. Ta capacité à survivre m'étonnera toujours.

— Qu'est-ce que tu fous là ? Je veux dire qu'est-ce que tu fous là au lieu d'être enfermé au *Casino* ?

— C'est élémentaire, ma chère. Le Peuple aimerait analyser le potentiel réel des vampires pendant un tsunami, quand ils sont libres d'infliger des dommages illimités. Mais je suis surtout là pour me venger du Berger. La rétribution est une bonne cause.

À l'expression de Curran, je compris qui allait escorter Bran dans le tunnel.

Chapitre 25

La bulle remplissait la Trouée. Solide, translucide, veinée de craquelures qui trahissaient le faciès des monstres la remplissant. Groins écrasés, lèvres épaisses écrabouillées, les Fomoriens étaient serrés les uns contre les autres comme des sardines dans leur boîte.

Nous avions pris les bus jusqu'à la Ruche et suivi un sentier jusqu'au fond de la Trouée. Curran avait embarqué une centaine de Changeformes, tous volontaires. Cent Métamorphes pourraient bloquer la Trouée suffisamment longtemps pour donner une chance à Bran de fermer le chaudron. S'ils échouaient, nul ne pourrait rectifier les choses. Curran ne voulait pas mettre un plus grand nombre de ses gens en danger. J'aurais préféré qu'ils soient plus nombreux mais personne ne m'avait demandé mon avis.

Le sentier nous amena au bord de la Trouée de la Ruche. Avant que le sentier m'emmène vers l'est, je vis les mobil-homes surgonflés serrés les uns contre les autres pour encercler les lèvres de la Trouée. Derrière les caravanes, les résidants attendaient, armés de gourdins, de haches et de toutes sortes d'armes blanches. Quatre maîtres-chiens tenaient leur charge métallique au bout de chaînes épaisses comme des bras et, plus loin, deux carrobalistes étaient en place. Si les démons réussissaient à passer la côte hérissée de piques et de détritus, ils le regretteraient rapidement.

Les Changeformes avaient nettoyé le sol pour le rendre praticable. Tous les débris avaient été jetés sur la bulle. Cela ralentirait peut-être les Fomoriens.

Nous descendîmes dans la Trouée. La Meute forma les rangs à une centaine de mètres de la bulle. Les Métamorphes se tenaient éloignés les uns des autres afin de se donner de l'espace pour se battre. Un groupe de femmes me dépassa, mené par une sorcière familière : l'une des dirigeantes des convents de la Morrigan. Elles portaient cuir et cotte de mailles, arcs et épées, et leur visage était peint en bleu. Avec un air de détermination farouche, elles jouèrent des coudes pour rejoindre Curran. Ils palabrèrent quelques minutes puis les sorcières grimpèrent sur les murs, prenant position dans les décombres au-dessus de la bataille.

C'était mon tour. Je rattrapai le Seigneur des Bêtes.

— Quinze secondes.

Ses yeux brillaient.

— Je me souviens. Essaie de ne pas mourir.

— Je survivrai rien que pour pouvoir te tuer.

— On se verra au matin, alors.

Je m'éloignai. Derrière moi, Derek souriait de toutes ses dents.

— Tu fais le baby-sitter pour la bataille ?

Il hocha la tête, souriant plus largement encore.

Merveilleux !

Un gros morceau gris pâle, comme de la glace sale, se détacha du haut de la bulle. Il plongea avec un sifflement sinistre et mordit profondément dans le fond de la Trouée, traversant les détritus rouillés. Le gris crachota et grésilla en s'évaporant. Le silence emplit le champ de bataille. Les Changeformes tremblaient d'excitation.

La voix de Curran tonna au-dessus de nos têtes.

— Nous avons un travail à accomplir. Aujourd'hui, nous vengeons les nôtres ! Ils sont venus ici sur notre territoire. Ils ont torturé une enfant. Ils ont tué nos compagnons de Meute. Personne ne s'attaque à la Meute !

— Personne ! répondit un chœur enroué.

Il désigna le bulle.

— Ce ne sont pas des hommes. Il n'y a pas une once de chair humaine sur leurs os.

Où voulait-il en venir ?

— Ce qui se passe ici reste ici. Aujourd'hui, il n'y a pas de Code. Aujourd'hui vous pouvez vous laisser aller.

Ils vivaient par le Code. Ils le suivaient avec une discipline fanatique. Obéir, agir, répondre de ses actes. Toujours consciencieux. Toujours sous contrôle. Ne jamais perdre pied. Curran venait de leur promettre la seule chose qu'ils ne pourraient jamais avoir. Un à un leurs yeux s'allumèrent d'ambre, flamboyèrent de rouge sang.

— Souvenez-vous. Vous n'êtes pas ici pour mourir pour votre Meute ! Vous êtes ici pour que ces bâtards meurent pour la leur. Ensemble nous allons tuer !

— *Tuer !* soupira le champ de bataille.

— Gagner !

— *Gagner !*

— Rentrer !

— *Rentrer !*

— Tuer ! Gagner ! Rentrer !

— *Tuer ! Gagner ! Rentrer ! Tuer ! Gagner ! Rentrer !*

Ils scandaient encore et encore, leurs voix se mélangeaient dans une avalanche sonore.

Un autre fragment du dôme s'écrasa dans l'herbe. Comme un seul homme, les Changeformes se déshabillèrent. Autour de moi les gens s'accrochaient à leurs armes. Je sentais une odeur de sueur et de métal chauffé au soleil.

Avec le rugissement assourdissant de la glace qui explose, la bulle grise s'ouvrit, dévoilant une mer de Fomoriens. Ils avancèrent de quelques pas, en silence, masse chaotique tachetée de vert, de turquoise, d'orange, monstrueuse comme une antique peinture de l'enfer.

— *Changez !* rugit Curran

La fourrure explosa dans les rangs des Métamorphes comme le feu le long d'un câble de détonateur. Bêtes et monstres carrèrent les épaules et claquèrent des mâchoires. Curran feula et s'éleva au-dessus de ses troupes, un cauchemar bestial de deux mètres cinquante.

Derrière la horde des Fomoriens, Morfran se tenait sur un petit tertre d'ordures. Il leva une énorme hache à double tranchant vers le ciel.

Les Fomoriens braillèrent.

Une clameur leur répondit depuis cent épaisses gorges velues : les loups grondaient et hurlaient, les chacals glapissaient, les hyènes ricanaient, les chats feulaient, les rats crissaient, tous ensemble et, par-dessus cela, interminable et écrasant, s'éleva le rugissement du lion.

Les Fomoriens hésitèrent, incertains.

Morfran leva sa hache. Il semblait ne connaître qu'un signe pour toute chose : creuser un trou dans le ciel.

Les premiers rangs de la horde s'avancèrent, d'abord lentement, péniblement, puis de plus en plus vite. Une étendue couverte d'ordures aussi grande qu'un stade de football nous séparait d'eux. Le sol tremblait du choc de tant de pieds.

— Attendez ! feula Curran.

Un chant bas de voix féminines s'éleva derrière nous. La magie bougea et changea, obéissant au pouvoir de ces voix. Le sol trembla comme un tambour géant frappé de l'intérieur. Des lianes apparurent brusquement devant les rangs de Fomoriens et se tordirent, s'enroulant autour de leurs pieds, les accrochant, les enserrant. Les démons stoppèrent pour se libérer.

Une sorcière hurla. Des cris gutturaux lui répondirent. Le ciel se remplit de formes scintillantes. Les oiseaux du Stymphale s'élancèrent dans les airs et plongèrent sur la horde démoniaque. Les plumes sifflaient, et des cris de douleur leur faisaient écho quand le métal aiguisé comme un rasoir tranchait la chair. Ici et là les formes diaboliques se liquéfiaient. Le chaudron les ramènerait à la vie. Je me souvins de ce qu'avait dit Bran en observant la bataille dans la tortue de l'Oracle. Il hurlait: « Estropiez-les! » Si nous pouvions en mutiler un grand nombre, les immobiliser sans les tuer, ce serait plus efficace. Nous devions attirer leur attention, les occuper et éclaircir leurs rangs afin de gagner du temps pour Bran. Après nous les tuerions.

Les démons s'étaient dégagés des lianes et recommençaient à avancer, masse grouillante de chair, de dents et de cornes.

C'était mon tour. Je courus vers eux, légère, m'éloignant de plus en plus des rangs de Changeformes. Devant moi, les Fomoriens grandissaient.

Je laissai tomber toutes mes gardes. Toutes mes laisses, toutes mes chaînes, tout ce qui me contrôlait par discipline et peur d'être découverte, j'abandonnai tout. Pas besoin de me cacher. La magie coulait en moi, enivrante, grisante, séductrice. Elle se mélangeait à ma soif de sang. Je compris alors ce qu'avait ressenti mon père quand il commandait ses armées à la bataille. J'avais été élevée par le Seigneur de Guerre de Roland. Si j'abandonnai mes fers, ils s'agenouilleraient devant moi.

La magie chantait à travers moi. Saoulée de sa force, je ne retins plus rien et aboyai un mot de pouvoir :

— *Osanda!*

À genoux!

La magie s'expulsa de moi avec la violence d'un raz-de-marée. Le sol trembla quand des centaines de genoux le frappèrent de conserve. Les rangs des Fomoriens s'écrasèrent sur le sol dans un éclaboussement de sang et un craquement d'os brisés. La douleur du mot de pouvoir était si légère en moi que je la sentais à peine. La pression de la magie se relâcha enfin.

Face à son avant-garde qui se tordait de douleur, la horde s'arrêta, horrifiée. Je vis le visage écœurant de Morfran, dans tous ses détails, avec une clarté surnaturelle, ses yeux remplis du choc que j'avais provoqué. Je bus ce choc, j'y pris plaisir et je ris.

— Amène ton armée, petit dieu ! Mon sabre a faim !

Il sursauta comme si on l'avait fouetté, il m'avait entendue. Il leva sa hache et la pointa dans ma direction. Il hurla et la horde avança de nouveau. Je riais encore, grisée de tant de magie, quand les Changeformes affluèrent autour de moi pour se jeter sur les démons mutilés.

Une main secoua mon épaule, le visage de Derek apparut dans mon champ de vision.

— Kate ! Sors de là ! Kate !

Je lui ris au visage et dégainai mes lames. Les fourreaux tombèrent au sol, je me mis à courir.

« Ce qui se passe ici reste ici. »

Un rugissement s'éleva lorsque les lignes opposées de guerriers s'écrasèrent l'une contre l'autre comme deux grands vaisseaux s'éperonnant. Le premier démon fit tournoyer sa hache bleutée vers moi. Je l'éventrai et passai au suivant.

Je tranchai, je coupai, mes lames mordaient comme deux serpents d'acier à la gueule avide et, quel que soit le nombre de Fomoriens qu'ils consommaient, cela ne calmait pas leur faim. Je ne voyais rien, je ne sentais rien. Tout se fondait dans l'odeur et la chaleur du sang, la brûlure du soleil et le lubrifiant de ma propre sueur.

Ils continuaient à venir s'empaler sur l'épée et le sabre, m'enserrant dans un cercle de chair. Je tuais sans réfléchir, sans savoir qui j'envoyais dans les profondeurs du chaudron. C'étaient des formes, des obstacles sur mon chemin vers Morfran et, comme une machine bien rodée, je les labourais au passage sans le moindre remords. De taille ou d'estoc, chaque coup trouvait sa victime. Une étrange euphorie s'empara de moi – il y en avait tellement ! Et j'espérais que cela ne finirait jamais. J'étais née pour cela.

Je pourrais continuer à tuer éternellement.

Le sol devenait glissant des fluides de mort fomoriens. Doucement, un cercle de carcasses s'entassa autour de moi : nous avions débordé le chaudron de renaissance, massacrant les Fomoriens plus vite qu'il pouvait les régénérer.

Soudain, les démons s'égaillèrent et fuirent la gloutonnerie de mes armes. Le champ de bataille s'ouvrit devant moi. Les combattants s'écrasaient les uns contre les autres, dans tous les sens, il n'y avait plus d'espace entre attaquants et défenseurs. Les Métamorphes déments éventraient les monstres, leurs yeux écarlates de rage. Les sorcières hurlaient, lançant sorts et flèches. L'air bouillonnait de sang. La clameur des épées, les cris de douleur des blessés, les vociférations des Changeformes, les râles des mourants se mêlaient en une cacophonie insupportable. Le soleil sans pitié flamboyait, assez chaud pour brûler la peau. C'était l'enfer et la furie.

Je levai mes lames et tuai encore, un sourire sur les lèvres.

Quand je vis de nouveau le soleil, il était juste au-dessus de l'horizon, vermillon dans le ciel, les nuages trempés de rouge comme des bandages sur une blessure ouverte. Nous nous étions battus près de deux heures.

Une paire de vampires atterrit sur un monticule de cadavres.

— Golf Trois, grande cible à deux heures, besoin d'aide ?

— Golf Deux. Roger.

Un des deux attrapa un non-mort, tournoya et le lança comme un disque. Le non-mort vola sur près de huit mètres et retomba sur un géant à tête de requin. Les griffes tranchèrent dans la chair et le Fomorien tomba.

Des vampires. Bran avait réussi.

Un corps vola près de moi. Énorme, grotesque, il traversait le champ de bataille.

Un Fomorien couvert d'écailles lança un harpon qui frappa Bran au ventre, et rebondit. Le monstre qu'était Bran attrapa le harpon avec une main de la taille d'une pelle et tira sur la chaîne, arrachant son propriétaire du sol pour le frapper du pied comme s'il était un ballon de foot, le propulsant hors de vue.

Les Fomoriens se jetaient sur lui, quatre, cinq à la fois. Il les écartait comme s'il s'était agi d'oiseaux, pivotant de droite à gauche, arrachant des têtes et écrasant les corps comme un enfant dévastant un champ de pissenlits. Alors qu'il les poursuivait, brisant des dos et écrasant des crânes, le haut de son corps commença à rougeoyer comme une braise mourante.

Que faisait-il ? Il ne devait pas entrer en spasme de combat avant d'avoir atteint Morfran. Je me retournai pour découvrir le Grand Corbeau, juste là, presque à côté de moi. Dans mon accès de folie meurtrière je m'étais frayé un chemin jusqu'à lui.

Les mains de Morfran bougeaient, ses lèvres chuchotaient. Ses yeux traquaient Bran. Il lançait un sort.

Non ! C'est hors de question !

Je chargeai le tertre en hurlant.

La réaction fut soudaine et brutale. Morfran leva sa hache au-dessus de la tête pour me frapper, il bougeait à une vitesse surnaturelle, léger sur ses pieds. Je sautai sur le côté, et lançai un barrage de feintes, de plus en plus rapides, tournant autour de lui, faisant scintiller mes lames. *Concentre-toi sur moi, fils de pute !*

La hache siffla à mes oreilles, une fois, deux fois. Je continuai à danser, trop rapide pour qu'il m'attrape, mais trop précise pour qu'il m'ignore. Je regardai ses yeux, je regardai ses pieds, je frappai son visage pour l'occuper.

Il écarta mon épée courte et tenta de me couper en deux. La hache décrivit un grand arc brillant, une étoile étincelante de soleil éclatait sur la lame. Au lieu de me rejeter en arrière, je bondis vers l'avant pour lui planter le sabre dans la gorge.

Exécuté à une vitesse féline, le coup était parfait mais, je ne sais comment, il échoua. La pointe de Slayer traça seulement une ligne rouge le long du cou de Morfran, tandis que sa botte s'enfonçait dans mon ventre. Le monde se transforma en brume humide. Je me pliai en deux. Il fut instantanément sur moi. La hache mordit le sol entre mes jambes.

Je roulai et me redressai, m'accroupissant à moitié, plongeant mes deux lames dans sa poitrine. Mon acier ne rencontra aucune résistance. Morfran s'effondra dans une rafale de plumes. Je les fouettai de mes deux lames, grognant comme un pitbull. Les plumes se jetèrent en direction d'un trou dans les rangs des Fomoriens. J'essayai de les poursuivre mais elles étaient trop rapides.

En un clin d'œil, Morfran se reforma, la hache scintillant au bout de son bras. Je chargeai et j'aperçus Bran se dresser derrière lui. La tête du Chien de la Morrigan était blanche et brillante. Il saignait d'une dizaine de blessures, d'énormes entailles qui zébraient son corps transformé. La chaleur qui émanait de lui séchait son sang en traînées brunes sur sa peau.

— Mon tour !

La chose qui était Bran fouetta Morfran de ses bras. Le Grand Corbeau glissa dans les ordures. Bran le poursuivit, frappant de toutes parts dans sa furie démente avec une énorme lance volée à un démon.

La hache de Morfran tournoya dans les airs avec un sifflement sinistre. Le coup coupa la hampe de la lance en deux et plongea dans l'épaule de Bran. Le sang gicla. L'arbalétrier recula à une vitesse surnaturelle, arracha la hache des mains de Morfran et brisa le manche de bois.

Le corps de Morfran s'effondra dans une tempête de plumes noires. Les plumes s'élevèrent ensemble, formant une tornade renversée, et se solidifièrent pour constituer un corbeau gigantesque. Une magie froide nous submergea. Vide de vie, elle aurait aussi bien pu venir de l'espace à travers un trou dans l'atmosphère. Le givre lécha ma peau.

Les serres du corbeau tenaient un énorme chaudron de bronze.

Bran ramassa une poignée de débris métalliques et la lança en l'air. Les morceaux les plus pointus mordirent le corbeau, pénétrant sa gorge et son dos. Du sang sombre roula des plumes de jais en gouttes grosses comme des poings. Les sphères se détachèrent de la chair de Morfran et restèrent suspendues en l'air, scintillant dans la lumière du soleil mourant.

Bran lança le contenu de son autre main. Un seul fragment brillant mordit profondément dans le dos du corbeau – la tête de la propre hache de Morfran.

Le corbeau hurla.

Comme une goutte de métal en fusion, le chaudron s'échappa de ses serres. Une plainte mâtinée de rage pure transperça mon esprit.

Sous les pieds du chaudron, la terre soupira, s'ouvrit comme une bouche affamée et rota une nouvelle fournée de Fomoriens dans la lumière. Ils se jetèrent sur Bran.

Je les tailladai. À côté de moi, les Changeformes les déchiraient en lambeaux, mais nous n'étions pas assez nombreux et il y en avait trop. Je ne pouvais plus voir Bran – il était enterré sous un monticule de cadavres de Fomoriens.

Le tas se désagrégea. Meurtri et ensanglanté, Bran dégagea un couvercle sculpté de la poussière et le souleva. Il semblait minuscule dans son énorme main, pas plus grand qu'un frisbee. Une pression immense m'écrasa. Ma poitrine se contracta. Mes os grincèrent. Autour de moi les

Métamorphes et les Fomoriens tombèrent en hurlant de douleur.

Bran se tendit. Du sang jaillit de ses blessures. Dans un cri terrible, il flanqua le couvercle sur le chaudron.

La pression disparut. Bran sourit, souleva le couvercle et disparut dans un nuage de fumée. Le couvercle l'accompagna. *Ça y est.* Il l'avait rendu à la Morrigan et il en avait terminé. Mais nous, nous avions encore un champ de démons à éliminer.

— Kate ! cria une voix.

À trente mètres de moi, Derek pointait une main ensanglantée sur quelque chose derrière moi. Je pivotai et vis une petite silhouette familière sur la croix, enfoncée dans le sol, pas très loin. Julie !

J'enjambai les cadavres pour l'atteindre. Une ombre me recouvrit. Je levai les yeux à temps pour voir un énorme bec de la couleur de l'acier poli foncer vers moi. Morfran, toujours corbeau. Encerclée par les Fomoriens, je n'avais nulle part où me réfugier. Je tombai à genoux, prête à plonger Slayer dans les tripes de Morfran. Le corbeau cacha le soleil, d'immenses mains griffues agrippèrent ses ailes.

Dans un rugissement qui fit trembler les démons, Curran entreprit de déchiqueter le corbeau.

— Vas-y ! hurla-t-il. Vas-y !

J'y allai, grimpant sur des cadavres, donnant des coups de pied, frappant, coupant, concentrée sur Julie. Sur ma gauche, un groupe de Fomoriens s'écartèrent du vampire qu'ils venaient de démembrer et me chargèrent.

— Tuez l'enfant !

Le sifflement du Berger perça la clameur de la bataille. Les Fomoriens changèrent de direction.

Vingt mètres me séparaient d'elle. Je n'y arriverais pas à temps.

Bran se matérialisa à côté de Julie dans un nuage de brume. Il avait recouvré sa forme humaine. Il embrassa la croix et l'enfant avec elle. Ils disparurent dans la brume. Les Fomoriens gémirent de frustration.

Bran apparut devant moi, les mains vides, il souriait.

Un tourbillon de tentacules verts jaillit de sa poitrine. Son sang m'éclaboussa. Ses yeux s'écarquillèrent. Sa bouche était béante.

— Bran !

Il s'effondra, tombant sur moi, du sang coulait de sa bouche. Derrière lui, le Berger triomphait. Je sautai pardessus Bran et fouettai le bâtard de toute la fureur de Slayer. Des yeux de poisson me regardaient, pleins de haine, quand sa tête roula dans la poussière. Son corps trébucha. Je frappai, encore et encore. Sous mes lames, le démon marin se délita, morceau par morceau, pour ne jamais se relever.

Un cri inhumain traversa le champ de bataille. Curran se dressa au milieu du carnage, l'énorme bec-de-corbeau de Morfran à la main. Couvert de sang, il ordonna :

— Tuez-les ! Tuez-les tous, ils sont mortels !

Les Changeformes se jetèrent sur les Fomoriens. Je tombai à genoux près de Bran.

Non. Non. Non. Non.

Je le retournai. Il me regarda de ses yeux noirs.

— J'ai sauvé le bébé. Je l'ai sauvé. Pour toi !

— Brume ! Brume, putain !

— Trop tard, chuchota-t-il entre ses lèvres ensanglantées. Le cœur ne se régénère pas. Adieu ma colombe.

— Ne meurs pas !

Il continua à me regarder et sourit. Je sentis une fine ligne de douleur s'allonger en moi, tendue à se briser. Ça faisait mal. Ça faisait si mal que je ne pouvais plus respirer.

Bran haleta. Son corps devint rigide dans mes mains, je le sentis partir doucement.

Non !

J'attrapai ce dernier souffle de vie. Avec toute ma magie, avec tout mon pouvoir, avec tout ce que j'étais, je retins ce minuscule fragment de Bran et refusai de le laisser partir.

La magie bouillonna autour de moi. Je l'aspirai, l'enfonçant plus profondément dans son corps, le retenant. Elle coula à travers moi dans un torrent de douleur et se fondit dans la chair de Bran.

Je ne le laisserai pas. Il vivra. Je ne le perdrai pas!

— *Idiote!* (Une voix emplissait mon esprit.) *Tu ne peux pas combattre la mort.*

Regarde-moi!

L'étincelle de vie s'estompa encore. Plus de magie. Plus… Le vent hurlait ou peut-être était-ce mon propre sang qui battait à mes oreilles. Je ne sentais plus que la douleur et Bran.

Je tirai plus fort. L'étincelle s'immobilisa. Les paupières de Bran frémirent. Sa bouche s'ouvrit. Ses yeux se braquèrent sur moi. Je ne pouvais entendre ce qu'il disait. Son cœur s'était arrêté et il me fallait toute ma concentration pour le garder.

Son regard était hanté. Son murmure flotta jusqu'à mes oreilles, chaque mot était faible mais distinct.

— Laisse-moi partir.

— *C'est ainsi qu'on crée la non-mort*, dit la voix.

Je sentis au plus profond de moi qu'elle avait raison.

Je ne deviendrais pas ce que je haïssais. Je ne deviendrais pas l'homme qui m'avait engendrée.

— Laisse-moi partir, ma colombe, murmura Bran.

Je tranchai la magie. La ligne de douleur en moi se brisa comme un fil cassé. Elle me fouetta de l'intérieur. Je sentis l'étincelle de vie de Bran se fondre dans le vide. La magie s'agita en moi comme un animal vivant, piégée et prête à me déchirer pour se libérer.

Dans mes bras, Bran était mort.

Les larmes jaillirent de mes yeux et coulèrent sur mes joues pour entraîner la magie avec elles sur le sol. La terre se trempa de mes larmes et quelque chose s'éveilla, plein de vie et de magie, mais ça n'avait pas d'importance. Bran n'était plus.

Une Fomorienne rampait derrière moi, sa lame prête à s'enfoncer dans mon dos.

Je me redressai, mes gestes étaient souples, liquides. Je pivotai et enfonçai mon sabre d'un seul mouvement. La pointe de Slayer perça la poitrine de la démone. Elle s'enfonça dans la peau verte et trancha les muscles sans à-coup, creusa le cartilage de son sternum, plongeant profondément pour trouver le cœur. L'organe résista une fraction d'instant, comme un poing serré, puis la lame le creva et se baigna dans le sang. Je la retirai d'un coup sec, déchirant le cœur en deux.

Le sang me trempait. J'en sentais l'odeur, je sentais sa chaleur collante sur ma main. Les yeux de la Fomorienne s'écarquillèrent. La peur grinçait depuis les profondeurs de son regard cobalt. Cette fois, il n'y aurait pas de régénérescence. Je l'avais tuée. Elle était morte et l'approche irrémédiable de sa fin la terrifiait douloureusement.

Ce fut un moment qui dura une éternité. Je savais que je m'en souviendrais toujours.

Je m'en souviendrais toujours parce que, quel que soit le nombre de démons que j'avais tués, quel que soit le nombre de Fomoriens que je tuerais avant la fin de la journée, rien ne ramènerait Bran. Pas même pour un instant.

Le chagrin m'envahit et m'accompagna dans le massacre. Je traversai le champ de bataille mue par la démence et la rage, tuant tous ceux qui se trouvaient sur mon passage. Ils fuyaient quand ils me voyaient arriver et je les poursuivais, et je les tuais avant qu'ils tuent l'ami de quelqu'un d'autre.

La nuit était tombée. Les Fomoriens étaient morts. Leurs cadavres recouvraient le sol, mélangés aux corps humains de ceux qui étaient tombés. Dans la mort, sorcières, Changeformes ou simples quidams se ressemblaient tous. Tant de corps. Tant de morts. Le matin, ils respiraient encore, ils parlaient, ils fanfaronnaient, ils quittaient ceux qu'ils aimaient en les embrassant. Désormais, ils étaient morts. Disparus à jamais. Comme Bran.

J'étais assise près du corps du Chien de la Morrigan. Ses yeux de minuit étaient clos. J'avais mal à des endroits dont je ne connaissais pas l'existence. J'étais épuisée.

Quelqu'un avait dressé un bûcher funéraire. Il brûlait, orange, dans les ténèbres. Une fumée épaisse et grasse emplissait la nuit.

J'avais pris Bran par la main et je l'avais traîné vers l'humanité, vers le libre arbitre et le choix. Et cela… non, *je* l'avais conduit à sa perte. Le feu avait quitté ses yeux. Il ne ferait plus de clins d'œil, il ne m'appellerait plus « sa colombe ». Je ne l'aimais pas, je le connaissais à peine mais Dieu que cela faisait mal. Pourquoi tuais-je tous ceux que j'aimais ? Pourquoi mouraient-ils tous ? J'aurais pu réparer n'importe quoi d'autre, mais la mort l'emportait chaque fois. *À quoi sert toute la magie du monde si elle ne peut pas défaire la mort ? À quoi ça sert quand on ne peut pas s'arrêter, quand tout ce qu'on peut faire c'est tuer et punir ?*

Quelqu'un s'approcha de moi et tira sur ma manche.

— Kate, dit une toute petite voix. Kate, ça va ?

Je regardai la propriétaire de la voix et reconnus ses traits.

— Kate, répéta-t-elle douloureusement. S'il te plaît, dis quelque chose.

Je me sentais si vide que j'en étais presque incapable de parler.

— Es-tu réelle ? lui demandai-je.

Julie hocha la tête.

— Comment es-tu arrivée ici ?

— Bran m'a emmenée. Je me suis réveillée près d'un lac. Il y avait des corps partout et une femme. Il m'a tirée de là, m'a donné un couteau et m'a ramenée ici. (Elle désigna l'endroit où nous avions formé les rangs avant la bataille.) Je me suis battue.

Elle me montra son couteau couvert de sang.

— Idiote ! (Je n'avais plus de colère, ma voix était plate.) Tant de gens sont morts pour te sauver et tu t'es jetée dans le massacre.

— J'ai vu les Servantes manger le corps de ma maman. Il le fallait. (Elle s'assit à côté de moi.) Il le fallait, Kate.

J'entendis un tintement de chaînes. Puis le bruit du métal qu'on écrase du pied. Une longue silhouette apparut dans la fumée.

Nue, à part un harnais de ceintures de cuir et de crochets d'argent, ses cheveux l'encadrant en *dreads* noires, elle était couverte de sang frais. Les coulées rouge sombre se mêlaient aux runes bleues tatouées sur sa peau. Sa présence me frappa : glaciale, dure, cruelle, terrifiante comme le hurlement d'un loup la nuit sur une route solitaire.

— C'est elle, murmura Julie. La femme du lac.

Ses yeux brillaient, tachés d'étincelles radiantes. Les étincelles explosèrent en iris d'ambre, soudain plus grands qu'une maison, dévorants, accablants, irrésistibles… Les pupilles sans fond tourbillonnaient devant moi et je sus que je pouvais m'y noyer et m'y perdre à jamais.

C'était donc à ça que ressemblaient les yeux d'une déesse.

Elle regarda au-delà de nous et leva la main pour la pointer par-dessus ma tête. Les chaînes tintèrent.

— *Viens !*

Je reconnus la voix que j'avais entendue dans ma tête.

Red se détacha d'un monticule d'ordures. Cela faisait un moment que je savais qu'il était là. Il s'était approché alors que la bataille s'achevait, il m'avait suivie et avait attendu dans les débris pendant que je veillais Bran, sans forces. Il attendait probablement le bon moment pour m'enfoncer son couteau dans le dos.

Julie s'écria, surprise :

— Red !

Je l'attrapai par les épaules et la retins.

— *Tu désires le pouvoir…*

Red déglutit.

— Oui.

— *Sers-moi, et je te donnerai tout le pouvoir que tu désires.*

Il trembla.

— *Acceptes-tu le marché ?*

— Oui.

— Red, et moi ?

Julie se libéra de mon étreinte. Je ne la retenais pas très fort. C'était sa dernière chance de se guérir de lui.

— Je t'aime ! Ne me quitte pas.

Il tendit la main pour la tenir à distance.

— Elle a tout ce dont je rêve. Tu n'as rien.

Il enjamba les jambes de Bran et trotta vers la Morrigan comme le chien qu'il était. Le cercle était complet : de l'ancêtre qui s'était libéré de la Morrigan, à travers tant de générations, jusqu'au descendant qui mettait volontairement le collier.

Le corps de Bran encore tiède, elle le remplaçait sans montrer le moindre chagrin.

Je la regardai.

— Vous me reconnaissez ?

Les chaînes tintinnabulèrent un acquiescement.

— La prochaine fois que nous nous rencontrons, je le tue.

— Va te faire foutre. Elle est trop puissante pour toi. Elle me protégera, dit Red.

— Le sang qui coule dans mes veines était vieux alors qu'elle n'était qu'une vague idée. Regarde dans ses yeux si tu ne me crois pas.

— *Nous ne nous reverrons plus*, promit la Morrigan.

Derrière elle, la brume forma un mur solide, se glissa sur le sol, lécha les pieds de la Déesse, s'enroula autour de Red et les avala.

La tech frappa, écrasant la magie sous ses pieds. Julie se tenait seule sur le champ de cadavres et d'acier, choquée.

ÉPILOGUE

Au matin, quand les sorcières vinrent prendre le corps de Bran, elles le trouvèrent allongé au milieu de fleurs blanches. Éclatantes comme de petites étoiles d'argent, avec un cœur aussi noir que ses yeux, les fleurs avaient poussé pendant la nuit et imprégnaient l'air d'un parfum épicé. À la fin de la journée, on les avait nommées Clochettes de Morgan et la rumeur disait que la Morrigan avait été si malheureuse de la mort de son champion qu'elle en avait pleuré et que les fleurs étaient nées de ses larmes.

Conneries ! J'étais là et la chienne n'avait pas eu une larme.

Les sorcières enterrèrent Bran dans Centennial Park et construisirent un cairn sur sa tombe. On me dit que j'étais toujours la bienvenue si je voulais lui rendre visite.

Je passai les deux jours suivants avec Andrea, penchée sur les rapports pour l'Ordre. Nous avions bouché tous les trous, aplati toutes les bosses et éliminé toutes les incohérences pour que nos secrets n'y apparaissent pas, elle était purement humaine je n'étais qu'une mercenaire amoureuse de ses lames.

La magie ayant disparu du monde pendant quelques semaines, nous dûmes nous contenter de médecine conventionnelle. J'avais une demi-douzaine d'entailles, dont deux suffisamment profondes pour être gênantes, et deux côtes cassées. Andrea avait une grande balafre dans le dos qui, dans d'autres circonstances, se serait refermée avec une rapidité embarrassante. Après le tsunami, elle prit son temps pour guérir. Elle n'avait pas l'habitude de la douleur et se bourrait d'antalgiques.

Depuis le départ de Red, Julie s'était renfermée, profondément. Elle donnait des réponses évasives et avait cessé de manger. Lorsque j'eus déposé le dernier rapport et une demande de congés, je l'embarquai dans mon antique Subaru à essence et l'emmenai vers le sud, vers Savannah où je conservais la maison de mon père. Andrea avait promis de calmer les choses avec l'Ordre quand les Chevaliers reviendraient.

La route fut interminable. Je n'avais plus l'habitude, je dus faire des pauses. Nous dépassâmes ma maison et continuâmes le long de la côte vers la ville d'Eudonia jusqu'à un restaurant nommé Pelican Point. Le propriétaire me devait un service, sinon je n'aurais pas eu les moyens d'y inviter Julie.

Le restaurant était au bord du fleuve, juste avant que l'eau douce rejoigne l'océan Atlantique par les roseaux et les îlots de vase. Nous nous installâmes sur le belvédère près du quai et regardâmes les bateaux de pêche et les crevettiers serpenter dans le dédale de marais salants pour décharger leurs prises. Puis nous nous posâmes à une petite table près d'une fenêtre et je guidai Julie jusqu'au buffet de fruits de mer.

Face à plus de nourriture qu'elle en avait jamais vu, elle se tendit. Je remplis son assiette, pris quelques pinces de crabe et la ramenai à notre table. Elle goûta les crevettes frites et le tilapia grillé.

Lorsque je craquai le deuxième lot de pinces de crabe, Julie se mit à pleurer. Elle pleura et mangea la chair de crabe, la plongeant dans le beurre fondu, se lécha les doigts et pleura encore un peu plus.

Sur le chemin du retour, elle resta silencieuse et maussade.

—Maintenant, qu'est-ce qui va m'arriver? demanda-t-elle finalement.

— L'été est presque terminé. Un jour ou l'autre tu devras aller à l'école.

— Pourquoi ?

— Parce que tu as un don. Je veux que tu apprennes et que tu rencontres d'autres gens, d'autres enfants et d'autres adultes, pour apprendre comment ils pensent, pour que plus personne ne puisse profiter de toi.

— Ils ne m'aimeront pas.

— Tu seras peut-être surprise.

— Ça va être le genre d'école où il faut vivre ?

Je hochai la tête.

— Je ferais une très mauvaise maman. Je ne suis pas souvent à la maison et je ne suis pas la meilleure personne pour m'occuper d'un enfant. Mais je sais faire la tante folle. Tu pourras toujours venir me voir pendant les fêtes. Je cuisine très bien l'oie.

— Pourquoi pas de la dinde ?

— Je n'aime pas la dinde. C'est trop sec.

— Et si je déteste l'école ?

— Alors on continuera à chercher jusqu'à ce qu'on trouve une école que tu ne détestes pas.

— Et je pourrai venir vivre avec toi quand j'en aurai besoin ?

— Toujours.

Trois semaines plus tard, je déposai Julie à l'Académie Kao Arts de Macon. Ses talents magiques et mon salaire lamentable lui offrirent une bourse. C'était une bonne école, dans un endroit paisible avec un chouette campus qui me rappelait un parc, bordée de murs de trois mètres et de tours armées de mitrailleuses et de balistes. Je rencontrai tous les membres de la faculté et tous me semblèrent du genre à ne pas se laisser faire. Il y avait une empathe comme conseiller. Elle aiderait Julie à guérir. Il n'y a rien de mieux qu'un empathe pour cela.

Il faisait sombre quand je rentrai finalement à la maison. Comme toujours après un tsunami, la magie laissait le monde tranquille pendant un temps, j'avais dû faire la route avec Betsi qui m'avait laissé tomber à mi-chemin sans raison mécanique apparente. Quand j'arrivai enfin devant ma porte, j'étais crevée. Je grimpai les marches dans le crépuscule et trouvai un bouquet de roses rouges dans un vase en cristal sur mon porche. La petite carte disait : « Je suis désolé. Saiman. »

Je mis les roses et le vase dans la benne à ordures, grommelant *sotto voce*, attrapai mes clés et me rendis compte que la porte était entrouverte.

Je dégainai Slayer et poussai la porte avec le bout de mes doigts. Elle s'ouvrit sans bruit, les charnières bien huilées. Dans le couloir, je pouvais voir la lampe du salon qui brillait d'une douce lueur jaune. Je sentis l'odeur du café.

Qui force la porte d'une maison, allume les lampes et fait du café ?

J'avançai sur la pointe des pieds, Slayer bien en main.

— Aussi bruyante et maladroite qu'un bébé rhinocéros ! dit une voix familière.

J'entrai dans le salon. Curran était assis dans mon canapé en train de lire mon livre de poche préféré. Ses cheveux avaient recouvré leur coiffure habituelle. Son visage était rasé de frais. Il ne ressemblait en rien à la silhouette sombre et démoniaque qui avait coupé la tête d'un apprenti dieu sur un champ de bataille un mois plus tôt.

Je croyais qu'il m'avait oubliée. J'avais été ravie d'être oubliée.

— *Princess Bride ?* dit-il en secouant le livre.

— Qu'est-ce que tu fous dans ma maison ?

Il avait forcé ma porte et s'était installé comme s'il était chez lui.

— Tout s'est bien passé avec Julie ?

— Oui. Elle ne voulait pas rester mais elle se fera rapidement des amis et l'équipe a l'air sensée.

Je le regardai, pas très sûre de ce qu'il voulait.

— Je n'ai pas eu l'occasion de te dire que j'étais désolé pour Bran. Je ne l'aimais pas, mais il a eu une belle mort.

— Oui, c'est vrai. Je suis désolée pour les tiens. Il y a eu beaucoup de pertes ?

Une ombre assombrit son visage.

— Un tiers.

Il avait emmené cent Changeformes à la bataille. Au moins trente d'entre eux n'étaient pas revenus. Le poids de leur mort pesait sur nos épaules à tous deux.

Curran fit tourner le livre entre ses doigts.

— Tu possèdes des mots de pouvoir.

Il savait ce qu'était un mot de pouvoir. Super. Je haussai les épaules.

— J'en ai trouvé un ou deux ici et là. Ce qui est arrivé dans la Trouée était unique. Je ne serai jamais plus si puissante.

En tout cas pas avant le prochain tsunami.

— Tu es une femme intéressante.

— Ton intérêt a été bien noté.

Je lui désignai la porte.

Il reposa le livre.

— Comme vous voudrez [1].

Il se leva et passa à côté de moi. Je baissai mon sabre, m'attendant qu'il s'en aille mais, soudain, il se rapprocha dangereusement.

— Bienvenue à la maison. Je suis content que tu t'en sois sortie. Il y a du café qui t'attend dans la cuisine.

Ma bouche s'ouvrit toute seule.

1. Référence au film *The Princess Bride* de Rob Reiner, 1987. (*NdT*)

Il renifla mon odeur, se pencha plus près, prêt à m'embrasser…

Je restai immobile, comme une idiote.

Curran sourit et murmura dans mon oreille :

— Je t'ai eue !

Et il quitta la maison.

Et Merde !

Achevé d'imprimer en juin 2009
Par CPI Brodard & Taupin - La Flèche (France)
N° d'impression : 52394
Dépôt légal : juin 2009
Imprimé en France
81120144-1